OCT - - 2008

W9-BAS-173

La mujer del collar

Carol Higgins Clark

La mujer del collar

Titania Editores

ARGENTINA - CHILE - COLOMBIA - ESPAÑA
ESTADOS UNIDOS - MÉXICO - URUGUAY - VENEZUELA

Título original: *Burned*
Editor original: Scribner, Nueva York
Traducción: Martín Rodríguez Courel-Ginzo

© Copyright 2005 *by* Carol Higgins Clark
  All Rights Reserved
© de la traducción 2007 *by* Martín Rodríguez Courel-Ginzo
© 2007 *by* Ediciones Urano, S. A.
  Aribau, 142, pral. - 08036 Barcelona
  www.titania.org
  atencion@titania.org

ISBN: 978-84-96711-17-4
Depósito legal: B - 20.888 - 2007

Fotocomposición: Ediciones Urano, S. A.
Impreso por Romanyà Valls, S. A. - Verdaguer, 1 - 08786 Capellades
(Barcelona)

Impreso en España - *Printed in Spain*

In Péctore

Agradecimientos

Escribir es una labor solitaria, pero publicar un libro, no. Me gustaría dedicar un especial *aloha** a la gente que me ha ayudado a llevar a mis lectores otra aventura de Regan Reilly.

Deseo expresar mi agradecimiento de manera especial a Roz Lippel, mi editor; desde la comida en la que tratamos de la idea de este libro hasta la edición final, sus consejos y contribuciones han sido inapagables. Asiduo visitante de Hawai, compartió conmigo su cabal conocimiento de aquellas maravillosas islas.

Gracias mil a Michael Korda, por sus comentarios y consejos. Y a la ayudante de Roz, Laura Thielen, por su permanente amabilidad. Trabajar con el director editorial adjunto de Copyediting, Gypsy da Silva, es una fuente de placer inagotable. Gracias también a la correctora de estilo, Rose Ann Ferrick, y al equipo de corrección de las galeradas: Barbara Raynor, Steve Friedeman y Joshua Cohen. Mis felicitaciones al director artístico, John Fulbrook, y al fotógrafo Herman Estevez, que hicieron un fantástico trabajo de evocación del espíritu hawaiano en la portada y la fotografía de la edición original. Loor a mi agente, Sam Pinkus; y mis mejores elogios para Lisl Cade, Carolyn Nurnburg, Nancy Haberman y Tom Chiodo por su trabajo de promoción de Regan Reilly.

* Expresión nativa de Hawai utilizada indistintamente como bienvenida y despedida. (*N. del T.*)

Gracias, asimismo, a los residentes de Hawai, Robbie Poz-
nansky, que fue tan hospitalario mientras me familiarizaba con Big
Island, y Jason Gaspero, por hacer lo propio con Oahu.

Por último, quiero dar las gracias a mi madre, que entiende lo
que es escribir un libro, a mi familia, mis amigos y mis lectores.
¡*Aloha* a todos y a cada uno de ellos!

13 de enero, jueves

Capítulo 1

«Esta va camino de convertirse en la ventisca del siglo», aulló el enviado especial Brad Dayton con cierto regocijo histérico. Enfundado en un equipo de nieve amarillo fosforito, permanecía parado en el arcén de la autopista de peaje de Nueva Jersey. Los coches avanzaban a paso de tortuga, derrapaban y hacían trompos, mientras los copos de agua nieve eran impulsados en todas las direcciones por un viento racheado. Los copos parecían dirigirse intencionadamente contra la cara del reportero y las lentes de la cámara de televisión. Unas nubes grises encapotaban el cielo, y todo el noroeste del país permanecía postrado por una tormenta de nieve imprevista.

«No vayan a ninguna parte», gritó el hombre mientras parpadeaba para evitar el chaparrón de nieve. «Permanezcan en sus casas. Y olvídense de los aeropuertos. Están cerrados, y todo apunta a que no abrirán de nuevo hasta dentro de unos días.»

Regan Reilly se quedó mirando de hito en hito el televisor en su acogedora oficina de Los Ángeles, situada en un antiguo edificio de Hollywood Boulevard.

—No me lo puedo creer —dijo para sí en voz alta—. Tenía que haber volado ayer.

—Ten cuidado ahí fuera, Brad —exhortó al reportero el presentador del informativo desde el cálido estudio con control de temperatura—. Procura mantenerte seco.

—Lo intentaré —gritó Brad por encima del ululante viento. El realizador del informativo cortó rápidamente para dar paso a un hombre del tiempo que permanecía delante de un mapa plagado de flechas amenazantes, que señalaban en todas las direcciones.

—¿Qué tienes para nosotros, Larry? —inquirió el rubio y sonriente presentador.

—La nieve viene desde todos los frentes —explicó a toda prisa Larry, mientras sus manos revoloteaban por el mapa—. Nieve, nieve y más nieve. Confío en que todos tengan abundantes latas de conserva en casa, porque esta tormenta nos va a acompañar durante los próximos días ¡y se está preparando una gorda!

Regan miró a través de la ventana. Hacía el típico día soleado de Los Ángeles, y ella tenía la maleta preparada para irse a Nueva York. Recién prometida, Regan era detective privada, tenía treinta y un años y residía en Los Ángeles. Su cielito, Jack Reilly (al que no le unía ningún parentesco), era el jefe de la brigada de casos graves de la ciudad de Nueva York. Se iban a casar en mayo, y ella había planeado coger el avión el fin de semana para ir a ver a Jack y a sus padres, Luke y Nora, que vivían en Summit, Nueva Jersey.

Se suponía que Regan y su madre tenían que reunirse con un coordinador nupcial el sábado, a fin de revisar todos los planes para el gran día: menú, flores, limusinas, fotógrafo… la lista era interminable. El sábado por la noche, ella, sus padres y Jack habían quedado en acudir a una audición del grupo musical que estaban considerando contratar para la fiesta. Regan había estado deseando pasar una divertida velada fuera de casa. La tormenta de nieve habría descartado tales planes, pero si ella hubiera volado a Nueva York el día anterior, al menos habría podido pasar un íntimo y agradable fin de semana con Jack. Era la segunda semana de enero, y hacía diez días que no lo veía. Y ¿hay algo más romántico que estar juntos durante una tormenta de nieve?

Se sentía sola y frustrada, y la visión del deslumbrante sol se le antojó irritante. No quería estar ahí, pensó. Quería estar en Nueva York.

El teléfono sonó.

—Aquí Regan Reilly —contestó, sin mucho entusiasmo.

—*Aloha*, Regan. Tu dama de honor te llama desde Hawai.

Kit Callan era la mejor amiga de Regan. Se habían conocido en la universidad, durante un programa de enseñanza en el extranjero para estudiantes de segundo curso que se impartía en Gran Bretaña. Kit vivía en Hartford y era agente de seguros. Su otro trabajo consistía en cazar a Don Perfecto; hasta el momento había tenido más suerte vendiendo pólizas.

—*Aloha*, Kit. —Regan sonrió, y con sólo oír la voz de su mejor amiga, su estado de ánimo mejoró de inmediato. Sabía que Kit había ido a Hawai a un congreso de seguros—. ¿Cómo te está yendo el viaje?

—Estoy atrapada aquí.

—No es mucha la gente que se quejaría de estar atrapada en Hawai.

—El congreso terminó el martes. Me cogí un día más para relajarme, y ahora no puedo volver a casa. Es más, mi agente de viajes dice que no se puede ir a ningún sitio cerca de la Costa Este.

—A mí me lo vas a decir. Se suponía que tenía que irme hoy a Nueva York a ver a Jack. Y mi madre y yo nos íbamos a reunir con el coordinador nupcial.

—Prométeme que no se te irá la mano con los trajes de las damas de honor.

—La verdad es que estaba pensando en un traje de chaqueta a cuadros escoceses —bromeó Regan.

—Tengo una idea. Vente aquí, y escogemos unas cuantas faldas vegetales hawaianas.

Regan soltó una carcajada.

—Bueno, es una idea. Todo el mundo quiere que su boda sea diferente.

—Entonces, ¿vienes?

—¿De qué estás hablando?

—¡De que te vengas, Regan! ¿Cuántas oportunidades como ésta vamos a volver a tener de estar juntas? En cuanto te cases, se acabó. No querrás dejar a tu marido nunca, y no te culpo.

—Voy a seguir manteniendo mi despacho abierto en Los Ángeles —protestó Regan—. Al menos, por el momento.

—Eso es diferente. Ya sabes a lo que me refiero. Ésta es la ocasión perfecta para que pasemos un fin de semana de chicas divertidas antes de que te cases. ¿Qué, si no, vas a hacer los próximos días? ¿Es que no ves los partes meteorológicos? Vente a Waikiki. Te estaré esperando con una bebida tropical. Tengo una habitación en la segunda planta con dos camas enormes y un balcón que da al océano. Casi puedes tocar la arena de la playa con los pies desde aquí. La verdad es que ahora estoy sentada en el balcón, esperando que el servicio de habitaciones me traiga el desayuno.

—Ten cuidado. Con el ruido de las olas al romper, podrías no oír que llaman a la puerta —masculló Regan mientras echaba un vistazo al despacho que había sido su hogar lejos del hogar durante varios años. El antiguo escritorio que había encontrado en un mercadillo, el suelo de baldosas blancas y negras, la cafetera en su lugar de honor, encima de un archivador… Le era todo tan familiar. Pero en ese momento no resultaban acogedoras. Lo había preparado todo para pasar un fin de semana fuera y sentía la necesidad de salir e ir a algún sitio. Y lo cierto es que en el año que hacía que conocía a Jack no había visto mucho a Kit

—¿Dónde te alojas?

—En el Complejo vacacional y lúdico Waikiki Waters.

—Qué nombre más largo.

—Tendrías que verlo. Acaba de ser remozado, así que todo es precioso y está flamante. Hay restaurantes, tiendas, dos balnearios, cinco piscinas y varios edificios de habitaciones. Y estamos en el mejor; el que da justo encima del mar. Y el sábado por la noche hay un baile benéfico, en el que subastarán un collar de conchas que perteneció a una princesa de la familia real. Lo han llamado el baile «Sé una princesa». Vamos, anímate. Seremos dos princesas. —Kit hizo una pausa—. ¿Qué pasa ahí abajo? —dijo en voz baja, más para sí que para Regan.

—¿A qué te refieres?

Kit no pareció oírla.

—No me lo puedo creer —dijo Kit, alarmada.

Regan se aferró al auricular.

—Kit, ¿qué está pasando?

—La gente ha echado a correr de repente hacia la orilla. ¡Creo que el mar ha arrojado un cuerpo a la playa!

—¿Me tomas el pelo?

—Una mujer ha salido disparada del agua pegando alaridos. Parece que se topó con el cuerpo cuando estaba nadando.

—¡Oh, Dios mío!

—Regan, ¿no vas a permitir que me quede aquí sola este fin de semana, verdad? —inquirió Kit melifluamente—. Este lugar podría ser peligroso.

—Llamaré a las líneas aéreas.

Capítulo 2

Nora Regan Reilly levantó la vista hacia la nieve que caía sobre la claraboya de su despacho, situado en la tercera planta de un edificio de oficinas en su lugar de residencia de Nueva Jersey. En circunstancias normales, un poco de nieve contribuiría a mejorar el acogedor entorno donde escribía sus novelas de misterio. Pero la ventisca estaba causando estragos en su vida y, por las apariencias, en la de todos los demás habitantes de los estados de Nueva York, Nueva Jersey y Pennsylvania.

—Regan, no sabes cuanto lamento que no vengas a Nueva York este fin de semana.

—Yo también, mamá. —Regan estaba en la habitación de su apartamento de Hollywood Hills, preparando una maleta con ropa de verano.

—Hawai no parece tan malo.

—Estará bien pasar unos días con Kit. He tenido tanto ajetreo, que sé que de otra manera nunca hubiera cogido un fin de semana como éste.

—Tu padre tiene programado para mañana un gran funeral, pero no sé cómo acabará la cosa. Dicen que las carreteras serán un peligro, y la mayoría de los parientes vienen de fuera. Se van a quedar en un hotel cercano.

—¿Quién ha muerto? —La pregunta de Regan no era algo infrecuente en la mesa de los Reilly a las horas comer. Su padre, Luke, era el gerente de una funeraria, y siendo su madre una novelista de suspense, en aquella casa menudeaban las conversaciones sobre crímenes y muertes. No eran precisamente una familia de mojigatos. Regan era hija única, lo que había propiciado un acceso mayor a las conversaciones de adultos que el de la mayoría de los demás niños. Parecía ser un rasgo habitual entre los hijos únicos, había concluido Regan hacía tiempo. Jack tenía cinco hermanos más. A Regan le encantaba eso; pronto tendrían lo mejor de ambos mundos.

—Ernest Nelson. Acababa de cumplir cien años y había sido un as del esquí. Vivía en un complejo residencial para la Tercera Edad en la ciudad, y su familia está desperdigada por todo el país. Su mujer murió el año pasado.

—¿Dices que tenía cien años?

—Celebró su centésimo cumpleaños por todo lo alto hace dos semanas. Su familia le dio una gran fiesta; ahora están todos de vuelta para enterrarlo. Y son un montón. Tiene ocho hijos que le han dado un sinfín de nietos. Creo que van a pasar una temporadita por aquí.

—Parece esa clase de persona que quisiera llegar a ese hito antes de rendirse. Hasta cierto punto el clima parece el adecuado para su funeral.

—Eso es lo que dicen todos, Regan. —Nora hizo una pausa—. ¿Le has contado tus planes a Jack?

—Por supuesto. Los dos nos hemos llevado un chasco porque no pueda estar en Nueva York por culpa de la tormenta, pero iré la semana que viene.

—¿Cuánto tiempo estarás en Hawai? —preguntó Nora mientras le daba un sorbo a un humeante té en su jarra de *Imus in the Morning*, obsequio de la última vez que había estado en el programa de radio.

—Hasta el lunes por la mañana.

—¿Tenéis grandes planes, tú y Kit?

Regan dejó caer un bañador de una pieza en la maleta. Dada la palidez de su piel, no era una devota del sol, pero le gustaba darse un chapuzón y luego sentarse bajo una sombrilla. Había heredado el aspecto irlandés de su padre: pelo negro azabache, ojos azules y piel blanca, y media un metro setenta. Luke sobrepasaba el metro noventa y cinco de estatura, y su pelo era «inveteradamente plateado», como a él le gustaba describirlo. Su madre era una rubia menuda con una belleza más patricia.

—Nos sentaremos en la playa y puede que hagamos alguna visita turística. Creo que Kit le ha echado el ojo a un tipo que vive en Waikiki.

—¿No me digas?

—Bueno, dijo algo acerca de algunas personas que había conocido y que se habían ido allí después de jubilarse jóvenes, o que querían empezar una segunda carrera profesional. Uno de ellos parecía interesante.

—Entonces, es probable que esté encantada de no poder volver a casa.

—Creo que tienes razón, mamá. Sólo lo admitió cuando la volví a llamar para comunicarle mi vuelo. Pero tal y como dijo, una relación a larga distancia adquiere un nuevo significando cuando se habla de Connecticut y Hawai.

Nora rió.

—Estoy segura de que os lo pasaréis bien. Y ten cuidado cuando te metas en el agua; allí las corrientes pueden llegar a ser muy fuertes.

Regan se maravilló de la intuición irlandesa de su madre. ¿O era el radar materno? No le iba a mencionar que el mar había arrojado un cadáver a la orilla delante de la puerta del hotel de Kit, pero era probable que su madre hubiera percibido algo. Cuando ella había vuelto a llamar a Kit, ésta se encontraba en la playa. El cuerpo había sido identificado como Dorinda Dawes, una mujer de cuarenta y tantos años, empleada del Waikiki Waters. Había empezado a trabajar allí tres meses antes y era la fotógrafa y periodista para todo del boletín informativo del establecimiento hotelero. Kit la había conocido en uno de los bares del hotel donde Dorinda hacía fotos de los huéspedes.

Cuando su cuerpo fue arrastrado hasta la orilla, Dorinda no llevaba traje de baño; iba vestida con un típico vestido hawaiano y llevaba un collar de conchas en el cuello. Lo cual significaba que no había salido a darse un baño ocasional.

No, había concluido Regan. No tenía sentido comentárselo a su madre. Mejor dejar que Nora pensase que iba a pasar un relajante fin de semana en un apacible hotel hawaiano. ¿Quién sabía? Después de todo, tal vez las cosas resultaran así.

Pero conociendo a su amiga Kit, y no sabiendo bien por qué, lo dudaba. Kit era capaz de toparse con problemas hasta en una merienda parroquial; y parecía que lo había vuelto a hacer. A veces, Regan pensaba que ésa era la razón de que fueran tan buenas amigas: cada una a su manera, ambas tenían cierta inclinación por el lado peligroso de la existencia.

—Tendré cuidado —le aseguró a su madre.

—Y no os separéis. Sobre todo cuando vayáis a nadar.

—Así lo haremos. —Regan colgó, cerró la cremallera de la maleta y echó una mirada a la foto de ella y Jack que había encima de la cómoda; se la habían hecho poco después de que se prometieran a bordo de un globo aerostático. Regan no se podía creer lo afortunada que era por haber encontrado a su compañero del alma. Se habían conocido a raíz del secuestro de su padre, caso que había llevado Jack. Desde entonces, Luke solía bromear diciendo que nunca había sido consciente de sus buenas dotes de casamentero; después de todo, Regan y Jack llegaron a conocerse mientras él estaba atado en un barco con su chófer. Pero estaban de maravilla juntos y tenían muchísimas cosas en común, en especial el sentido del humor. La manera que tenían de ganarse la vida ambos también los convertía en almas gemelas, y era normal que discutieran sus casos entre ellos. Regan había apodado a Jack, *Don Reacción*: al final de cada conversación siempre le decía que la quería… y ¡que tuviera cuidado!

—Lo tendré, Jack —dijo Regan en ese momento, dirigiéndose a la foto. —Quiero vivir para llevar mi traje de novia. Pero sin saber por qué, cuando pronunció las palabras en voz alta, éstas parecieron atascársele en la garganta. Tras liberarse de la extraña sensación de inquietud que se apoderó de ella, levantó la maleta de la cama y se dirigió a la puerta. Allá iba, en pos de su fin de semana de despedida de soltera, pensó. ¿Me irá mal?

Capítulo 3

Cuando el avión tomó tierra en Honolulú, Regan escudriñó a través de la ventanilla y sonrió al ver las letras de neón rojas situadas encima de la torre de control del aeropuerto: *ALOHA*.

—*Aloha* —murmuró.

Una ráfaga de aire caliente y fragante la golpeó al salir del avión. Sacó de inmediato su móvil y llamó a Jack. En Nueva York ya estaba bien avanzada la noche.

—*Aloha*, cariño —respondió Jack.

Regan volvió a sonreír.

—*Aloha*. Acabo de llegar. El cielo es de un azul brillante, y desde aquí puedo divisar una hilera de palmeras agitadas por la brisa, debajo una pagoda en un jardín y lo que realmente deseo es que estuvieras conmigo.

—Yo, también.

—¿Qué está sucediendo en Nueva York?

—Pues que cae nieve a raudales. Me fui a tomar un par de copas con los chicos después del trabajo. La gente está en la calle, pasándoselo en grande, ya sabes, tirando bolas de nieve y arrastrando a los niños en trineos. Alguien ya ha hecho un muñeco de nieve que hace guardia en el portal de mi edificio. Pero no tiene mucho trabajo; la delincuencia desciende durante las tormentas de nieve.

A Regan le dio un vuelco el corazón.

—No me puedo creer que me esté perdiendo todo eso —dijo Regan con nostalgia.

—Yo tampoco me puedo creer que te lo estés perdiendo.

Regan se imaginó el amplio y acogedor piso de Jack, al que la suntuosidad de los cojines de piel y las alfombras persas hacían tan suyo. Él le había dicho que quiso hacer de su casa algo más que un simple piso de soltero, porque nunca supo cuándo conocería a la chica adecuada. «Temía que no fuera a ocurrir jamás», había admitido. «Pero contigo, ésta es finalmente la manera en que se suponía tenía que ser.»

—Puede que haya otra tormenta la próxima semana —bromeó Regan—. Pero me aseguraré de llegar antes que ella.

—Pásatelo bien con Kit, Regan. Habrá otra tormenta de nieve, te lo prometo. Y créeme, mucha gente de esta ciudad daría cualquier cosa por cambiarte el sitio ahora mismo. No todos piensan que esto es divertido.

A esas alturas, Regan ya estaba en la zona de recogida de equipajes. La gente iba vestida con pantalones cortos y camisas sin mangas. La tarde estaba declinando, y en la atmósfera flotaba una sensación apacible y relajante.

—Estaré bien —dijo Regan—. Kit ha conocido aquí a algunas personas con las que andaremos. Incluso hay un tipo que le gusta.

—Uyuyuy.

—Uyuyuy es la palabra. Pero éste parece prometedor; trabajó en Wall Street y se ha venido a jubilar a Hawai a los treinta y cinco años.

—Tal vez debiera investigarlo —sugirió Jack. Y aunque se rió, había un dejo de seriedad en su voz—. Parece demasiado bueno para ser verdad.— A él le gustaba Kit y sentía la necesidad de protegerla; un par de tipos con los que se había enrollado desde que él entrara en escena habían resultado ser unos auténticos fenómenos. Y quería estar seguro de que cualquiera que saliera con Kit daba la talla.

—No tardaré mucho en saber su nombre y enterarme de todos los pormenores de su vida que ya conozca Kit. Te pondré al corriente. Si encuentras algo sobre él que no sea tan fantástico, Kit querrá saberlo. Ya quedó escarmentada con el último fracasado con el que salió.

—Seguro que sí.

Se referían al tipo con el que Kit había tenido varias citas y que se había olvidado de mencionar que estaba a punto de casarse y trasladarse a Hong Kong.

—Oye, Regan —prosiguió Jack—. Tengo un amigo en la policía de Honolulú. Lo llamaré y le diré que estás ahí. Tal vez pueda hacerte alguna sugerencia acerca de qué hacer o adónde ir.

—Fantástico. ¿Cómo se llama? —preguntó Regan mientras sacaba su maleta de la cinta transportadora. No dejaba de sorprenderle lo relacionado que estaba Jack; conocía a gente en todas partes. Y todo el mundo lo respetaba.

—Mike Darnell. Lo conocí cuando algunos de los chicos y yo solíamos ir allí de vacaciones.

—Estoy a punto de coger un taxi —dijo Regan, al salir al exterior tirando de la maleta con ruedas.

—No te lo pases demasiado bien.

—¿Cómo podría? No estás aquí.

—Te quiero, Regan.

—Yo también a ti, Jack.

—Y ten cuidado.

—Lo tendré.

El taxista arrojó el equipaje de Regan en el maletero. Ella se sentó en el asiento trasero, y salieron disparados hacia el Waikiki Waters. Para lo que servía ir con cuidado, pensó Regan mientras el taxi avanzaba en zigzag, sorteando el tráfico de la congestionada carretera. A ella le pareció extraño que la vía se llamara Interestatal H1. ¿Dónde estaban los demás estados?

A nueve mil seiscientos kilómetros de distancia Jack colgó el teléfono y echó un vistazo por el piso. «Este lugar está tan solitario sin ella», se dijo para sí. Pero intentó animarse con el pensamiento de que Regan estaría allí al cabo de una semana. Entonces, ¿a qué venía aquella apremiante sensación que lo embargaba? Intentó ignorarla. Cuando se trataba de Regan, todo eran agonías. Además, siempre que ella estaba con Kit, ocurrían cosas raras.

Se levantó y se acercó a la ventana. La nieve se amontonaba rápidamente. Atravesó la estancia hacia su escritorio, sacó su agenda y marcó el número de teléfono de su amigo en el Departamento de Policía de Honolulú. Pero la conversación no hizo sino aumentar su malestar. Regan no le había dicho nada sobre una empleada del hotel ahogada en el Waikiki Waters, y era imposible que Kit no se lo hubiera contado. Regan me conoce demasiado bien, pensó.

—Mike, ¿me harías el favor de llamar a Regan?

—Pues claro, Jack. Ahora tengo que entrar a una reunión, pero la llamaré después.

De pie junto a la ventana, Jack observó caer la nieve sobre la calle en penumbra. Se sentiría mucho mejor cuando fuera la señora Reilly, pensó. Se dio la vuelta, entró en el dormitorio y se acostó.

En Waikiki, la gente no paraba de hablar de la muerte de Dorinda Dawes.

Capítulo 4

Kit salió de la ducha y envolvió su cuerpo de estatura media en una toalla. Tenía treinta y cinco años, y acababa de subir a la habitación después de haberse dado un baño de última hora de la tarde en una de las muchas piscinas del Complejo vacacional y lúdico Waikiki Waters. Después del barullo de la mañana, a muchos de los huéspedes del hotel, incluida ella, les había entrado demasiado canguelo para darse un chapuzón en el océano. La piscina había estado rebosante de bañistas.

Regan ya no tardaría, pensó Kit entusiasmada. Era un milagro que hubiera podido conseguir una reserva; había cogido uno de los últimos asientos en el vuelo vespertino que salía de Los Ángeles. Al no poder viajar al Este, cientos de californianos habían decidido dirigirse a Hawai.

Los rumores sobre Dorinda Dawes habían circulado con prodigalidad en el Waikiki Waters; según parecía, la chica había sido causa de un revuelo permanente durante los tres meses que había trabajado en el hotel. El boletín de Navidades había superado con creces el nivel de chismorreo que le gustaba a la gente, y ella había ido de aquí para allá sacando fotos a turistas que no necesariamente deseaban aparecer en la revista. «O la querías o la odiabas», había oído decir Kit más de una vez en las últimas horas.

Kit se inclinó hacia delante y se secó con la toalla la melena rubia que le llegaba hasta los hombros. Tras incorporarse, se peinó y encendió el pequeño televisor situado cerca del lavabo. Me encantaría tener un televisor en el cuarto de baño de casa, pensó mientras aplicaba un poco de crema moldeadora a sus rizos rubios.

Las noticias locales empezaban en ese momento, y en la pantalla apareció una periodista parada en la playa que había enfrente de su habitación.

«El cuerpo sin vida de Dorinda Dawes, de cuarenta y ocho años, empleada del Waikiki Waters desde hacia poco tiempo, fue arrojado a la playa por la corriente esta mañana. La policía cree que se ahogó accidentalmente. La mujer fue vista anoche, alrededor de las once, después de abandonar una fiesta que se celebraba aquí, en el hotel. Dawes vivía sola, y los empleados dicen que le gustaba coger el sendero de la playa para volver al edificio de apartamentos en el que residía, situado aproximadamente a un kilómetro y medio de aquí, aunque solía pararse en el rompeolas para disfrutar de unos momentos de tranquilidad. La policía sospecha que resbaló y cayó al agua. Aquí las corrientes pueden llegar a ser muy fuertes, y anoche había una gran resaca.

»Lo que desconcierta a los detectives es que la mujer llevara en el cuello un collar nativo hecho con unas conchas antiguas que son más valiosas que las perlas. Algunas fuentes aseguran que se trata de un collar histórico que fue robado del Museo de las Conchas hace más de treinta años, y que es la pareja del collar que perteneció a la princesa Kaiulani, miembro de la familia real hawaina que murió trágicamente en 1899, cuando sólo contaba veintitrés años. A la princesa le sorprendió una tormenta cuando montaba a caballo en Big Island y cogió un resfriado que la llevó a la muerte. El collar de la princesa Kaiulani será subastado en el baile «Sé una princesa», aquí, en el hotel, el sábado por la noche. El collar que Dorinda llevaba al cuello perteneció a la tía de la princesa Kaiulani, la reina Liliuokalani, que sólo reinó durante dos años, antes de ser obligada a abdicar y de que se aboliera la monarquía. Nadie en el hotel recuerda haber visto nunca a Dorinda con este collar real, y todas las personas con las que hemos hablado aseguran que ayer por la noche no lo llevaba puesto. Los descendientes de la familia real donaron ambos collares al Museo de las Conchas cuando éste fue inaugurado, y los dos collares fueron sustraídos en el robo, pero el de la princesa no tardó en ser recuperado. Así que lo que todos se preguntan es: ¿cómo consiguió Dorinda Dawes el collar de la reina que llevaba desaparecido todos estos años, si sólo vivía en Hawai desde octubre?

Regan se ocuparía de esto, pensó.

El teléfono de la pared sonó. Ésa era otra cosa que le gustaría tener en casa, pensó Kit: un teléfono en el cuarto de baño. Con un suspiro, levantó el auricular.

—¿Kit?

—Sí. —El corazón de Kit se aceleró al oír aquella voz masculina. ¿Era quién ella pensaba que era?

—Soy Steve.

Los ojos de Kit se alegraron. ¿Cómo no se iban a alegrar? Steve Yardley era todo lo buen partido que un tipo podía ser. Un guapo jubilado de Wall Street de treinta y cinco años, que se trasladó a vivir a Hawai cuando se hartó de la febril competitividad de la gran ciudad. Al contrario que tantos otros que dan el paso, él no estaba buscando empezar una segunda carrera profesional. Tenía la idea de que al final podría dedicarse a la consultoría de manera ocasional, pero tenía mucho dinero y estaba disfrutando de ese período de sosiego en su vida. Sólo llevaba seis meses en Hawai; tiempo suficiente, no obstante, para comprarse una casa en una urbanización exclusiva en las colinas del este de Waikiki con unas vistas asombrosas sobre el océano.

—Hola Steve. ¿Qué pasa? —dijo alegremente Kit, sonriendo.

—Estoy aquí sentado, disfrutando de mi vista del Diamonds Head, y pensé que tú aun la mejorarías.

«Me puedo desmayar», pensó Kit mientras se miraba en el espejo. Le encantó ver que el poquito de color que se había permitido ganar le sentaba bien. También dio gracias al cielo en silencio por la tormenta de nieve que tenía paralizado el Este de Estados Unidos.

—¿Ah, sí? No me digas —dijo Kit, y de inmediato deseó haber pensado una respuesta más ingeniosa.

—Sí, sí te digo. Me alegra mucho que hayas tenido que quedarte este fin de semana. De todas maneras, ¿a qué venían tantas prisas por volver?

—Es el ochenta y cinco cumpleaños de mi abuela. E íbamos a hacer una gran fiesta el sábado —contestó Kit, pensando que él ya le había hecho esta pregunta la noche anterior, cuando se encontraron en uno de los bares del hotel. Mucha gente que no pudo marcharse en avión se había reunido allí, y el ambiente había sido el de una verdadera fiesta, con la bebida corriendo a raudales.

—Mi abuela también tiene ochenta y cinco años —dijo Steve con incredulidad—. Parece que tuviéramos muchas cosas en común.

«¿No me estará tomando el pelo?», se preguntó Kit.

—Y se muere de ganas de que siente la cabeza.

—Mira, eso sí que es algo que tenemos en común —añadió Kit con un dejo de ironía en la voz—. Y ahora mi mejor amiga se va a casar, lo cual ha hecho que abuelita se ponga realmente frenética. A propósito, Regan está a punto de llegar.

—¿De verdad?

—Sí. Se llama Regan Reilly y es detective privado en Los Ángeles. Estoy segura de que le va a interesar lo que está ocurriendo aquí, en Waikiki Waters. ¿Te has enterado de que la mujer que anoche estaba haciendo fotos en el bar se ahogó delante del hotel, y que llevaba puesto un collar de conchas robado? Regan lo aclarará todo. Cuando se trata de investigar, no hay quien la pare.

—Acabo de verlo en las noticias. —Steve tosió—. Perdona.

—¿Te encuentras bien?

—Sí, sí. Bueno, ¿os gustaría venir a tomar una copa durante la puesta del sol a ti y a tu amiga Regan Reilly? Pasaré a recoger a tan guapas mozas y luego os invito a cenar a las dos.

Kit hizo una pausa… durante el más fugaz de los instantes. Ella y Regan habían planeado ponerse al corriente esa noche, pero tenían mucho tiempo para eso. Regan lo entendería. ¡Qué diablos! Ella ya estaba prometida. Rechazar una oportunidad de llegar a conocer a Steve, que era tan guapo, buen partido y rico, no era hacer el mejor uso de su tiempo. Le vino a las mientes la cara de su abuelita y prácticamente le espetó:

—¿Por qué no vienes a recogernos dentro de una hora?

—Allí estaré —respondió Steve, y colgó.

Capítulo 5

A Will Brown, director del Waikiki Waters, no le llegaba la camisa al cuerpo. Su trabajo consistía en hacer que el complejo hotelero funcionara con fluidez, en tener contentos a los huéspedes y a partir de ese momento, desde el remozamiento, en incorporar nuevas y excitantes ofertas a la vida del lujoso centro de vacaciones. Había sido idea suya contratar a alguien como Dorinda Dawes para animar el cotarro. Bueno, sin duda ella lo había conseguido, pensó mientras se sentaba en su despacho, situado a pocos pasos del amplísimo mostrador de la recepción. Podía haber tenido un gran despacho en una suite que diera al mar, pero esas cosas no eran para él. A Will le gustaba estar al tanto de todo el operativo, que para él estaba allí donde se registraba la entrada y salida de los huéspedes. La mayoría de la gente quedaba contenta, pero él no necesitaba pegar el oído a las paredes para oír las quejas… algunas legítimas y otras infundadas.

—He encontrado moho debajo de la cama. Parecía un experimento científico de mi hijo —había aducido una mujer—. Creo que deberían hacerme una rebaja.

Y ¿qué estaba haciendo ella debajo de la cama? —se había preguntado Will.

—Pedí un huevo pasado por agua dos días seguidos, y las dos veces me lo sirvieron cocido —había gritado otra—. Me voy de vacaciones para pasarlo bien. ¡Odio el olor de los huevos cocidos! Así no hay manera.

Will tenía treinta y cinco años y había crecido en una pequeña ciudad de la región central de Estados Unidos. Cuando estaba en el jardín de infancia, sus padres contrataron un viaje a Hawai; por las conversaciones y planes que lo precedieron, cualquiera hubiera dicho que se iban de viaje a la tierra de Oz. A Will le trajeron de recuerdo un traje de baño típicamente hawaiano, que él valoró tantísimo que hasta lo llevó al colegio para mostrarlo y hablar de él. Lo usó durante un par de temporadas, hasta que las costuras reventaron durante una fiesta en una piscina. El sueño de Will había sido visitar Hawai, y después de torturar a sus padres durante años, éstos por fin accedieron a llevarles a él y a su hermana al paraíso cuando Will terminó la primaria. Las cálidas brisas oceánicas, la fragancia de las flores, las palmeras cimbreantes y las hermosas playas de arena lo cautivaron. Will regresó a Hawai al terminar la universidad, entró a trabajar como botones en el Waikiki Waters y se abrió camino hasta llegar a ser director del hotel.

Y no quería marcharse nunca, lo que se dice nunca.

Pero en ese momento su trabajo podía estar en peligro. Will había presionado para que se realizara el remozamiento, que había sido oneroso y podía tardar años en amortizarse; y había contratado a Dorinda Dawes, que había resultado ser una alborotadora. Y entonces, va y se ahoga a las puertas del hotel. Eso no era muy bueno para las relaciones públicas. Así que tenía que mejorar las cosas. Pero ¿cómo?

Lo que tenía que ir bien era el baile «Sé una princesa» del sábado por la noche. La fiesta concitaría muchísima atención sobre el hotel, y tenía que salir a pedir de boca. Era el primer gran acontecimiento de etiqueta desde la renovación. Se esperaba la asistencia de quinientas personas, y eso había acabado con las existencias de comida, flores y adornos. Convencer al Museo de las Conchas de que subastara el collar de conchas real era todo un golpe maestro; si el espectáculo fracasaba, la responsabilidad sería toda suya.

Se movió en la silla con inquietud. Tenía un aspecto respetable, un pelo rojizo que últimamente había empezado a ralear y ojos azul claro. Siempre tenía una sonrisa a punto, aunque a veces parecía un poco demasiado forzada; algo que, probablemente, se debiera a haber pasado tantos años en el sector servicios. Uno tenía que sonreír con independencia de lo mucho que se quejara la gente.

La taza de café de su escritorio estaba medio llena. Le dio un sorbo y tragó el líquido con dificultad; estaba frío. No había parado de beber café en todo el día. Con los huéspedes llamando sin cesar, los periodistas y la policía, no había probado bocado. Todos hacían preguntas acerca del collar real robado que Dorinda llevaba al cuello y que otrora perteneciera a la última reina de Hawai. Nervioso, siguió bebiendo el ya amargo brebaje... lo que no hizo sino empeorar las cosas.

A Will le tranquilizaba que la policía hubiera dictaminado que la muerte había sido accidental, pero no se lo creía. Dorinda Dawes había sacado de quicio a demasiadas personas. Pero ¿qué podía hacer él? ¿Era mejor correr un tupido velo y confiar en que el incidente se olvidara cuanto antes?

No podía hacer eso; en el hotel estaba sucediendo algo. De un tiempo a esa parte habían surgido demasiados problemas. Equipajes perdidos, carteras desaparecidas, retretes atascados, y no por causas naturales; huéspedes que caían enfermos después de comer, pero no tantos como para causar un revuelo. Y ahora eso: la muerte de Dorinda. Will sintió que se le hacía un nudo en el estómago.

Quería llegar al fondo del asunto, pero no sabía bien cómo. El hotel tenía contratada una consultoría que llamaba y hacía reservas, y que luego calificaban a los empleados por su eficiencia y simpatía. La consultora también enviaba a personas que se hacían pasar por huéspedes y valoraban el servicio global. El complejo contaba con personal de seguridad, pero Will tenía la sensación de que necesitaba encontrar a un detective profesional que pudiera fisgonear por todas partes sin que lo supiera nadie, y sacar los trapos sucios. Sacar los trapos sucios de todos, excepto los suyos. Cogió la taza de café y la vació.

Se levantó y estiró los brazos hacia el techo; necesitaba moverse. Se dirigió a la puerta de cristal corredera que daba a una pequeña y apartada parcela de hierba en la parte exterior del despacho. Inquieto, se dio la vuelta y salió de la estancia, pasó junto al escritorio de su secretaria y salió a la zona de recepción, donde divisó a la monada rubia a la que había ayudado el día anterior. Se llamaba Kit. Se suponía que la chica tenía que marcharse ese día, pero su vuelo había sido cancelado a causa de la tormenta del Este. Todas las habitaciones estaban ocupadas, pero él había conseguido arreglar las cosas y que ella pudiera conservar su habitación. Era una chica guapa y dulce y parecía el tipo de cliente que les gustaba tener en el Waikiki Waters. El recepcionista estaba entregándole una llave de habitación.

—Will —lo llamó Kit.

Él puso su mejor sonrisa y se acercó. El vestíbulo al aire libre estaba abarrotado: la gente llegaba y se marchaba, las puertas de los taxis se cerraban de golpe, los botones cargaban sus carritos. La atmósfera estaba cargada de excitación y posibilidades.

Kit estaba parada junto a una atractiva morena que tenía una maleta a su lado.

—Regan —dijo Kit—. Éste es Will, el director del hotel. Fue tan amable conmigo ayer. Permitió que conservara mi habitación pese a que todo estaba reservado. Espera a verla. Es fantástica.

Will alargó la mano.

—Will Brown. Encantado de conocerla.

—Regan Reilly. Gracias por cuidar de mi amiga —dijo, y sonrió.

—Procuramos hacer todo lo posible. —Y casi de memoria, añadió—: ¿De dónde viene, Regan?

—Es una detective privado de Los Ángeles —proclamó Kit llena de orgullo.

—¡Kit! —le recriminó Regan.

—Sé muy bien que va a acabar interesándose en el asunto de ese collar de conchas que llevaba Dorinda Dawes cuando murió.

Will sintió cómo la sangre le subía a la cara.

—¿Podría invitarlas a una copa, señoras?

—Gracias, pero dentro de unos minutos pasará un amigo a recogernos. ¿Podemos dejarlo para otro momento? —preguntó Kit.

—Por supuesto —respondió Will—. ¿Qué tal mañana?

—Aquí estaremos. —Kit sonrió—. Ahora vamos a dejar el equipaje de Regan en la habitación.

Mientras se alejaban, Will pudo oír que Regan Reilly preguntaba:

—¿Qué historia es ésa del collar de conchas?

Will volvió a toda prisa a su despacho, con el corazón latiéndole aceleradamente. Como as de la informática que era, gracias a toda la labor de organización que había tenido que hacer en el hotel, no tardó en localizar a Regan Reilly en internet. Era una afamada detective, hija de la escritora de novelas de misterio Nora Regan Reilly. Él había visto huéspedes leyendo los libros de Nora en la piscina. Tal vez Regan pudiera hacer algún trabajo para él. A Dios gracias, él había sido amable con Kit y ampliado su reserva de la habitación. Está demostrado: sé amable y quizá recibas tu recompensa. Una mano lava a la otra, y las dos lavan la cara y todo eso.

Will pensó en irse a casa, pero decidió quedarse por allí. De todas maneras, ¿qué iba a hacer, si volvía a su casa vacía? «¿Ver en la televisión los reportajes sobre Dorinda Dawes? Ni hablar. Me quedaré aquí hasta que vuelvan. Esperemos que no sea demasiado tarde. Entonces las invitaré a una copa y veré si puedo meter a Regan Reilly en el caso.»

Capítulo 6

—¡No me puedo creer que llevara puesto un antiguo collar que había pertenecido a una reina y que fue robado hace treinta años! —le dijo Regan a Kit al entrar en la habitación tirando de la maleta con ruedas. La pieza tenía dos camas dobles, cubiertas por sendos edredones de flores blancas y verdes. El enmoquetado de color arena, los tocadores y una puerta de cristal corredera por la que se accedía al balcón con vistas al mar infundían la inmediata sensación de haber entrado en una zona de tranquilidad y relajación. Tal y como prometían los folletos turísticos.

Regan se dirigió por instinto a la puerta y la abrió. Salió al balcón, se apoyó en la barandilla y se enfrascó en la visión del inmenso océano turquesa. Una cálida brisa tropical tremolaba a su alrededor, el sol se escondía lentamente por el poniente y el cielo había adquirido un hermoso tinte rosáceo. Todo parecía tan apacible. La gente deambulaba por la playa, las hojas de las palmeras se agitaban con dulzura por debajo del balcón, y los periodistas que cubrían la muerte de Dorinda Dawes se habían ido.

Kit se acercó por detrás.

—Es el momento ideal para una piña colada.

Regan sonrió.

—Supongo que sí.

—Steve llegará en unos minutos. Espero que no te importe.

37

—En absoluto. Estoy un poco cansada del vuelo, así que mejor no quedarse quieta. Además, quiero conocer a ese tipo.

—Cree que tenemos muchas cosas en común.

—¿Cómo qué?

—Ambos tenemos sendas abuelas de ochenta y cinco años.

—Es un comienzo.

—Por algún sitio hay que empezar. —Kit se rió.

—Eso es bastante cierto. —Regan se giró y volvió a mirar la playa—. Se hace difícil creer que Dorinda Dawcs tal vez estuviera paseando por esta playa anoche. ¿Cuándo la conociste?

—El lunes por la noche, en el bar. Un montón de gente de la empresa fuimos allí después del último seminario. Estaba sacando fotos. Se sentó con nosotros unos minutos, nos hizo un montón de preguntas y se fue a la mesa contigua. Se podría decir que era la clase de persona que intenta que la gente diga cosas de las que luego tal vez se arrepientan.

—¿En serio?

—Ninguno del grupo mordimos el anzuelo. Era mucho más amable con los hombres que con las mujeres.

—Así que una era de ésas, ¿eh?

Kit sonrió.

—Una de ésas.

—Y ¿tomaba notas?

—No. Sólo hacía las veces de animadora de la fiesta. Y pedía a todas las personas que dijeran sus nombres a la cámara después de hacerles la foto.

—¿Llevaba entonces el collar?

—No. Pero sí una gran orquídea en el pelo.

—Así pues, ¿de dónde sacó el collar de conchas que llevaba cuando murió? Y ¿quién lo robó hace treinta años?

Kit sacudió la cabeza y miró a su mejor amiga.

—Sabía que el asunto te atraparía.

—Tienes razón. Me interesa. ¿Sabes?, el ahogamiento es la causa de muerte más difícil de determinar. Podría ser un asesinato, un suicidio o un accidente.

—La policía cree que fue un accidente. Dorinda solía volver a casa por la playa todas las noches. Bueno, Steve no tardará en llegar —observó Kit, dándole a entender que debía ponerse en movimiento.

—Estaré lista en quince minutos —prometió Regan. Podía darse cuenta de que Kit estaba entusiasmada con el aquel tipo y que no quería hacerlo esperar. Cuando descubres que tus abuelas son de la misma edad, el cielo es el límite, pensó Regan con una sonrisa.

Veinte minutos después estaban paradas en la zona de recepción, cuando Steve detuvo su caro y enorme Land Cruiser. Kit agitó la mano con entusiasmo y se apresuró a abrir la puerta delantera. Regan se subió a la parte de atrás y aspiró el olor a coche nuevo. Steve se dio la vuelta y alargó la mano hacia Regan.

—Hola, Regan Reilly.

—Hola, Steve —contestó Regan, ignorando el apellido del sujeto. No cabía duda de que era un buen mozo, pensó Regan. Tenía todo el aspecto del tipo atildado de Wall Street que cree merecerse ser rico. Steve llevaba una gorra de béisbol, unos pantalones cortos de color caqui y una camisa de manga corta. Estaba moreno y tenía el pelo y los ojos castaños. Sentada a su lado en el asiento contiguo, Kit estaba resplandeciente. Deberían estar en un anuncio de algo que le haga a uno feliz, pensó Regan.

—Bienvenida a Hawai —dijo Steve, volviendo a mirar al frente. Salió del camino de acceso al hotel con elegancia y enfiló la carretera rebosante de hoteles, tiendas y turistas que conducía al corazón de Waikiki. Subió el volumen del reproductor de discos compactos, para el gusto de Regan algo más de lo conveniente; el sonido impedía casi cualquier posibilidad de mantener una conversación para llegar a conocerse. Había una gran cantidad de personas en la calle, muchas de ellas con pantalones cortos, chancletas y collares de flores alrededor del cuello. Era una bonita noche. No tardaron en dejar atrás el gran parque donde los lugareños hacían barbacoas y tocaban guitarras y ukeleles. El océano resplandecía más allá de las mesas del merendero. Dejaron atrás más hoteles, y finalmente apareció ante ellos el Diamond Head, el famoso cráter volcánico donde una vez Santana dio un concierto.

El móvil de Steve empezó a sonar, un sonido estridente y discordante pensado sin duda para ser oído por encima del volumen del estéreo. Steve consultó la pantalla del teléfono.

—Dejaré que salte el buzón de voz.

«Interesante», pensó Regan.

Cuando llegaron a la casa de Steve, situada en un exclusivo barrio de las colinas a no demasiada distancia del Diamond Head, ya había allí varias personas.

—Unos pocos amigos han venido de visita —les dijo mientras entraban en la casa, donde también sonaba una música puesta a todo volumen—. Pensé que podíamos hacer una fiesta.

Capítulo 7

El grupo Vacaciones Para Todos procedía de una pequeña ciudad del noroeste del Pacífico donde en los últimos cien años había llovido el ochenta y nueve por ciento de los días. Hudville, apodada por sus habitantes como Mudville,* podía resultar un poco deprimente, por lo que veinte años antes se había creado un club denominado Viva la Lluvia. Dos veces al mes, sus miembros se reunían para bailar y cantar y jugar a intentar atrapar con los dientes las manzanas que flotaban en baldes de agua de lluvia. Cantaban canciones que hablaban de lluvia, de gotas de lluvia y de arcos iris y bailaban danzas de la lluvia sólo por diversión. Aquello era una agradable liberación que los ayudaba a soportar los sótanos con goteras, los jardines anegados y los zapatos empapados con los que tenían que tratar a diario.

«En toda vida ha de caer algo de lluvia. O tal vez, no» era su lema.

«Pero tenemos los mejores cutis del mundo», gritaban las mujeres.

En otras palabras, hacían todo lo que podían para sobrellevarlo. Pero cuando, hace tres años, un miembro veterano, Sal Hawkins, se levantó en una reunión y proclamó que sabía que sus días estaban contados y que iba a dejar una olla de oro al final del arco iris para el

* Literalmente, Ciudad del barro. (*N. del T.*)

grupo, hubo un motivo para que los asistentes lo jalearan: Sal planeaba dejarle dinero al grupo para que fueran de viaje a Hawai.

—Aquellos que vayan a Hawai, deberán traer el brillo del sol en sus corazones para el resto de vosotros —dijo—. Quiero que mi dinero haga sonreír a la gente de Hudville después de mi muerte.

Se escogerían cinco personas mediante sorteo cada tres meses, que serían comandadas por Gert y Ev Thompson, dos gemelas idénticas de sesenta y tantos años que regentaban la tienda de la ciudad, donde vendían multitud de paraguas. Por suerte para Gert y Ev, éstas vivían en la puerta de al lado de Sal y siempre lo llevaban en coche a las reuniones del club Viva la Lluvia. Además, también le hacían guisos y tartas sólo por pura amabilidad. Sal nombró a las gemelas jefas del grupo de vacaciones, y en cuanto aquél estiró la pata, las gemelas organizaron el primer viaje a Hawai. Apenas ocupó Sal su tumba, las maletas ya estaban hechas, y los afortunados, en camino. En aquel primer viaje, Gert y Ev bautizaron al grupo como los Siete Afortunados.

A esas alturas, las gemelas ya habían hecho ocho viajes. Desde que había empezado la lotería de los viajes, los miembros del Viva la Lluvia se habían multiplicado por diez. Pero todo el mundo estaba encantado, porque eso hacía que las reuniones fueran más interesantes y servía para unir a la ciudad. Las noches de sorteo no faltaba nadie. Y dada la excitación que rodeaba la elección de los afortunados, uno pensaría que lo que regalaban eran billetes para el cielo.

A Gert y Ev les encantaba estar al mando de los viajes de los Siete Afortunados, y en ese momento eran las personas más relajadas de Hudville. Aunque algunos de los lugareños se quejaban en voz baja: «Y ¿quien no estaría relajado si se fuera gratis de vacaciones al Paraíso cada tres meses?»

El Complejo vacacional y lúdico Waikiki Waters era el hotel que habían elegido. Cada tres meses, las gemelas reservaban cuatro habitaciones para una estancia de una semana. A veces, el grupo hacía cosas en común; en otras ocasiones, los miembros se disgregaban y seguían a su aire. Todas las mañanas, los que se habían levantado temprano daban un paseo por la playa. El grupo estaba dando aquel paseo cuando el cuerpo de Dorinda fue arrojado a la orilla; había sido terrible. Gert y Ev se apresuraron a arrear al grupo fuera de allí y conducirlo al buffé del desayuno para que se recuperasen. «No lo olvidéis», les había advertido Gert, «hemos de mantener una actitud positiva sobre todas las cosas. Tenemos que llevar la luz del sol a Hudville.»

En ese momento, como hacían la mayoría de las noches, los Siete Afortunados estaban sentados junto a una de las piscinas, bajo los hibiscos. Con unos cócteles en la mano, hablaban de cómo les había ido el día, mientras el sol se ocultaba lentamente en el horizonte, y el cielo se llenaba de destellos rojos, azules y dorados. El grupo lo componían una pareja y tres solteros de edades comprendidas entre los veinte y los sesenta. Haber llamado al grupo ecléctico habría sido un eufemismo.

Gert, ataviada con su *muumuu* favorito, la bata típica de las mujeres hawaianas, levantó su cóctel maitai, sobre el que, como es natural, flotaba una sombrilla que cabeceaba felizmente entre los cubitos de hielo.

—Antes de nada, hemos de hacer el brindis nocturno por nuestro difunto benefactor, el señor Sal Hawkins.

—Por Sal —convinieron todos, y entrechocaron las copas.

Ned, el preparador físico y guía turístico del hotel, se había reunido con ellos a la hora del cóctel. Llevaba tres meses trabajando en el hotel y se pasaba los días nadando, haciendo surf, corriendo y realizando flexiones de brazos en el gimnasio con cualquier huésped que deseara unírsele. Su jefe, Will Brown, lo había contratado para que fuera un musculitos errante que viviese en el hotel trasladándose de una habitación libre a otra. Will le había dicho que prestara especial atención al grupo Viva la lluvia; eran unos clientes habituales, y el hotel quería tenerlos contentos. Tanto, que se le ahorró al grupo el precio de una habitación haciendo que Ned se alojara en ella con el único soltero del viaje.

—¿Qué otra cosa puedo hacer, si no prestarles atención? —le había dicho Ned a Will en plan de broma—. ¡Ese tipo duerme a menos de un metro de mí!

A sus cuarenta y tantos años, Ned estaba en plena forma física, y con su cabeza afeitada y unos ojos castaño oscuro, resultaba un hombre atractivo. Siempre tenía una sombra de barba a la hora de comer. Su espeso pelo negro había tenido la tendencia a encresparse, así que cuando se separó de su mujer, un año antes, había decidido raparse la cabeza y empezar de cero con un nuevo aspecto. Todavía no había encontrado una mujer de su agrado, pero siempre estaba al acecho. No tengo a nadie que me tranquilice, pensaba a menudo. Y lo necesito. Pero tiene que ser una mujer atlética. Le dio un sorbo a su güisqui escocés y se volvió hacia Gert.

—¿Por qué no nos acercamos a la playa de surf mañana? Conseguiré una de las furgonetas del hotel y podemos alquilar las tablas.

Las playas del norte de la isla de Oahu eran algunas de las mejores del mundo para practicar el surf. Las olas medían casi ocho metros de altura en invierno, y el escenario era maravilloso. El horizonte de montañas era una visión inspiradora para los surfistas que eran capaces de mantener el equilibrio mientras dirigían sus tablas hacia la playa.

Ev soltó un bufido.

—¿Está loco?

Ella y Gert eran ambas unas mujeres de complexión robusta que sólo se despojaban de sus muumuus para darse un rápido remojón en la piscina. Les encantaban sus remojones y los encontraban de lo más reconfortantes. De vez en cuando, se acercaban a la orilla de noche y se despojaban de sus bastas floreadas para darse un chapuzón en el océano. Eran unas mujeres pudorosas y no les gustaba pasear por la playa en traje de baño a la luz del día.

En esa etapa de su vida, Ev había optado por el pelo rubio, mientras que Gert se había decidido por el rojo. Por lo demás, sus rostros redondos y agradables, enmarcados por unas gafas descomunales, guardaban un asombroso parecido.

—Podemos llevarnos la comida. Estoy seguro de que a alguno de los otros les gustaría intentar practicar el surf, ¿no creen? —Esperanzado, Ned recorrió el grupo con la mirada.

Artie, el masajista de treinta y nueve años que creía que sus manos tenían propiedades sanadoras e insólito compañero de habitación de Ned, contestó:

—Estaba pensando en que me gustaría nadar con los delfines. Tengo entendido que hay un lugar fantástico en Big Island donde se comunican de verdad con los humanos. —Artie tenía la piel blanca y el pelo rubio, y por lo general era un hombre apacible. Se había mudado a Hudville desde la soleada Arizona porque había imaginado que, con toda aquella lluvia, debía de haber muchísimos cuerpos doloridos en la ciudad que podrían requerir un masaje. Aseguraba que podía reducir la inflamación de los pies con sólo colocar sus manos encima y extraer toda la energía negativa. Hasta el momento, la mayoría de los residentes de Hudville habían seguido aliviando sus pies hinchados poniéndolos en un escabel mientras veían la televisión; era mucho más barato.

—Me parece rotundamente fantástica la idea de surfear, ¡me encantaría! —gritó Frances. Francie era una cincuentona exuberante que nunca divulgaba su edad y que estaba convencida de ser la mujer más talentosa, divina y perspicaz del planeta. Si de algo no carecía, era de seguridad en sí misma. Tenía el pelo negro y rizado y una cara bastante agraciada, y después de una casi fracasada carrera como actriz, se trasladó a Hudville para enseñar arte dramático en el instituto. Francie siempre llevaba tacones, incluso en la playa, e iba cargada de joyas. Todos los días salía y se compraba un nuevo collar de conchas.

—Francie, no te puedo imaginar de pie encima de una tabla de surf —dijo Gert con pragmatismo, mientras sacaba la rodaja de naranja de su bebida y la mordisqueaba.

Francie se llevó la mano al pecho y sonrió.

—He de comunicarte que cuando tenía dieciséis años practiqué el surf en mi ciudad natal de San Diego. ¡Qué tonificante era subirse a la tabla! —Lo dijo lanzando los brazos hacia arriba; las pulseras tintinearon y se deslizaron hasta que los codos las detuvieron.

—Bueno, aquí tenemos a una interesada —dijo Ned. Miró a los Wilton, una pareja que frisaba los sesenta y que estaba escribiendo un capítulo para un libro sobre los placeres de una relación apasionada. El único problema es que eran tan aburridos como un lavavajillas. ¿Cómo podía ser que no tuvieran una libreta de escritor?, se preguntaba Ned—. Bob y Betsy, ¿qué dicen ustedes? ¿Les apetece ir hasta la playa de surf?

Los dos se lo quedaron mirando de hito en hito. Los Wilton eran ambos delgados e inexpresivos; todo en ellos era anodino. Si uno se separaba de ellos, era imposible acordarse de su aspecto. Simplemente se difuminaban.

—Lo siento, Ned, pero estamos trabajando en nuestro capítulo y necesitamos estar solos —le informó Bob.

Gert y Ev pusieron los ojos en blanco. A todas luces, los Wilton no era los más apropiados para llevar la luz del sol a Hudville. Eran unos sosainas de tomo y lomo.

El último miembro del grupo, Joy, tenía veintiún años y ningún interés en andar por ahí como parte del grupo de los Siete Afortunados. Ganar el viaje la había emocionado, pero lo que realmente quería era salir y conocer gente de su edad; ella prefería ir a surfear con los socorristas que había conocido. Compartir la habitación con Francie la estaba volviendo loca.

—Tengo… bueno… tengo planes para mañana —dijo dócilmente, lamiendo la sal de la copa de su margarita.

Ned parecía disgustado. Dado que era un guía turístico de lo más atlético, le gustaba que la gente hiciera cosas en equipo.

—¿Qué hay del bien del grupo? —preguntó.

Gert no dio su brazo a torcer.

—Ned, agradecemos el tiempo que nos dedica, pero el grupo del Viva la Lluvia es libre de hacer lo que quieran sus integrantes. Nos reunimos por las mañanas y por las noches y compartimos actividades ocasionales. Eso es todo. No queremos que nadie acabe desquiciado.

—¡Ned, yo voy con usted! —dijo una Francie exultante.

—¿Nadie quiere ir a Big Island a nadar con los delfines? —preguntó Artie con voz lastimera.

—Ya sabes que nuestro presupuesto no cubre las excursiones a Big Island —recalcó Ev con cierta severidad—. Además, Gert y yo no podemos ir mañana a la excursión del surf.

—¿Por qué no? —preguntó Betsy, y la expresión de su rostro no dejó traslucir ninguna curiosidad en absoluto.

—Vamos a llevar a cabo un reconocimiento privado de los hoteles y servicios de la zona. Para ver qué podemos mejorar en el siguiente viaje; y para ver si podemos ahorrarnos algún dinero.

—Van a hacer eso sólo para volver loco a Will —dijo Ned medio en broma—. Saben que no van a conseguir mejores condiciones de las que les dan aquí.

Ev se encogió de hombros, le dirigió una sonrisa como la de la Mona Lisa y se acercó la pajita de su bebida a los labios.

—Vamos, Artie, ¿por qué no viene con nosotros? —preguntó Ned—. Podemos nadar con los delfines aquí, en Oahu, el sábado.

Artie se masajeó la mano hacia adelante y hacia atrás lentamente.

—De acuerdo, Ned. Pero preferiría llevar unos salvavidas; tengo oído que el surf es muy traicionero. Y de verdad que no podría soportar la visión de otro cadáver en el agua.

Francie fue la única que se rió.

Capítulo 8

De pie en el porche descubierto de la casa de Steve, Regan estaba sobrecogida por la vista panorámica. El rasgo distintivo más famoso de Oahu, el magnífico cráter Diamond Head, podía verse en la distancia. En el avión, había leído que el volcán había surgido del mar hacía medio millón de años, y que se había ganado su nombre cuando los marineros británicos confundieron sus cristales de calcita con diamantes. Pobres tipos, pensó Regan. ¡Menuda decepción después de tantos meses en el mar! Pero diamantes o no, el cráter volcánico era digno de contemplar. Se erguía, soberbio y majestuoso, mientras velaba por Waikiki y una infinita franja de mar. Abajo, los destellos del sol poniente rebotaban en el agua.

«Parece una postal», pensó Regan, sentándose en unas de las cómodas sillas de jardín acolchadas de Steve. La música era atronadora, pero no había tanta gente como Regan podría haber supuesto cuando entró por primera vez en la flamante casa de relucientes suelos de madera clara y grandes ventanales que discurrían del suelo al techo. Las paredes estaban pintadas de blanco, y el mobiliario, sencillo pero caro, era de madera clara. La cocina último modelo daba a la zona del salón-comedor, y el porche discurría a lo largo de toda la estancia.

Cinco de los amigos de Steve estaban sentados en el porche descubierto. Un pintor y su esposa, que fabricaba muñecas hawaianas; dos tipos que eran miembros de la asociación estudiantil de la universidad de Steve y que acababan de llegar de visita, y una mujer que le cuidaba la casa de Big Island a un empresario de Chicago que casi nunca iba por allí.

A Regan se le antojó de inmediato que la mujer era una farsante.

—Me encantan las fiestas —exclamó ésta, echándose hacia atrás su larga y sucia mata de pelo rubio—. Pero es tan *guay* tener una casa en la jungla para uno solo. Me encanta sentarme allí y releer a los clásicos.

—Perdona —dijo Regan—. No entendí tu nombre.

—Jasmine.

Por supuesto, pensó Regan. No esperaba ningún nombre corriente. Regan sonrió para sus adentros, acordándose de su escuela católica de enseñanza primaria donde la mayoría de los alumnos habían sido bautizados de acuerdo con el santoral. Ni siquiera había conocido a nadie con un nombre insólito hasta llegar a la universidad.

—Y ¿cómo conseguiste el empleo? —le preguntó Regan a Jasmine.

—Trabajaba de abogada mercantilista en Nueva York, y llegó un momento en que ya no pude aguantar tanta presión. Así que me vine a Hawai de vacaciones, y conocí a mi jefe. Cuando oyó que me quejaba de mi trabajo, me ofreció el empleo. De entrada, dije: «No puedo hacer eso»; pero luego, cambié de opinión: «Sí, sí que puedo». He conocido a tanta gente interesante y maravillosa. A veces, Big Island puede resultar un poco más solitaria; es tan enorme, y hay tan poca gente. Pero vengo constantemente de visita a Oahu. Steve es tan encantador. Deja que me quede en la habitación de invitados siempre que quiero.

Regan pudo ver la cara de Kit por el rabillo del ojo. La expresión que le afloró no fue precisamente de alegría.

—Conocí a Jazzy nada más llegar aquí —terció rápidamente Steve—. Es fantástica para conocer gente. Se ha portado como una verdadera amiga.

«Así que es una de ésas», pensó Regan. No hay nada que fastidie más a una mujer interesada en un tipo, que la mejor amiga de éste.

Jazzy echó la cabeza hacia atrás y rió agradecida, mientras doblaba sus bronceadas piernas bajo el cuerpo.

—Antes de que te des cuenta, Steve, habrás conocido a toda la ciudad…

Regan no se atrevió a mirar a Kit

—… porque enseguida se hace pequeña. Casi todo el mundo en Hawai vive en Oahu. Lo llaman el «lugar de reunión», y deja que te diga que así es, sin duda. Cada vez se hace más y más apasionante; y cuando llevas aquí un tiempo, te enteras de todos los cotilleos. Sencillamente, no lo puedes evitar. —Volvió a reír y le guiñó un ojo a Steve—. En realidad, mi jefe quiere comprar una casa en esta zona. Y te digo una cosa, ¡eso me encantaría!

Y ¿qué había de la relectura de los clásicos?, se preguntó Regan.

—Jasmine —empezó Regan. Era sencillamente incapaz de llamarla Jazzy—. ¿Conocías a la mujer que se ha ahogado hoy en el Complejo Waikiki Waters, Dorinda Dawes? Escribía el boletín informativo del Hotel.

La antigua abogada mercantilista arrugó su chata y pequeña nariz hacia Regan. La bronceada Jazzy era menuda, atractiva, usaba poco maquillaje y parecía como si fuera a coger una raqueta de tenis o a nadar veinte largos en cualquier momento. La clase de mujer que había nacido para la vida de un club de campo.

—¿Quién no conocía a Dorinda Dawes? Se inmiscuía en los asuntos de todo el mundo y ponía de los nervios a mucha gente.

«Y puede que descanse en paz», pensó Regan.

—¿En serio? Y ¿cómo es eso?

—El boletín no era tan malo, porque el hotel tenía que autorizarlo. Pero en el último número, Dorinda cubrió la noticia de todas las fiestas de Navidad, y a las mujeres les hizo las peores fotos posibles. Y tenía proyectado editar su propia revista de cotilleo, que se iba a llamar *Vaya, vaya, Oahu*. El personal se estaba atando los machos a causa de eso. Se corrió la voz de que Will, el director del hotel, rechazó el primer boletín que escribió Dorinda, y que censuró todos los demás. Ella se guardaba aquellos «cortes» para su periódico de cotilleos. La gente tenía miedo de que los hiciera parecer gilipollas, pero Dorinda conseguía entrar en todas las fiestas que se daban en la ciudad. Quería convertirse en la reina del cotilleo de Hawai. Ahora, ella misma es el tema de cotilleo. ¿Qué hacía con el collar real de Liliuokalani? ¿Te has enterado de que es la pareja del que se va a subastar en el baile «Sé una princesa»? ¿El que perteneció a la pobre princesa Kaiulani?

—Sí. Me lo ha contado Kit —respondió Regan.

—Estoy preparando las bolsas de regalo para el baile. Nadie del comité se puede creer que Dorinda llevara aquí tres meses y consiguiera echarle el guante a ese collar robado. Sólo Dorinda podía haberlo hecho. Créeme, trabajaba deprisa. Estaba decidida a hacerse un nombre de una u otra manera. Y creo que estaba empezando a desesperarse; llevaba años intentándolo.

—¿Cómo lo sabes?

—La vi varias veces en Nueva York.

—¿De verdad?

—Sí. Dorinda estuvo en la movida durante mucho tiempo. Desempeñó muchos y muy diferentes trabajos y empezó a editar un boletín de cotilleos en internet; pero no levantó el vuelo. Más tarde, consiguió un trabajo como columnista de un periódico del Upper East Side que quebró. El verano pasado leyó un anuncio puesto por una mujer de Hawai que necesitaba un apartamento en Nueva York para seis meses, así que intercambiaron las casas. Dorinda quería establecerse aquí. Las pocas veces que hablé con ella, tuve la sensación de que pensaba que era su última oportunidad de hacerse famosa. No es que lo soltara así, sin más, pero tengo que reconocerle el mérito: consiguió el empleo del Waikiki Waters enseguida. No pagaban mucho, pero tampoco le quitaba demasiado tiempo y le permitía acceder a mucha gente y muchas fiestas.

Kit dejó su vaso.

—La otra noche, cuando la vi en el bar Towers, se lo estaba pasando en grande. Creo que a lo que le gustaba tener acceso era a los hombres. Y me parece que se había tomado unas cuantas copas.

—Le encantaba el vino —dijo Jazzy con desdén—, lo cual podría ser la razón de que se ahogara.

—¿Alguien quiere otra copa? —preguntó Steve, a todas luces deseando cambiar de tema.

—Yo —dijo Jazzy— ¡Ponle mucha soda! ¡Date prisa! ¡O te perderás la puesta de sol!

Regan le dio un sorbo a su bebida. Parecía que allí donde una fuera, el lugar acababa convirtiéndose en Peyton Place con bastante rapidez. Las fábricas de cotilleos están en todas partes. Así es la gente como Jazzy; no hay manera de librarse de ellos.

Los dos amigos varones de Steve, Paul y Mark, volvieron a entrar en la casa para coger un par de cervezas más; parecían buenos tipos, pensó Regan. Igual que Steve. Que fuera un buen partido para Kit era otra historia, y ella no tenía mucho tiempo para averiguarlo.

Vieron juntos la puesta de sol, sin parar de soltar interjecciones de admiración a medida que los colores del cielo iban cambiando. Todos le decían a Steve lo afortunado que era por vivir en un lugar tan maravilloso. Cuando el último pedacito de constelación de resplandecientes rojos y naranjas se metió tras el horizonte, el pintor y su mujer, la fabricante de muñecas, se levantaron.

—Gracias, Steve —dijo él—. Tenemos que irnos. Mañana madrugamos para coger un avión a Maui para asistir a una feria de artesanos. A ver si hay suerte, y tenemos un buen día con las ventas de nuestras pinturas y muñecas.

La mujer era una nativa hawaiana, y el hombre se describía como un viejo *hippy* que había llegado a Hawai hacía veinticinco años para hallarse a sí mismo. Él llevaba el pelo rubio recogido hacia atrás en una coleta, mientras que el brillante pelo negro de ella le caía en cascada por la espalda.

Los seis restantes se metieron en el coche de Steve y se dirigieron a la ciudad, al restaurante Duke y bar Barefoot; el restaurante debía su nombre a Duke Kahanamoku, el ciudadano más famoso de Hawai y «padre del surf internacional». Duke se hizo mundialmente famoso como nadador, intervino en más de veintiocho películas de Hollywood y al final de su vida se convirtió en embajador de la buena voluntad y hospitalidad de Hawai. Decenios después de su muerte seguía siendo considerado el mejor atleta de la historia de las islas. Nunca había visto la nieve y su frase más citada era: «Sólo soy feliz cuando estoy nadando como un pez». Una gran estatua de Duke, con los brazos extendidos hacia fuera, como si estuviera diciendo *aloha*, se levanta en la playa de Waikiki. Todos los días, docenas de turistas devotos depositan *leis*, collares de flores, alrededor de su cuello. Steve había llamado la atención sobre la estatua cubierta de flores cuando iban camino de su casa.

El bar estaba abarrotado, pero consiguieron llegar hasta una mesa al aire libre. Jasmine parecía conocer a más gente de la que le correspondía, lo cual no sorprendió a Regan en absoluto. Una mujer paró a Steve en el bar, le puso la mano en el brazo y empezó a hablar con él. A Regan le pareció que Steve estaba molesto y que se impacientaba con la mujer; no tardó en desasirse y sentarse con el grupo, tras lo cual todos pidieron bebidas y hamburguesas. Regan se empezaba a sentir bastante cansada. Era jueves por la noche, poco más de las nueve, lo cual significaba que en Los Ángeles eran las once, y las dos de la madrugada en Nueva York. Un televisor situado encima de la barra mostraba un breve reportaje sobre la tormenta de nieve del Este. Estaré allí con Jack la semana que viene, pensó Regan con añoranza. Estaba encantada de que Kit pareciera contenta, aunque la perspectiva de pasar todo el fin de semana con ese grupo no le entusiasmaba; y sin saber bien por qué, se imaginaba que así iba a ser. Se habló de la cena del día siguiente en casa de Steve. Estaba segura de que para él «cena» era un término bastante flexible, pensó.

Regan echó un vistazo a Paul y a Mark, que estaban examinando sin ningún recato a las monadas del bar. Supongo que no debería de sentirse insultada, reflexionó; ese anillo que llevaba en el dedo no pasaba precisamente desapercibido. Jasmine estaba inclinada hacia un lado, hablando con las personas que ocupaban la mesa contigua, y Steve le susurraba algo a Kit al oído.

Con el ruido reinante, Regan tardó varios minutos en percatarse de que su móvil estaba sonando; lo buscó a tientas en el bolso. ¿Quién la llamaría a estas horas?, pensó con nerviosismo. Todos los de casa deberían de estar dormidos.

—Hola —contestó cuando por fin pudo recuperar el teléfono.

—¿Regan?

—Sí.

—Soy Mike Darnell, un amigo de Jack. Soy detective de la policía de Honolulú. Me pidió que te llamara.

—Ah, hola, Mike —respondió Regan con una sonrisa—. Es muy amable por tu parte.

—He estado trabajando hasta tarde, pero estaba pensando en ir a un sitio llamado Duke. Me pareció que tal vez a ti y a tu amiga os apetecería reuniros conmigo allí.

—En este momento estoy en Duke.

—Me tomas el pelo.

—¿Me crees capaz?

—No lo sé. Si estás prometida con Jack Reilly, debes ser capaz de cualquier cosa.

Regan rió.

—Estamos con un grupo de gente. Únete a nosotros. Estamos en el exterior, a la izquierda de la barra. Somos seis, aunque cuando llegues, puede que seamos más.

—Entonces, hasta dentro de unos minutos.

Regan cortó la comunicación mientras Jasmine le preguntaba:

—¿Quién era?

—Un amigo de mi prometido que es detective de la policía de Honolulú. Va a venir a tomar una copa.

—Bueno —respondió Jasmine con desdén.

«¿Son imaginaciones mías? —se preguntó Regan—, ¿o Jasmine parece nerviosa?»

Capítulo 9

Nora Regan Reilly se despertó sobresaltada. El viento aullaba en el exterior, y ella oyó un golpazo contra un lateral de la casa. El reloj de la mesilla de noche marcaba las 2:15. A su lado, Luke dormía apaciblemente. «Es capaz de seguir durmiendo pase lo que pase», pensó Nora con una ligera sonrisa.

Bum. Bum.

Nora se levantó y alargó la mano para coger la bata que dejaba en la banqueta tapizada en raso situada a los pies de la cama. A ella y a Luke les gustaba mantener el dormitorio frío, y esa noche eso no había supuesto un problema. Se envolvió en la bata, se acercó al gran ventanal y descorrió la cortina. Llegó justo a tiempo de ver cómo una enorme rama de uno de los árboles del jardín se partía y se estrellaba con estrépito contra el suelo. La nieve congelada se desprendió, esparciéndose en multitud de trozos sobre el mar de nieve de abajo. Ése era el árbol favorito de Regan cuando era pequeña, recordó Nora.

Oyó la suave respiración de Luke a través de la habitación. No tenía sentido despertarlo, pensó mientras escudriñaba el jardín. No había nada que pueda hacer al respecto en este momento. Y mañana sería un día duro. Era imposible que pudieran celebrar el funeral con este tiempo; las carreteras estaban intransitables. Todos esos parientes del viejo esquiador se quedarían bloqueados en el hotel, y esperarían que Luke les diera soluciones para la tormenta. Como si él pudiera cambiar el tiempo.

Nora volvió con sigilo a la cama mientras el viento silbaba en el exterior. «Espero que en Hawai las cosas estén más tranquilas que aquí», pensó. Se acurrucó bajo las mantas, y sus pensamientos pasaron de un tema al siguiente sin solución de continuidad. Deseó que Regan estuviera en Nueva York ese fin de semana. Habría sido tan divertido ir a escuchar la orquesta nupcial con ella y con Jack y averiguar por sí mismos si era tan buena como todo el mundo juraba que era. «Si Dios quiere, iremos la semana que viene», caviló. Se sacudió, se dio ligeramente la vuelta y acabó por quedarse dormida.

Entonces, empezó a soñar. Soñó que estaban en la boda de Regan y Jack, y que una orquesta estaba tocando, pero hacía mucho ruido y desafinaba. La música era chirriante y discordante, y Nora no paraba de decirles que parasen, pero nadie la escuchaba. Así que cuando se despertó y se dio cuenta de que sólo había sido un mal sueño, sintió un enorme agradecimiento. El silbido del viento se había incorporado a su inconsciente mientras Nora dormía.

¿Qué le pasaba?, se preguntó. Bueno, por un lado, Regan no la había llamado al llegar a Hawai. Era una mujer adulta, se recordó Nora, y no tenía que estar llamando a casa a todas horas. Aunque solía llamar cuando viajaba. Nora se sentía nerviosa, y el hecho de que la rama rota fuera del árbol favorito de Regan la ponía un poco triste. Volvió a levantarse de la cama, cogió la bata y se enfundó los pies en unas zapatillas. Sin hacer ruido, abrió la puerta del dormitorio y avanzó con paso suave por el pasillo.

Ya abajo, puso el hervidor de agua al fuego y cogió el teléfono. En Hawai no era tarde, pensó; haría una rápida llamada a Regan al móvil.

En Duke, los seis seguían estando amontonados en torno a la mesa. Cuando Mike Darnell llegó, Jasmine se alejó como quien no quiere la cosa para hablar con un grupo en la barra. Mike acababa de pedir una cerveza cuando el móvil de Regan sonó de nuevo.

—Mamá —dijo, alarmada al oír la voz de su madre—. ¿Qué haces levantada a estas horas? ¿Va todo bien? —Regan se cubrió la oreja libre con la mano para poder oír por encima del ruido de la multitud.

—No podía dormir —contestó Nora—. Y sólo quería asegurarme de que llegaste bien. Con el tiempo que tenemos, se hace difícil imaginar que haga bueno en alguna parte del mundo.

—Estamos sentados al aire libre en un restaurante con vistas al océano y a las palmeras. Hace una noche preciosa —le aseguró Regan—. Un amigo de Jack se acaba de unir a nosotros. Es detective de la policía de Honolulú.

De alguna manera, eso hizo que Nora se sintiera mejor. ¿Por qué se preocupaba tanto?, se preguntó. El hervidor de agua empezó a silbar, un sonoro silbido que Luke decía estaba pensado para despertar a un muerto.

—¿Te estás haciendo un té? —preguntó Regan.

—Descafeinado.

—Es increíble que se pueda oír el hervidor de agua con tanta claridad a casi diez mil kilómetros de distancia.

—Papá diría que ni siquiera se necesitaría un teléfono para eso. Regan rió.

—Bueno, estamos bien. ¿Por qué no intentas dormir un poco? Mañana estarás agotada.

—No me importará. Estoy segura de que no haré nada.

—No dejes que papá palee el camino de acceso.

—No se lo permitiré. Grez Driscoll estuvo hoy aquí tres veces con su máquina quitanieves y volverá por la mañana. Quizá no debería de molestarse; la nieve no va a parar de amontonarse. —Nora vertió el agua en el té, se dio la vuelta para alejarse de la cocina y dio un grito ahogado—. ¡Luke!

—¿Papá está levantado?

—Cuando dejé la cama, estaba como un tronco.

—Ya sabes que siempre se entera cuando dejas la cama más de cinco minutos.

—¿Qué haces levantada? —le susurró Luke a Nora mientras se frotaba los ojos.

—Me despertó un ruido muy fuerte, y luego se partió una rama del árbol grande de la parte de atrás —le explicó Nora, mientras Regan escuchaba al otro lado de la línea.

—¿El árbol grande? —preguntaron Luke y Regan al mismo tiempo.

—El árbol grande —confirmó Nora.

—¡Mi árbol favorito! —exclamó Regan—. Mamá, ¿recuerdas que escribiste un cuento sobre un árbol que se cae sobre una casa, y que a partir de ahí a la familia le suceden un rosario de desgracias?

—Me había olvidado de ese cuento; fue hace tanto tiempo. Muchas gracias por recordármelo.

—Bueno, no te preocupes. El árbol no ha caído sobre la casa. Bueno, tengo que colgar. Este lugar es tan ruidoso, que apenas puedo oír.

—Llama durante el fin de semana.

—De acuerdo.

Regan colgó y alargó la mano hacia su vaso de vino.

—Perdona, Mike. —Se disculpó ante el alto y atractivo hombre de barba castaña y piel oscura que estaba sentado junto a ella.

—¿Era tu madre? —preguntó Mike.

—Sí, están teniendo una tremenda tormenta en el Este.

—Eso es lo que me dijo Jack. A propósito, me ha invitado a vuestra boda, así que deberías de tener cuidado; podría aparecer.

—Nos encantaría.

—Debo decirte que cuando me llamó Jack mencioné por casualidad que hoy se había producido un ahogamiento en tu hotel.

Regan hizo una mueca.

—Vaya, ¿eso hiciste?

—Sí. Pareció sorprenderse.

—No se lo dije a propósito —admitió Regan—. Y ¿qué hay del caso?

—Creemos que fue un accidente.

—¿De verdad? ¿Por qué?

Mike se encogió de hombros.

—No hay signos de violencia en el cuerpo, y por lo que hemos podido deducir, no tenía enemigos conocidos. Sus cuentas bancarias están en orden; no tenía mucho dinero, pero pagaba sus facturas. Nos hemos enterado de que volvía a su casa dando un paseo por la playa y que le gustaba pararse y sentarse en el rompeolas. Se están haciendo los análisis toxicológicos, pero la gente dice que llevaba un par de copas encima. Probablemente resbaló y cayó al agua. Esos rompeolas pueden estar increíblemente resbaladizos, y allí hay una resaca muy fuerte.

—¿Qué hay de su familia? —preguntó Regan.

—El único familiar cercano es un primo. El hotel tenía su número de teléfono, y pudimos ponernos en contacto con él. Como es natural, la noticia le impresionó, pero nos dijo que no estaban muy unidos. Supongo que habrás oído hablar del collar robado que llevaba puesto. Nuestra gran incógnita es de dónde lo sacó.

—He oído hablar de él. ¿Cómo es que se ha identificado con tanta rapidez?

—Bueno, es un objeto muy raro, con una combinación de conchas y corales de diferentes tonalidades que resulta inconfundible. Uno de los tipos que sacó el cuerpo había estado en el Museo de las Conchas el último fin de semana con unos amigos del continente que estaban de visita. Había visto el otro collar expuesto y sabía que su pareja había sido robada. Sumó dos y dos.

—Y ¿qué vais a hacer con el collar?

—Lo hemos devuelto al propietario del museo. Está como loco de contento. Iba a subastar el otro collar este fin de semana en el baile del Waikiki Waters para recaudar dinero para el museo.

—Eso he oído. Me pregunto si subastará éste también.

—No lo sé.

—Así que el par de collares vuelven a estar juntos en el museo después de haber estado separados durante treinta años.

—Así es. Habían estado juntos en el museo durante cincuenta años, separados durante treinta y ahora están juntos. Menuda historia.

—Pero Dorinda Dawes hace sólo tres meses que llegó a Hawai. ¿Alguien tiene idea de dónde pudo sacar ese collar?

—Lo más probable es que ni siquiera supiera que lo tenía. Y es casi seguro que no lo robó. Según parece, afirmaba no haber estado en Hawai con anterioridad a su llegada, hace tres meses, y cuando el collar fue robado ella era una adolescente.

—Aquella chica de allí —Regan señaló a Jasmine, que estaba haciéndose la interesante en la barra— conoció a Dorinda Dawes en Nueva York.

—Ya me había fijado en ella con anterioridad —dijo Mike—. Algo me dice que es un auténtico punto filipino.

Capítulo 10

En el Waikiki Waters, Will Brown se mantuvo ocupado con el papeleo toda la noche. Llamó a la habitación de Kit y Regan un montón de veces, para comprobar si habían vuelto ya. Sin suerte. A la duodécima vez que salió a dar vueltas por la zona de recepción, las vio bajar del Land Cruiser.

—Hola —dijo, y echó a correr para recibirlas.

—Hola, Will —gritó Kit—. Cuánto trasnochas.

—No hay descanso para el esclavo —bromeó Will—. Como ya sabéis, aquí hemos tenido un día de lo más ajetreado. Me encantaría invitaros a una copa.

—La verdad —empezó Regan—, es que estoy un poco cansada.

Will bajó la voz.

—Tengo que hablar contigo de un asunto profesional.

Al advertir la ansiedad de Will, Regan consintió.

—Tal vez una rápida —dijo, y miró a Kit, que asintió con la cabeza.

—¡Éstas son mis chicas! —bramó Will con energía.

Definitivamente, este tipo tená los nervios a flor de piel, decidió Regan.

Will las condujo hasta un espacioso y aireado bar al aire libre, situado entre los dos edificios de habitaciones más grandes. Una cadenciosa música hawaiana salía de los altavoces escondidos en las palmeras e hibiscos que rodeaban las mesas y las sillas. Todos debían de estar descansando para pasar otro día sentados en la playa, pensó Regan, echando un vistazo por el recinto casi vacío.

—Ya estamos aquí. —Will señaló una apartada mesa en un lateral, bajo una gran palmera iluminada con unas pequeñas luces blancas. Un camarero, al ver al gran jefazo, se acercó corriendo.

Regan y Kit pidieron sendas copas de vino blanco, mientras que Will se decidió por un vodka con tónica.

—Marchando —anunció el camarero con alegría, y se alejó a toda prisa.

—Gracias, chicas, por acompañarme. —Will miró alrededor con cautela para asegurarse de que nadie pudiera oírles.

Kit miró a Regan y enarcó las cejas como diciendo: «¿Qué pasa?» Regan se encogió de hombros.

Después de asegurarse de que el lugar estaba a salvo de oídos indiscretos, Will se aclaró la garganta y se pasó los dedos por el pelo, lo cual sólo empeoró su angustia; de alguna forma, parecía más ralo que hacía una hora. Tal vez se estuviera arrancando el pelo sin darse cuenta, pensó.

—Regan, Kit… —empezó—. El Complejo vacacional y lúdico Waikiki Waters es un establecimiento hotelero muy reputado. Acabamos de hacer una gran y onerosa renovación. Tenemos muchos clientes que repiten todos los años, y nos sentimos orgullosos de nuestro servicio e instalaciones…

—¿Qué es lo que no va bien? —preguntó Regan con rapidez. ¿Por qué no ayudarlo a ir al grano?, pensó.

—De acuerdo. —Will asintió con la cabeza mientras unas gotas de sudor le resbalaban por la frente. Carraspeó—. Tengo la sensación de que ahí fuera hay gente que está intentando arruinar el buen nombre de este hotel. Se han producido muchos pequeños percances. Puede que se trate de alguno de los empleados. Y el ahogamiento hoy de Dorinda Dawes… Sencillamente, no creo que haya sido un accidente.

Regan se inclinó hacia delante.

—¿Qué te hace pensar eso?

—La vi antes de que se marchara, y me dijo que se iba directamente a casa.

—¿Se lo has contado a la policía?

—Sí. Pero ellos saben que solía irse a casa caminando por la playa. Dicen que tal vez decidió mojarse los pies en el agua. Anoche estaba bastante caliente.

—Pero tú no lo crees.

—No. Regan —continuó Will—. Sé que tienes una gran reputación como detective.

—¿Ah, sí?

—Te he buscado en internet.

—Vaya.

—Y me preguntaba si podría contratarte para que pases los dos próximos días hablando por aquí con la gente. A ver si detectas algo raro. Últimamente, hemos tenido más ladronzuelos de los que nos corresponden. Se han caído tubos de lociones solares en los retretes públicos, que han provocado varias inundaciones. Y algunas personas se han puesto enfermas después de comer las ensaladas del bufé libre, lo cual es insólito, dado lo cuidadosos que somos con nuestros restaurantes. Nos sentimos orgullosos de la calidad de nuestra comida. Y ahora, Dorinda se ahoga. Mañana aparecerá todo en la primera plana de los periódicos locales. Ya he recibido llamadas de corresponsales de periódicos nacionales... y todo a causa de ese collar real en el cuello de Dorinda y de la coincidencia de que sea la pareja del que subastaremos en el baile del sábado por la noche. ¡Ese baile tenía que ser un éxito! —Will cogió su vaso y le dio un largo trago a la bebida.

Regan esperó. Sabía que él tenía mucho más que contar.

—Contraté a Dorinda para que trabajara aquí. Sé que sacaba de quicio a la gente, y hasta cierto punto ahora me siento responsable de su muerte. Si ella no hubiera trabajado aquí, anoche habría estado en algún otro lugar. Y si hay un asesino en el Waikiki Waters, ¿quién puede asegurar que él o ella no volverá a atacar de nuevo? Aquí está pasando algo, y te estaría muy agradecido si pudieras ayudarme. Tal vez el asesino esté en una de esas habitaciones ahora mismo. —Will hizo un gesto hacia los edificios que se veían en la distancia.

«¡Uau! —pensó Regan—. Puede que Will esté exagerando, aunque ¿quién sabe?»

—Comprendo tu preocupación —le aseguró Regan en voz baja, cuando el camarero se acercó y les sirvió las bebidas.

—¿Les traigo algo más, señor Brown?

—Gracias, no.

El camarero tamborileó con los dedos sobre la bandeja y se retiró a la barra.

Regan le dio un trago a su vino.

—Si hay alguien responsable de la muerte de Dorinda Dawes, esa persona podría no haber tenido ninguna relación personal con ella. Su muerte puede haber sido un acto aleatorio de violencia. Tal vez relacionado con el collar robado. Me gustaría ayudarte, Will, pero sólo voy a quedarme hasta el lunes.

—Con eso es suficiente; lo único que quisiera es que estudiaras la situación. Además vas a estar aquí para el baile. ¿Quién sabe lo que alguien puede pretender hacer esa noche? Tenemos un personal de seguridad, pero me gustaría contar con alguien que anduviera por ahí sin que fuera evidente que está controlando las cosas para el hotel. No se me ocurre qué otra cosa hacer. Casi seguro que consigues hacer hablar a la gente. No sé, actúa como una turista entrometida… o como quiera que lo hagas. Puede que Dorinda se haya ahogado accidentalmente; no lo sé. Pero ¿nunca has tenido la sensación de que hay algo que no va bien del todo, y no eres capaz de decir concretamente de qué se trata?

—Por supuesto —contestó Regan.

—A veces, cuando uno es el jefe, la gente no quiere contarte las cosas. Me apuesto lo que sea a que conseguirás hacer hablar a la gente. Ya no sé en quién confiar. —Will volvió a darle otro trago a su bebida—. Seré franco contigo, Regan: tengo miedo de perder mi trabajo. Todo esto ha ocurrido bajo mi control, y los jefazos no están nada contentos. Dorinda Dawes se dio a conocer en toda la ciudad, no siempre de la mejor manera, y tienen la sensación de que su vida y su muerte desacreditan al hotel. Y a mí particularmente, toda vez que fui yo quien la contrató.

Kit miró a Regan con las cejas levantadas.

«Sabe más de lo que me está diciendo», pensó Regan.

—¿Vives en el hotel? —le preguntó Regan a Will.

—No. Mi esposa, Kim, y yo tenemos una pequeña casa en la costa. Está a unos cuarenta y cinco minutos de aquí.

—¿Tu esposa? —Regan intento suprimir el tono de sorpresa de su voz. Will no llevaba alianza y tampoco tenía pinta de persona casada. Fuera la que fuese la pinta ésa.

—Sí. Llevamos casados dos años. En Navidades, fuimos a visitar a su madre a Carolina del Norte, y ella se quedó unas cuantas semanas más con nuestro hijo. Vuelven mañana por la noche.

«Esto se pone interesante por momentos —pensó Regan—. ¿Tenía Will algún interés personal en Dorinda Dawes? Tal vez tema que su nombre pueda salir en una investigación, y quiere que le ayude a demostrar que no está involucrado.»

Kit no se había perdido una palabra de la conversación. Regan se dio cuenta de que su amiga también parecía haberse sorprendido de que Will dijera que estaba casado. Aunque la angustia de éste parecía auténtica. Tenía una esposa y un hijo que mantener y un buen empleo; si lo perdía, podía acabársele la suerte. Regan sabía que no era fácil encontrar otro trabajo igual en Hawai; había demasiada gente que deseaba ocupar esos puestos «ejecutivos» y vivir en el paraíso.

Regan estaba interesada en el caso, pero había ido allí para estar con Kit. Y como si ésta le hubiera leído el pensamiento, dijo:

—Regan, sé que quieres hacerlo. A mí no me importa. Con tal de que podamos pasar algún tiempo juntas.

—¿No es fantástico el amor?

Kit se echó a reír.

—Sí, es una ayuda que Steve sugiriese venir mañana para ir juntos a la playa.

—Es una suerte para las dos. —Regan se volvió hacia Will—. Muy bien. Te ayudaré. Pero ahora necesito dormir algo. Sigo con el horario de Los Ángeles. ¿Qué tal si me reúno contigo en tu despacho mañana por la mañana?

Pareció como si a Will se le quitara un peso de encima.

—Gracias, Regan. Te pagaré tus honorarios, sean los que sean. Y tu siguiente viaje a Hawai corre de mi cuenta.

—Bueno —convino Regan sin pérdida de tiempo—. ¿A las nueve está bien?

—Perfecto. Basta con que digas en recepción que tienes una cita conmigo. No harán preguntas.

—Está bien. Estaré allí a las nueve.

Will sacó el pañuelo del bolsillo y se secó la frente con él, mientras las notas de la famosa canción de Don Ho, *Tiny Bubbles**, flotaban en el aire.

* *Pequeñas burbujas. (N. del T.)*

Capítulo 11

—Siempre me llevas a los lugares más seguros —bromeó Regan con Kit mientras se dirigían de vuelta a su habitación.

—Déjalo de mi cuenta —masculló Kit—. Aunque da un poco de miedo pensar que podría haber alguien en el hotel que asesinó a Dorinda Dawes.

—Demos un rápido paseo por la playa —sugirió Regan.

—Creía que estabas cansada.

—Y lo estoy. Pero ahora tengo la mente en este caso, y quiero ver cómo se está ahí fuera de noche.

Dejaron atrás la Gran Piscina, donde cada pocas noches se representaba un espectáculo de hula-hula*, y se metieron en la arena. El Océano Pacífico se extendía ante ellas. Las olas besaban con suavidad la orilla, y la brisa mecía ligeramente las palmeras. La luna se reflejaba en el agua, y las luces del Waikiki Waters y de los demás hoteles de la avenida contribuían a que la playa no estuviera del todo a oscuras.

Kit siguió a Regan hasta el borde del agua, se quitó las sandalias de sendos puntapiés y se adentró en el agua hasta que ésta le cubrió los tobillos. Acto seguido, giró a la izquierda y empezó a caminar sin alejarse de la orilla. Kit la imitó. Al dar la vuelta a un recodo de la playa, se encontraron con una oscura cueva que no se podía ver desde el

---

* El baile típico de las islas. (*N. del T.*)

hotel. Poco más allá estaba el rompeolas que Regan dedujo debía ser donde Dorinda se paraba y se sentaba camino de su casa.

En las rocas de la cueva había una pareja sentada, besándose; se apartaron cuando percibieron la presencia de Regan y Kit.

Kit observó asombrada cuando Regan dijo:

—Perdonen. ¿Podría hablar con ustedes un momento?

—Acabo de proponerle matrimonio a mi novia en una playa bañada por la luna y ¿tiene usted que venir a interrumpir? —le preguntó el tipo con incredulidad.

—¿Supongo que ayer noche no estarían aquí? —intentó sonsacarles Regan.

—Anoche estaba muy nublado. Siempre quise que fuera en una noche con luna, así que esperé. Hoy había luna, de manera que le he propuesto matrimonio.

—Supongo que ha dicho que sí —bromeó Regan.

—En efecto —gritó con alegría la chica. Extendió la mano hacia Regan y mostró un anillo de diamantes.

Regan se acercó a la pareja y se inclinó.

—Es precioso —dijo Regan con sinceridad—. Yo también estoy recién prometida.

—Déjeme ver su anillo —dijo la chica con entusiasmo.

Regan extendió su mano izquierda.

—¡Uau! ¡El suyo también es divino!

—Gracias.

—¿Dónde le propuso matrimonio su novio? —preguntó el tipo. Parecía estar volviéndose más cordial.

—A bordo de un globo aerostático.

—Eso debe haber sido de lo más especial —gritó la chica—. ¡Un globo aerostático!

El tipo frunció el entrecejo.

—Tendría que haber pensado en eso.

—No, tesoro. Una playa bañada por la luna está muy requetebién. —La chica se inclinó para que su prometido le diera un pequeño beso. Él le dio dos.

—¿Anoche no vendrían casualmente por aquí en algún momento? —preguntó Regan.

—No. Salí un momento para ver si el escenario era el adecuado para prometerse, pero estaba demasiado nublado. Así que nos fuimos a bailar.

—¿A qué hora fue eso?

—Poco después de las diez.

—¿Se fijaron si había mucha gente en la playa?

—No vi a demasiadas personas. La gente que está en la zona de piscinas sale a veces a dar un paseo, pero la piscina cierra a las diez. La terraza del bar permanece abierta hasta más tarde. La otra noche tomamos unas copas allí y vi que algunas personas dan un paseo por la playa y le echan un rápido vistazo al mar antes de irse a la cama. Pero la mayoría se pasan el día en la playa, de manera que ya tienen bastante. ¿Sabe a qué me refiero, no?

—¿No vieron a nadie nadando?

El chico negó con la cabeza.

—No. Habría que estar loco para nadar de noche. Aquí hay resaca y unas corrientes muy fuertes. Se lo tragarían a uno, y no habría nadie cerca que pudiera acudir en su auxilio. Nosotros nos limitamos a meter los pies aquí y a sentir el remolino.

—Igual que nosotras —le dijo Regan.

—¿Intenta averiguar cómo se ahogó esa mujer? —Antes de que Regan pudiera contestar, el tipo prosiguió—: Me parece que hay mucha gente que sale a pasear por la playa de noche cuando se siente muy inquieta.

—¡Jason! —le reprochó la chica.

—Es cierto, Carla. —El tipo se volvió hacia Regan—. Anoche me desperté a las tres de la mañana y ella no estaba. Me quedé hecho polvo. Me vestí, y en ese momento ella entró por la puerta y me dijo que, como no podía dormir, se había ido a dar un paseo por la playa. ¡A las tres de la madrugada! Le dije que habría estado bien que me dejara una nota. Entonces, me contó que estaba muy inquieta, porque estaba segura de que anoche iba a proponerle matrimonio y no lo hice. Ayer era nuestro aniversario. Ya sabe, del día que nos conocimos. De eso hace diez años.

«Diez años —pensó Regan—. Me alegra que Jack no tardara tanto.»

—Ella se trasladó a mi colegio a los doce años.

—El trabajo de mi padre nos obligaba a constantes traslados de residencia —explicó Carla—. Pero no me alejé mucho; tenía un poco de miedo. Pensé que si no me iba a proponer matrimonio nunca, pues amén. Hay otros peces en el mar.

—Muchas gracias, cariño.

Ella le dio un golpe en el brazo juguetonamente.

—Ya sabes lo que quiero decir.

—Vio a alguien aquí a esas horas —inquirió Regan.

—¡Ni a un alma! Por eso estaba asustada. Acabé por volver a la carrera. Y pensar que ese cuerpo fue arrojado a la playa pocas horas más tarde. ¡Dios mío!

Su prometido la acercó a él.

—No vuelvas a dejarme así nunca más.

—No lo haré. —Y empezaron a besarse de nuevo.

—Los dejamos tranquilos —dijo Regan rápidamente—. Pero si se acuerdan de algo que hayan visto anoche, por poco raro que parezca, ¿les importaría comunicármelo? Cualquier cosa, por más insignificante que parezca, podría ser importante. El hotel sólo quiere garantizar la seguridad de sus huéspedes. Nunca se es lo suficientemente cuidadoso. —Les dio su nombre y el número de habitación y de móvil.

—Por supuesto —dijo la chica—. Ahora no se me ocurre nada. Estoy demasiado excitada. Pero si me viene algo a la memoria, la llamaré. Me llamo Carla, y nos alojamos en la edificio Cocotero.

—Gracias, Carla.

Regan y Kit volvieron a su habitación. Kit se dejó caer sobre su cama.

—Eres asombrosa. Sólo tú podrías interrumpir el abrazo de una pareja de recién prometidos y acabar siendo su amiga.

—No sé si soy o no su amiga —contestó Regan—, pero si me llaman con algo que pudiera ayudar a explicar qué es lo que le ocurrió a Dorinda Dawes, entonces sí que serán mis amigos. Y algo me dice que cuando la excitación de su compromiso se desvanezca un poquito, ella querrá hablar. Créeme, tendré noticias de la chica.

Capítulo *12*

Ned y Artie estaban en su habitación. El tamaño de la pieza era aceptable, aunque un poco pequeña para dos, en especial para dos adultos que no quieren pasar mucho tiempo juntos durante el día, cuanto más durante aquellas vulnerables horas de la noche. A Artie le gustaba poner cintas de sus curaciones místicas mientras se quedaba dormido, algo que estaba volviendo loco a Ned. Y éste siempre tenía la televisión sintonizada en las cadenas de deportes, algo que desquiciaba a Artie.

Compañerosdehabitación.com nunca los habría emparejado, pero las gemelas no habían dejado escapar la ocasión de ahorrarse un dinerito, así que Artie tuvo que cargar con el mochuelo. Dado que el viaje era gratis, no podía quejarse mucho, y tal y como habían puntualizado Gert y Ev, todos compartían habitación, y cuando se está en un lugar hermoso como Hawai, uno sólo debería permanecer en la habitación para dormir.

A Ned le encantaba su trabajo en el Waikiki Waters. Puesto que le proporcionaban alojamiento, estaba de guardia permanentemente, pero no le importaba. Su carácter le hacía estar siempre en danza. Sus colegas pensaban que se tomaba las cosas demasiado en serio, y algunos decían que estaba enloquecido.

Era medianoche, y Ned estaba haciendo una tabla de cien abdominales. Artie estaba en la cama, con los auriculares conectados a su lector de discos compactos. La luz estaba encendida, y Artie tenía los ojos cerrados con fuerza y se tapaba la cabeza con la sábana. Al final, se sacó los auriculares de las orejas.

—Ned, ¿podría hacer el favor de apagar la luz? Necesito descansar.

—He de terminar mis abdominales —respondió Ned, respirando con fuerza.

—Pensaba que no era bueno hacer ejercicio justo antes de irse a la cama —gimió Artie.

—Me relaja.

—La noche pasada se fue a nadar a la piscina. ¿Por qué no lo hace de nuevo?

—Y ¿por qué no se va a dar un paseo por la playa, Artie? Lo ha hecho todas las noches, pero ésta no. Y algo me dice que lo necesita.

—Me gusta pensar en las cosas al final del día, cuando paseo por la playa, pero esta noche estoy cansado.

—Y ¿en qué piensa? —preguntó Ned sin dejar de contar sus abdominales.

—En cosas como si debería irme de Hudville.

—¿Irse de Hudville?

—Sí. Demasiada lluvia y demasiada poca gente dispuesta a soltar la mosca por un masaje. Estoy pensando en irme a Suecia. Tengo entendido que allí gustan los masajes.

Ned puso los ojos en blanco.

—Deben de tener multitud de masajistas. Tal vez debería venirse a Hawai. Eso es lo que hice yo. Me trasladé aquí cuando me separé de mi mujer el año pasado y me siento mucho mejor.

—No sé —dijo Artie, apretando y abriendo los puños—. Estoy inquieto. Siento como si ahí fuera hubiera cosas nuevas que debería de hacer.

—Esas cintas de relajación no le están ayudando mucho —observó Ned.

—No se ría de mis cintas.

—No lo hago. ¿Por qué no salimos a correr?

—¿Ahora?

—¿Por qué no? Tiene demasiada tensión acumulada dentro. Sáquela, y dormirá como un bebé.

—Me dormiré como un bebé ahora mismo sólo con que apaguemos la luz.

—Noventa y ocho, noventa y nueve y cien. ¡Se acabó! —Ned se levantó del suelo de un salto—. Me doy una ducha rápida y apagamos la luz.

«No puedo más —pensó Artie—. Simplemente, no puedo más.»

Pasillo adelante, los Wilton estaban acostados. Discutían acerca de su capítulo del libro sobre cómo mantener la pasión en una pareja.

Bob pensaba que a veces Betsy se ponía un poco celosa. A él le gustaba bromear con las mujeres. Su intención no era herir, pero a Betsy no le gustaba ni un pelo; eso aportaba excitación a su relación, pero no de la buena. A algunas parejas les gustaba pelearse para poder divertirse haciendo las paces. No a Betsy Wilton.

—Bueno, por ejemplo —dijo Bob mientras cruzaba las manos sobre el pecho—, cuando esa mujer que se ahogó nos hizo unas fotos la noche pasada, y yo le dije que olía muy bien, me taladraste con la mirada. Luego, te marchaste enfurruñada y volviste a la habitación.

—La razón de que supieras que olía tan bien fue que la rodeaste con el brazo y la abrazaste con fuerza. Sólo porque nos hizo una foto. Eso no era necesario.

Bob consideró la cuestión.

—Bueno, eso ya no importa.

—Supongo que no.

—Ella está muerta.

—Sí que lo está.

—Y cuando volví a la habitación, estabas profundamente dormida.

—Partí un somnífero y me tomé un trozo pequeño.

—No es de extrañar que estuvieras grogui. —Bob sonrió con malicia—. ¿Sabes?, Dorinda Dawes llevaba un collar de conchas cuando murió. Esos collares me parecen excitantes; mañana intentaré comprar uno. Buenas noches, querida.

—Buenas noches —dijo Betsy, mirando fijamente al techo. «Escribir sobre cómo aumentar la pasión en una relación está sacando lo peor de él —pensó—. Esto empieza a dar verdadero miedo.»

Que dos mujeres solteras a las que separaban treinta años de edad compartieran habitación planteaba una serie de problemas muy particulares. Por suerte, tanto Francie como Joy eran muy dejadas. La repisa del cuarto de baño estaba abarrotada de maquillajes, cremas, lociones solares y productos para el cuidado del pelo de toda laya. Montañas de toallas y ropa aparecían por doquier.

Tal vez podrían haber sido buenas amigas, de ser Joy algo mayor. Pero Joy estaba todavía en la edad de la juerga continua, y no sentía ningún interés por nadie que sobrepasara los veinticinco años. Eran casi las tres de la mañana cuando entró de puntillas en la habitación. Había conseguido unirse a un grupo de gente joven que trabajaba en el hotel. Habían ido a Duke y después hicieron una fiesta en un tramo de playa, delante del restaurante. Zeke, el socorrista que la volvía loca, estaba allí, y había pasado la noche hablando con ella. No la había acompañado de vuelta a su habitación, porque se suponía que el personal no tenía que relacionarse con los huéspedes del hotel, pero le había dicho que se reuniera con él la noche siguiente en el bar del Sheraton Moana. Joy estaba emocionadísima. Aquello haría que el día con el grupo Vacaciones Para Todos fuera soportable.

Joy procuró no hacer ruido mientras se metía en cuarto de baño y se cambiaba; cogió del suelo la camiseta que utilizaba para dormir y se la puso por la cabeza. Demasiado cansada para quitarse el maquillaje, al menos consiguió darle una pasada a los dientes con un cepillo de dientes andrajoso.

Con la respiración contenida, apagó la luz del baño y abrió la puerta lentamente; cinco minutos más tarde estaba metida debajo de la colcha. Menudo alivio, pensó mientras se relajaba. Al otro lado de la mesilla de noche, la voz de Francie resonó:

—¿Cómo te ha ido la noche? ¡Tenías que habérmelo dicho!

«Oh, Dios mío —pensó Joy—. ¡No puedo más!»

Gert y Ev tenían una suite con un salón y un dormitorio que era más grande que las del resto del grupo. Eso se debía a que eran las que mandaban. Procuraban reservar las mismas habitaciones para todos los viajes, pero, como es natural, no siempre era posible. Aunque, eso sí, siempre conseguían habitaciones contiguas con terrazas anexas que daban al mar. Los Siete Afortunados se acodaban a veces en sus terrazas y charlaban de un lado a otro; no había escapatoria para nadie.

Después de vivir juntas toda su vida, Gert y Ev gozaban de toda la armonía que dos personas pueden llegar a tener. En su condición de gemelas, poseían un sexto sentido que compartían con frecuencia. Seguían vistiendo igual, utilizaban los mismos productos y, a la sazón, compartían muchos dolores y achaques parecidos. Ev era un tanto más impaciente que Gert; no siempre soportaba a la gente que tenían que acarrear en cada viaje.

—Estos Wilton son tan pesados —le dijo a Gert en voz alta desde el cuarto de baño mientras se pasaba el hilo dental.

—No cabe esperar que aporten nada de sol —convino Gert.

—Me alegro de que mañana tengamos el día libre. Tendremos nuestra propia diversión.

—Estoy impaciente.

Ev tiró el hilo dental a la papelera, se lavó las manos de nuevo y se enjuagó la boca. Entró en el dormitorio y se dejó caer en la cama.

—¿Crees que mañana conseguiremos algún buen arreglo?

Gert le sonrió a su gemela.

—Apuesta lo que quieras. Conseguiremos unas verdaderas gangas para nosotras.

14 de enero, viernes

Capítulo 13

Todavía rigiéndose por la hora de Los Ángeles, Regan había madrugado y, tras vestirse, le dejó una nota a Kit, que dormía profundamente cuando abandonó la habitación. A las 7 de la mañana ya había dado un paseo por la playa. No deseando enfrentarse al gran buffé del comedor principal, entró en una de las cafeterías más pequeñas para desayunar.

Le sentaba bien estar levantada tan temprano. El aire era fresco, y la playa estaba tranquila y en silencio. Siempre que Regan se arrastraba fuera de la cama al despuntar el alba, se decía que tenía que hacerlo más a menudo. Pero su decisión nunca duraba. Levantarse con el canto del gallo sólo era factible si se iba a dormir temprano, o cuando su cuerpo estaba en un huso horario diferente al habitual.

En la cafetería La piña, Regan se sentó en un taburete del mostrador. El Waikiki Waters aspiraba a satisfacer las necesidades de todo tipo de gente, así que tenía restaurantes de todas las clases. Aquella cafetería en particular se parecía a un café de Nueva York, excepto en que tenía un papel de pared que representaba unos campos de ananás. Regan alargó la mano hacia el montón de periódicos locales que había sobre el mostrador para uso de los clientes. Retiró el periódico que estaba encima en el momento en que la camarera se acercó a ella.

—¿Café? —preguntó la mujer, y empezó a escanciar el líquido antes de que Regan respondiera. Supuso que no recibía demasiadas respuestas negativas a esta pregunta, pensó Regan.

—Sí, gracias —contestó Regan innecesariamente, mirando de hito en hito la primera plana del periódico. Había una foto de una mujer atractiva y risueña con una gran orquídea en el pelo, identificada como Dorinda Dawes, la trágica víctima de un ahogamiento accidental en el Waikiki Waters.

—Una pena, ¿verdad?

Regan miró a la mujer, que parecía frisar los setenta años, una edad considerablemente más alta que la del empleado medio del Waikiki Waters. Llevaba el pelo pulcramente cortado a lo paje, estaba muy bronceada y mostraba una sonrisa irónica. Una chapa con forma de piña declaraba que se llamaba Winnie, y alrededor de una docena de insignias prendidas en su chaleco rosa ofrecían consejos vitales. Uno de ellos rezaba: «Vive cada día como si fuera el último. Algún día acertarás». Qué apropiado, pensó Regan, y preguntó:

—¿Conocía a Dorinda Dawes?

—La vi alguna vez por aquí, pocas. Pero ¿sabe?, sólo trabajo cuando alguno de los jóvenes llama diciendo que se ha puesto enfermo. En cuanto llega la temporada del surf, se puede estar seguro de que todos cogen unos resfriados terribles; luego, salen corriendo hacia el océano con sus tablas. Por eso vienen a Hawai. Así que la gerencia nos tiene de guardia a los empleados de más edad, que somos más fiables. —Winnie enarcó las cejas—. Esto hace que salga de casa. Debo confesar que me gusta, porque puedo decir que no, si me apetece. Y a veces, eso es justo lo que hago, y les digo: «De ninguna manera, José».

—Es bueno estar en esa posición —observó Regan mientras volvía a centrarse en el periódico—. He oído que el verdadero misterio es saber dónde consiguió ese collar histórico.

—¡Ya lo sé! —La camarera puso unos ojos como platos y bajó la voz—. Se dice que la otra noche andaba dando vueltas de aquí para allá, haciendo muchas fotos y preguntando demasiado. La gente empezó a molestarse. Luego, dijo que tenía que irse a casa y hacer su boletín. Lo siguiente que se sabe es que su cuerpo fue arrojado por el mar y que llevaba un collar que nadie le había visto antes.

—¿Había estado bebiendo? —preguntó Regan.

—¿Cómo puedo saberlo? No estaba aquí. Pero la he visto en acción con un vaso de vino en una mano, y la cámara en la otra. Mi amiga Tess también trabaja aquí, y anoche estuvimos hablando de esto por teléfono. Dorinda siempre estaba metida en todas las fiestas que se celebraban aquí. Haciendo fotos, haciendo preguntas… ¡Ya está bien! —Winnie bajó la voz—. Si quiere que le diga la verdad, creo que andaba a la caza de un tipo. Bueno, ¿por qué no? Era una chica guapa, y algunos de los hombres que acuden a las conferencias son guapísimos. El problema es que la mayoría están casados, pero deje que le diga ¡que le encantaba coquetear! —Winnie asintió con la cabeza para dar mayor énfasis a su afirmación—. ¿Sabe lo que nos parecía Dorinda a Tess y a mí? Una de esas mujeres que les gustan los hombres a rabiar, pero que no les sirven de nada a las mujeres. ¿Ha conocido alguna así?

«Vaya, sí —pensó Regan—. Sigue viva y se llama Jazzy.»

Capítulo 14

A las 9:01 de la mañana, Regan estaba sentada en la silla situada delante de la mesa de trabajo de Will. A ella le pareció un poco cansado. Ese tipo tenía muchas cosas en la cabeza. La brillante camisa azul y blanca de Will no compensaba la grisácea palidez de su cara.

—¿Dormiste bien? —le preguntó a Regan.

—Durante varias horas. Pero me desperté temprano. ¿Y tú?

—Bien. Pero estoy acostumbrado a tener a mi mujer y a mi hijo por aquí. Estaré encantado cuando vuelvan esta noche. Y también me alegraré cuando este baile de la Princesa haya acabado.

Regan asintió con la cabeza y sacó el periódico de su bolso.

—¿Has visto esto? —Señaló el artículo de primera plana sobre Dorinda Dawes.

—Lo leí esta mañana a las seis y media.

—Fue interesante leer que Dorinda Dawes estaba escribiendo una serie de artículos sobre la vida en Hawai para una nueva revista de viajes. Estaba haciendo una reseña de gente que había venido a Hawai para empezar una nueva carrera profesional.

—En los pocos meses que estuvo aquí consiguió meterse en muchas cosas. Era como la caspa; estaba en todas partes. Al principio, no me importó. Lo que le pagábamos por hacer el boletín no era suficiente para vivir. Pero Dorinda planeaba publicar su propia revista de cotilleos sobre los tejemanejes de Waikiki y Honolulú. Me dijo que lo que realmente quería era desvelar grandes historias. Eso me puso nervioso, e insistí en que mantuviera el tono cordial del boletín. No fue fácil. Digamos que no estaba en su naturaleza ser amable. Pero ¿quién quiere venir a un hotel donde podrían escribir cosas insolentes sobre uno? El primer boletín que escribió estaba dedicado a todas las celebridades que se alojan aquí, pero no lo publiqué.

—Eso he oído.

—¿Ah, sí?

—Sí. A una chica llamada Jazzy.

Will puso los ojos en blanco.

—Más caspa. Intenta meterse en todo. Está organizando las bolsas regalo para el baile.

—También me contó eso. ¿No te gusta ella?

—Jazzy quiere a Jazzy. También quiere a su jefe. Lo cierto es que éste está ayudando a financiar el baile porque está intentando sacar una línea de ropa de estilo hawaiano. Ha donado sus camisas hawaianas y sus muumuus para las bolsas de regalo.

—De eso no dijo nada. ¿Has visto la ropa?

—No. Pero tengo entendido que lleva dibujos de collares de conchas. Va con la temática del baile.

—Según veo éste es un baile importante para el hotel

Will asintió con la cabeza.

—Es nuestro primer gran acontecimiento desde el remozamiento. Y es un baile muy importante para las organizaciones que se beneficiarán de la recaudación de fondos.

—¿Qué organizaciones? —preguntó Regan.

—El Museo de las Conchas y un grupo llamado Aloha Artist. Éste está integrado básicamente por un puñado de personas que se unieron y construyeron un estudio para artistas y escultores jóvenes y artesanos de arte nativo hawaiano. Todos pueden utilizar el estudio para trabajar y reunirse. A veces traen artistas invitados, y están intentando organizar más clases formales. Éste es el motivo de que la subasta del collar sea un acontecimiento. Es la demostración de la importancia del arte nativo y de que se perpetúe de generación en generación. Ahora que el collar de Liliuokalani ha sido encontrado, el consejo de la Aloha Artist está frenético; quieren que se subasten los dos collares, aunque intentan ser delicados con el tema. Después de todo, uno de ellos fue encontrado en una mujer muerta. Y, por supuesto, tienen que convencer al propietario del Museo de las Conchas de que ceda el collar para la subasta.

Regan enarcó las cejas.

—Pensaba acercarme al Museo de las Conchas esta mañana y ver si puedo hablar con alguien sobre el robo del collar. Eso tal vez conduzca a algo. No puedo por menos que pensar que el collar tiene algo que ver con la muerte de Dorinda. Si puedo averiguar dónde consiguió el collar, eso quizá me proporcione algunas pistas acerca de cómo y por qué murió.

—Parece una buena idea —convino Will con una voz apenas audible.

—Mientras tanto, ¿podrías reunir todos los boletines que escribió Dorinda Dawes? Me gustaría echarles un vistazo. —Regan bajó la mirada hacia el periódico—. También me gustaría disponer de algunos ejemplares de la revista de viajes; aquí dice que se llama *Valientes en el Paraíso*. —Volvió a levantar la vista hacia Will—. ¿Sabes a quien entrevistó para los artículos que escribió?

Will se encogió de hombros.

—Es una revista mensual. Hasta el momento, ella sólo había publicado un artículo, en el número de este mes. Estaba trabajando en otro. Creo que dijo algo acerca de ir quizás a Big Island para hacer una entrevista. Debo admitir que nunca leí la revista; Dorinda hablaba tanto, que por un oído me entraba y por el otro me salía. Pero te conseguiré el artículo. Tenemos la revista para nuestros clientes en el balneario y en los salones de belleza.

—Gracias. Me preguntaba si Dorinda tendría una taquilla aquí.

—No. Sólo los empleados que llevan uniforme tienen taquilla.

—¿A qué hora viste por última vez a Dorinda el miércoles por la noche?

—A eso de las once y media. Ambos trabajábamos hasta tarde. Ella había estado sacando fotos en un par de eventos que se celebraban en el hotel y como era habitual entró en los bares y en los restaurantes para ver quién podría querer que le hiciera una foto. Asomó la cabeza por la puerta de mi despacho y me dijo adiós. Seguía teniendo la cámara en la mano y me parece que llevaba un bolso colgado del hombro.

—Y no llevaba el collar.

—No, no lo llevaba.

—Y su bolso no ha sido recuperado.

—No.

Regan echó la silla hacia atrás y se levantó.

—Cogeré un taxi para ir al musco. Supongo que estarás aquí cuando vuelva.

Will la miró con unos ojos grandes y preocupados.

—No voy a ir a ninguna parte.

Capítulo 15

El Museo de las Conchas estaba a unos veinticinco minutos en coche del hotel Waikiki Waters. Regan miró a través de la ventanilla mientras el taxi enfilaba la calle principal de Waikiki y se dirigía en dirección al Diamond Head. Era una bonita mañana de viernes. Los comerciantes entraban y salían de sus tiendas, y los bañistas cruzaban la calle, camino de la playa, con las tablas de surf y de *bodyboard* a remolque. El agua estaba azul y tentadora, la temperatura era de unos veintiséis grados y el sol brillaba con intensidad. El clima hawaiano perfecto.

Regan pensó en Dorinda Dawes. La gente parecía tener una opinión terminante acerca de ella; sin duda, debía de haberse pasado cuatro pueblos. Había mucha gente con la que Regan quería hablar acerca de Dorinda, pero primero deseaba leer los boletines y echarle un vistazo a *Valientes en el Paraíso*.

En el museo, que se levantaba sobre una colina desde la que se dominaba la playa, Regan pagó al taxista y salió. Era un lugar hermoso y un tanto aislado. Había unos cuantos coches en un aparcamiento delante del edificio. La entrada estaba en la parte de atrás. Regan siguió el camino que conducía a la puerta principal, entró, y una chica joven que estaba detrás de la caja le informó de que no abrían hasta las diez. La chica tenía un pelo negro largo y brillante adornado con una orquídea.

—Lo que quería en realidad —explicó Regan mientras le entregaba su tarjeta a la chica— es hablar con alguien acerca del collar de conchas encontrado en el cuerpo de la mujer que se ahogó. Tengo entendido que se ha devuelto al museo.

La chica miró a Regan entrecerrando los ojos.

—Tiene que hablar con Jimmy. Es malacólogo y dueño del museo.

—¿Malacólogo?

—Él es la persona que le puede contar todo lo que usted siempre ha querido saber sobre las conchas y algunas otras materias que tal vez le importen un comino. Lo encontrará colina abajo, sentado en la playa. Hable con él.

—Quizá debiera esperar…

La chica le hizo un gesto con la mano.

—¡Ca! Vaya, vaya.

—Muy bien, gracias. ¿Qué aspecto tiene?

—Es grande, bastante viejo, casi completamente calvo y estará sentado en el suelo con las piernas cruzadas.

Regan sonrió.

—¿Cómo sabe que estará sentado así?

—Porque siempre se está mirando los pies. Camina tanto por la playa, que de vez en cuando se corta con las conchas. Le fascinan las marcas que le dejan en la piel.

—Qué interesante —murmuró Regan más bien para sí, mientras volvía a salir y se detenía un instante. La vista del Pacífico era impresionante. Tomó una bocanada de aquel aire fresco y fragante y empezó a bajar por los escalones de piedra que, partiendo de un lateral del museo, conducían a la playa.

El tal Jimmy no tenía pérdida.

Realmente era un hombre grande, y estaba sentado en la arena con las piernas cruzadas; tenía los ojos cerrados e iba vestido con lo que parecía una toga. Toga que a Regan le recordó las fiestas de fraternidad a las que había asistido estando en la universidad, y en las que la gente se comportaba escandalosamente. Pero Jimmy era el único miembro de aquella fiesta, y a todas luces no era muy animada. No había nadie más por los alrededores. El hombre parecía una especie de gurú. Su piel morena estaba muy bronceada, y una ligera brisa agitaba atrás y adelante los pocos mechones de pelo ralo que permanecían en su cabeza. Tenía los ojos cerrados.

Dando por hecho que Jimmy estaba meditando, Regan se detuvo a pocos metros detrás de él. Cuando estaba decidiendo qué hacer, el hombre abrió los ojos y se volvió hacia ella.

—Hola. ¿Busca a Jimmy?

—Sí, lo estoy buscando.

—Jimmy está aquí.

—Hola, Jimmy —respondió Regan, preguntándose por qué algunas personas se referirían a ellas mismas en tercera persona. Así que quiso añadir: Regan Reilly también está aquí.

—¿Te gusta la playa? —preguntó Jimmy en un tono casi acusador.

—Oh, sí. —Regan hizo un gesto hacia el océano con las manos—. Claro que, con lo blanca que tengo la piel, no puedo tomar mucho sol.

Jimmy la miró con severidad.

«Piensa que soy idiota —decidió Regan—. Pues bueno.»

—Me alojo en el Waikiki Waters, así que alquilaré una sombrilla para poder disfrutar del surf y de la arena.

Los ojos de Jimmy por fin delataron cierto interés.

—El Waikiki Waters. Ayer murió ahogada una mujer allí. Llevaba puesto un collar muy especial que había sido robado del museo. —Jimmy hizo un gesto con el puño hacia el edificio que tenían a sus espaldas—. ¿Qué estaría haciendo con mi collar?

—No sabría decirle, Jimmy —respondió Regan—. Pero he oído decir que usted es el más indicado para hablar de la historia del collar. —Regan sacó su licencia—. El hotel me ha contratado para que investigue la muerte de la mujer. La policía cree que se ahogó accidentalmente, pero el director del hotel no está tan seguro. Y el collar complica las cosas.

—¿Le gusta el zumo de piña?

—He de confesar que no lo bebo muy a menudo, pero me gusta tomarme un vaso de vez en cuando.

—Bien. Vayamos a mi museo. Le enseñaré el collar, y podremos hablar. Empecé a trabajar aquí hace cincuenta años, y ahora es mío.

No es tan grande como el Bishop Museum, pero tenemos algunas conchas valiosas. —Consiguió ponerse de pie haciendo fuerza con las manos contra la arena. Medía más de un metro ochenta y tenía una gran barriga, pero sus brazos parecían gruesos y fuertes.

Regan siguió al hombretón por las escaleras de piedra hasta el interior del museo. Era un edificio viejo, que olía a arena y a mar, y de cuyas paredes colgaban conchas de todas las formas y tamaños. Enfrente del mostrador de entrada había una vitrina donde se exhibían joyas hechas de conchas para la venta: pendientes, collares, pulseras y anillos. La chica del mostrador saludó con la cabeza cuando su jefe pasó junto a ella. Regan lo siguió por el pasillo, y Jimmy señaló su despacho.

—Siéntese ahí dentro —le ordenó a Regan—. Jimmy vuelve enseguida.

Regan hizo lo que se le decía. Para que luego dijeran de venir a Hawai a reírse y divertirse a lo grande, pensó. Pero no pasaba nada; los casos nuevos siempre la excitaban, y ése no era diferente. Prefería hablar con un malacólogo, que estar sentada en la playa todo el día. «Supongo que ésta es la razón de que Dios haya hecho que mi piel se queme con tanta facilidad», razonó mientras se sentaba en el pequeño despacho de Jimmy. Un gran póster de una concha adornaba la pared de detrás del escritorio, y a Regan le recordó la magnífica foto de un ácaro que colgaba, en todo su esplendor, detrás de la mesa de su alergólogo. Sobre gustos no hay nada escrito.

Jimmy regresó con dos vasos de zumo de piña y un collar de conchas alrededor del cuello. ¿Era posible que fuera el que colgaba del cuello de Dorinda Dawes ayer por la mañana? Regan cogió la bebida, y Jimmy entrechocó su vaso con el de ella.

—*Aloha* —brindó.

El zumo recién exprimido estaba ácido y era una delicia; Regan casi pudo sentir el azúcar penetrando en su organismo. Observó a Jimmy mientras éste rodeaba el escritorio y se sentaba en la silla.

—A Jimmy le encantan las conchas —empezó el director—. Me crié en Hawai y he pasado muchas horas caminando por la playa, recogiéndolas. Siendo niño, tuve un problema de espalda, así que no podía practicar el surf, pero me encantaba estar en la playa. Me hacía sentir bien. Y si las conchas me cortaban los pies, no me importaba. Las medusas sí que me fastidian. Pican. Pero las conchas no hacen daño a nadie. Y ahora soy el dueño del Museo de las Conchas. Jimmy está muy orgulloso. —Se quitó el collar del cuello con reverencia—. Éste fue robado hace treinta años. Nunca imaginé que lo recuperaría. Venga, échele un vistazo —le ofreció a Regan—. La policía me lo devolvió ayer. Lo he echado de menos.

Regan dejó su vaso vacío y cogió el collar en sus manos. Era realmente hermoso. Las conchas eran intrincadas y magníficas, y estaban surcadas por una gama de colores que iban del coral al beige pasando por el blanco. Algunas estaban ligeramente melladas, pero el collar era incluso más hermoso que muchos collares de gran valor que había visto Regan.

—Jimmy sabe lo que estás pensando —dijo—. Es como una joya de la mejor calidad. A las mujeres de la realeza les gustaban más que las perlas.

—He oído que éste fue hecho para la reina Liliuokalani, y el otro para su sobrina, la princesa Kaiulani.

—¡Les encantaban estos collares de conchas! —respondió Jimmy con vehemencia—. Siempre los llevaban en público. Los collares fueron donados al museo cuando éste se fundó, en la década de mil novecientos veinte. Estuvieron colgados uno al lado del otro hasta el día del robo.

Regan acarició las conchas.

—Se hace difícil creer que éste se luciera hace tanto tiempo.

—Y luego en un cadáver.

Regan suspiró.

—De alguien que nunca había estado en Hawai hasta hace tres meses. No soy capaz de imaginar dónde pudo encontrar Dorinda este collar. ¿Me puede contar qué sucedió cuando el collar fue robado?

Jimmy se recostó en la silla y levantó la vista al aire. Regan se fijó que los lápices de una jarra situada encima de la mesa tenían unas gomas en forma de concha.

—Todavía no disponíamos de un sistema de alarma. Pero ¡ahora sí! —dijo Jimmy con una fuerza repentina, tras lo cual volvió a calmarse—. Alguien entró por la fuerza y rompió las vitrinas de cristal que contenían los preciados collares. El ladrón se hizo también con un montón de nuestras famosas conchas y las arrojó en una bolsa. Un policía de patrulla advirtió la luz procedente del museo y se acercó a inspeccionar. Entonces, el ladrón se subió a un coche robado y se dirigió a toda mecha a la ciudad, con la policía pisándole los talones. Los polis lo arrinconaron en un callejón del centro, pero consiguió escapar. Luego, al saltar una verja, dejó caer la bolsa. Aunque no se lo crea, nunca dieron con él. Se recuperó todo excepto este collar, el collar que había lucido nuestra última reina.

—Está usted absolutamente seguro de que se trata del mismo.

Una vez más, Jimmy miró a Regan con severidad.

—Jimmy vuelve enseguida.

«A veces empieza la frase en primera persona, y a veces con el Jimmy —observó Regan—; me pregunto cómo decide cuando se refiere a sí mismo en tercera persona.» Regan se quedó mirando de hito en hito el inestimable collar de conchas que tenía en las manos. ¿Dónde estaba Dorinda Dawes cuando se lo puso en el cuello? Los collares de conchas se entregaban con un espíritu de hospitalidad, amor y paz. Regan había leído que el recuerdo de tener un collar de conchas sobre los hombros debería durar para siempre; «para siempre» no resultó ser demasiado tiempo en el caso de Dorinda. Debió de colgarse el collar en el cuello poco antes de morir; nadie la había visto con él esa noche. ¿Era posible que quienquiera que robara el collar hacía años conociera a Dorinda Dawes y fuera quien se lo dio?

Jimmy volvió a entrar en la oficina, y le entregó otro collar de conchas a Regan. Era asombroso. Ambos collares coincidían concha por concha a la perfección, excepto por el hecho de que el de Liliuokalani tenía una pequeña cuenta de lava negra.

—¿Cree ahora a Jimmy? —preguntó el director.

Regan asintió con la cabeza.

—Sin duda.

Jimmy le quitó ambos collares a Regan y se los colgó de su fornido dedo índice. Su cara adoptó una expresión sombría.

—Si encuentra al tipo que robó este collar, que nos desposeyó de él durante tantos años, me encargaré de él. —Golpeó el escritorio con la mano que tenía libre—. Me pone tan furioso.

—Eso no será necesario —le aseguró Regan.

El hombre se giró y miró a Regan fijamente. Ésta sintió que el borde de la toga le rozaba los pies.

—Algo me dice —dijo el director con desaprobación— que esa mujer que murió metía demasiado las narices en los asuntos del prójimo.

—Tal vez tenga razón en eso —observó Regan, moviéndose en la silla—. Una última cosa. Sé que el collar de la princesa Kaiulani va a ser subastado en el baile de la Princesa de mañana por la noche.

—Sí. La mitad del dinero irá destinado a la Aloha Artists, y la otra mitad al Museo de las Conchas de Jimmy.

—Eso es fantástico. He oído que le han pedido que subastes también este otro collar.

—Jimmy todavía no lo ha decidido. Estas conchas especiales han estado lejos mucho tiempo, y tal vez debería conservarlas aquí una temporada. He añorado mucho este collar; me ha partido el alma cada día durante treinta años. —Hizo una pausa—. Pero ese dinero podría venirnos bien.

—Eso siempre. ¿Irá al baile?

—Por supuesto. Jimmy se sentará en una mesa especial. Y llevaré ambos collares al cuello. La gente podrá ver lo hermosos que son antes de que empiece la subasta.

Probablemente, podrían utilizar un modelo mejor parecido, reflexionó Regan mientras alargaba la mano para coger el bolso y hacía ademán de marcharse.

—Gracias, Jimmy. Seguro que lo veré en el baile.

—Creo que decidiré si les dejo subastar el collar de la reina Liliuokalani después de ver cuánto se recauda por el de la princesa Kaiulani.

—Es razonable —masculló Regan.

—Llame a Jimmy, si me necesita. La ayudaré en lo que sea.

No le sorprendería, reflexionó Regan. No le sorprendería en absoluto.

Capítulo 16

El grupo Vacaciones para Todos estaba terminando de desayunar en el restaurante más grande del hotel Waikiki Waters. Era un lugar concurrido, lleno de muebles de mimbre y plantas tropicales; una gran cascada caía por una de las paredes. Los turistas hacían cola en el buffé de las tartas, los huevos y la fruta fresca hawaiana, que sabía mucho mejor que la fruta de casa. Gert y Ev siempre conseguían asegurarse una gran mesa en la parte más cercana a las puertas abiertas que miraban al océano. Ned ya se había levantado y sentado un sinfín de veces para rellenar su plato.

—He de acumular energía para el surf —explicó, más para sí que para cualquiera de la mesa—. Tío, me estoy hinchando. —Cogió la cuchara y la enterró en un tazón de copos de avena.

—Espero que todos tengáis un día estupendo —dijo Ev—. Nos reuniremos aquí de nuevo para el cóctel del crepúsculo y compartir nuestras experiencias.

Betsy frunció los labios.

—Bob y yo no hablaremos de nuestros escritos, y escribir será lo que haremos hoy. Lo que escribimos es demasiado personal.

«¿Qué vais a hacer cuando ese libro no vea nunca la luz del sol? —se preguntó Ev—. ¿Seguirá siendo tan personal? Me encantaría taparle la boca; forma parte de la lluvia de Hudville.» Pero se limitó a sonreír.

—Eso está muy bien. Nosotras disfrutaremos estando juntas.

Quiero que los tres que vais a practicar hoy el surf tengáis cuidado, por favor, y que volváis a la seguridad y comodidad del Waikiki Waters.

—Este sitio no es tan seguro —declaró Joy, mientras comía sin ganas una cucharada de queso fresco. Deseaba estar guapa para Zeke embutida en su traje de baño. Tenía un cuerpo bonito, pero lamentaba no haber ido más al gimnasio antes del viaje. No había tenido el estímulo necesario, pero en ese momento, sí. Demasiado tarde; estaba a miles y miles de horas de conseguir que su abdomen pareciera una tableta de chocolate. Llevaba su pelo rubio y rizado recogido en lo alto de la cabeza, unos pantalones cortos y un breve top rosa que había comprado en una tienda *semi-hip* de Hudville. Tal vez se fuera hoy de tiendas, pensó; a ver si se marcaba un nuevo modelito para esta noche. Después de pillar unos pocos rayos.

—¿A qué te refieres con que esto no es tan seguro? —preguntó Gert. Ella y Ev tenían un estudiado tono de institutriz de la vieja escuela que utilizaban cuando querían expresar su desaprobación ante uno de los miembros del grupo. Ev tenía una técnica más depurada que Gert.

Joy levantó la vista del plato y miró a Gert de hito en hito; a veces confundía a las gemelas. Pensó que los modelitos a juego de las hermanas eran un poco excesivos para unas mujeres de su edad. Hoy no se han puesto sus habituales muumuus. Eso la sorprendió. Llevaban unos pantalones elásticos y unas camisas de manga larga, lo cual parecía un poco raro. ¡Hacía casi veintisiete grados, por Dios bendito!

—¿No tenéis calor? —contestó Joy.

—¿Calor?

—¿Por qué no os habéis puesto vuestros muumuus?

—Cuando entramos y salimos de los hoteles, inspeccionándolos por el bien de los futuros habitantes de Hudville que hagan este viaje, no queremos coger un resfriado —explicó Gert.

—El aire acondicionado puede producir muchas corrientes de aire —convino Ev—. Y la última cosa que necesito es subirme al avión de vuelta a casa con un resfriado. Te da la sensación de que te va a explotar la cabeza.

—Tienes muchísima razón. —Su hermana asintió con la cabeza mientras le daba un mordisco a un gran pastel. Con la boca medio llena, se dio cuenta de que Joy no les había contestado—. ¿A qué te refieres con eso de que este lugar no es tan seguro? —preguntó, sujetando una servilleta delante de los labios mientras hablaba con la boca llena. El pastel no estaba lo suficientemente masticado para ser tragado, pero Gert no pudo esperar a hacer la pregunta.

—Anoche oí cosas.

—¿Como cuáles? —preguntaron las gemelas al unísono.

—Pues como que la mujer que se ahogó podría haber sido asesinada.

Gert y Ev tomaron aire profundamente.

—¿Quién dice eso? —preguntaron al unísono.

Todo el grupo había clavado sus miradas en Joy. Ned levantó la vista de sus copos de avena; Artie, que había estado enfrascado en la contemplación del agua, acabó por prestar atención; Francie, que se estaba maquillando, dejó la barra de labios sobre la mesa con un dramático ademán; y como siempre, las expresiones de Bob y Betsy permanecieron inalterables. Bueno, la de Bob quizá no tanto. Joy se preguntaba a veces si estaban vivos. En ese momento, mientras todo el grupo la miraba fijamente, se dio cuenta de que le gustaba aquella atención. Ya no pensarían nunca más que era una cría, se dijo con orgullo.

—No soy libre de decirlo.

—¿Por qué creen que podría haber sido asesinada? —preguntó Ev, con una expresión de dureza en el rostro.

—Porque han estado sucediendo cosas extrañas en el hotel. Las cosas se estropean. Creen que hay un fantasma que se dedica a gastar bromas, y es posible que se esté volviendo algo más peligroso. Ha habido un par de incidentes: problemas con la comida, y personas que se habían tomado unas copas y que acabaron con una resaca como no habían tenido en su vida. ¡Quizás ahora el fantasma está intensificando su actuación!

Gert y Ev se miraron entre sí con una expresión de horror.

—Me hicieron prometer que no diría nada —añadió Joy.

Artie puso los ojos en blanco. Joy le irritaba porque era evidente que lo consideraba una persona mayor.

—Entonces, ¿por qué lo cuentas? Eso es un mal karma.

—Eso es ridículo —protestó Ned—. Éste es un buen hotel, y el director está haciendo una gran labor. Dorinda Dawes se ahogó. Así de sencillo.

Gert se aclaró la garganta.

—Me da la impresión de que abundan los rumores y los alborotadores. Los hay en todas partes. Éste es un hotel precioso, y no permitiremos que la maledicencia de algunos lo destruya. Puede que esas personas tuvieran resaca porque se les fuera la mano con algo fuerte. ¿No se te ha ocurrido?

Joy negó con la cabeza.

—He oído que una mujer se tomó un Shirley Temple y vomitó de inmediato.

Ned consultó su reloj de pulsera.

—Como suelen decir: «el surf es alegría». Me decepciona ver que sólo dos de los Siete Afortunados se vienen conmigo. La próxima vez espero mejorar. Gert, Ev, no deberían preocuparse de los demás hoteles; como bien han dicho, éste es un buen sitio. Y la renovación lo ha hecho aun mejor. —Se echó a reír—. Después de todo, me han contratado a mí. Will se decepcionaría si supiera que están buscando otros lugares y pensando en irse a cualquier parte. Deberían venir con nosotros al norte. Es un viaje precioso.

Gert negó con la cabeza.

—Siempre andamos a la búsqueda de lo mejor para los habitantes de Hudville a los que en el futuro les pueda tocar el viaje. Es nuestra obligación garantizar que haya muchos, y los fondos no son ilimitados, ¿sabe? A Ev y a mí nos preocupa que mucha gente se sienta decepcionada por no poder venir a Hawai.

—Eso tendrá que ser duro para vosotras —dijo Francie, mientras se observaba en su espejo de bolso—. Después de haber hecho todos estos viajes durante años, ¿cómo os las arreglaréis cuando el dinero se acabe?

—Contamos con nuestra fuerza interior —contestó Gert.

—Fuerza interior unida al hecho de que algunos de los miembros más veteranos de la iglesia están pensando en dejar parte de su dinero al grupo Vacaciones para Todos —añadió Ev.

—No lo sabía —exclamó Francie—. ¿Quién planea ser tan generoso? Porque dejadme que os diga que, si pertenecen al club Viva la Lluvia, no los he conocido.

—No podemos divulgar esa información —contestó Ev con calma—. Los potenciales benefactores desean permanecer en el anonimato.

—Nunca entenderé eso —proclamó Francie mientras se quitaba un poco de rímel de debajo del párpado—. Se me ocurren dos preguntas al respecto: ¿hay algún soltero? Y ¿cómo de cerca están del final?

Ned soltó una carcajada.

—Francie, busque a uno de su edad.

Francie cerró el espejo de golpe.

—De mi edad no queda ninguno bueno.

«Dejadme salir de aquí —pensó Joy—. Esto es deprimente; sólo tengo veintiún años.»

—¿Sabéis? —prosiguió Francie—, ahora que he hecho este viaje y que estoy fuera del sorteo, me gustaría ver qué es lo que tienen que ofrecer los demás hoteles, porque me gustaría volver. Tal vez debería acompañaros hoy —le sugirió a las gemelas.

—¡Francie! —protestó Ned—. Hoy, usted, yo y Artie estamos juntos.

Pero a Ned no tenía que preocuparle perder parte de sus honorarios. Las dos gemelas dieron la impresión de que los hubieran dado un mazazo en la cabeza. Ev extendió la mano y la puso encima de la de Gert.

—Verás, Francie —empezó pacientemente—, hoy es lo que nosotras llamamos «el tiempo de las gemelas». Solas nosotras dos.

—Es como si habláramos el mismo idioma —añadió Gert—. Nadie más lo entiende.

—Supongo que la respuesta es no —dijo Francie.

—Así es.

—Pero ¿no vivís juntas en la misma casa? —preguntó Francie retóricamente—. Si fuéramos mi hermana y yo, estaríamos hasta la coronilla la una de la otra. Trabajar juntas en la misma tienda, vivir juntas, viajar juntas… ¡Puaf!

—Tenemos la suerte de gozar de un vínculo especial —dijo Gert, en un intento de aclarar las cosas—. No somos sólo hermanas; somos nuestras mejores amigas.

«Voy a vomitar», pensó Joy.

—Francie, se lo pasará en grande con nosotros —dijo Ned. Parecía ofendido.

Francie, que se recuperó en un pispás, sonrió con coquetería.

—Estoy segura de que así será.

Se levantaron todos de la mesa. Bob y Betsy volvieron a su habitación sin despedirse; Joy se fue a la playa lo más deprisa que pudo; Ned, Artie y Francie se fueron a buscar la furgoneta que los recogería; y Gert y Ev anunciaron que volverían a su habitación a lavarse los dientes y pasarse la seda dental antes de salir, y se despidieron con un gesto de la mano.

En el ascensor Gert miró a Ev y le guiñó un ojo. Cuando llegaron a la puerta de su habitación, Ev sacó su llave.

—Pensé que no saldríamos nunca de allí —dijo.

—Sí, lo sé. Hoy necesitamos nuestra intimidad, ¿verdad, hermana? —preguntó Gert.

—Ya lo creo.

La puerta contigua a la de ellas se cerró, y ambas se volvieron con un sobresalto. Una mujer rubia que habían visto unas cuantas veces en la última semana las saludó con un movimiento de cabeza. Las gemelas la habían visto salir la última noche con una mujer morena.

—Hola —saludaron las gemelas con dulzura.

—Hola —les respondió educadamente la mujer.

Una vez dentro de su habitación, Gert y Ev se miraron con nerviosismo.

—Me sentiré aliviada cuando hayamos terminado nuestro proyecto especial —reconoció Ev.

—Tú lo has dicho. Pero estamos a punto de cruzar la línea de meta.

Ev sonrió.

—Y nada nos detendrá.

Capítulo 17

La pareja con quien Regan había hablado en la playa se fue a la cama muy tarde. Cuando volvieron a la habitación, bebieron champán. Luego, como todavía era una hora razonable en la Costa Este, Carla se colgó del teléfono: no podía esperar a contarle a sus amigas y familiares la buena noticia de su compromiso.

La madre de Carla se sintió muy aliviada.

—¡Ya era hora! —afirmó con voz somnolienta—. Pensé que te pediría matrimonio el día de vuestro aniversario. Ayer me pasé todo el día llorando. No me gustaba la idea de que vivieras con él siendo tan joven y desperdiciaras tu tiempo. Por fin ha hecho lo que tenía que hacer respecto a ti.

—Gracias, mamá —dijo Carla—. Per ahora tengo que colgar. —Luego, llamó a sus hermanas y a sus diez mejores amigas. Todas gritaron alborozadas; a todas les pidió que fueran sus damas de honor; todas aceptaron y todas le dijeron que se hubieran ofendido si no se lo hubiera pedido.

Jason estaba tumbado en la cama con los ojos cerrados, mientras ella proclamaba la noticia una y otra vez. Cuando el teléfono quedó por fin libre, él llamó a sus padres, pero no estaban en casa. Les dejó un breve mensaje: «Carla y yo nos hemos prometido. Hablamos. Adiós».

—¿No vas a llamar a tus amigos? —le preguntó Carla con incredulidad.

—¿Para qué? Ya se lo diré cuando vuelva.

Cuando finalmente se acostaron, era muy tarde.

Cuando se despertaron apenas unas horas después, encargaron el desayuno al servicio de habitaciones.

—Te quiero —susurró Carla, admirando su anillo—. Te quiero. Nos quiero. Soy taaaaaaan feliz.

—Espero que traigan pronto el café —gruñó Jasón, poniéndose de costado. Durante dos noches seguidas no se había acercado ni de lejos a sus ocho horas de sueño, lo cual era muy importante para él. Entre la noche en que Carla desapareció y todas las llamadas de la noche anterior, estaba falto de sueño.

Carla se envolvió en uno de los saltos de cama azul y blanco proporcionados por el hotel y abrió la puerta corredera de cristal que daba acceso al balcón. Salió, se acercó a la barandilla donde colgaba la toalla de playa de Jason y la recogió. El hotel pedía ex profeso a los clientes que no colgaran sus pertenencias en la barandilla; decían que eso hacía que el lugar pareciera un albergue para vagabundos. Tampoco querían que los trajes de baño y las toallas de la gente salieran volando y aterrizaran sobre las cabezas de los demás huéspedes. Carla soltó un profundo suspiro; a veces, Jason estaba en Babia.

El edificio donde se alojaban daba la espalda a la playa. Desde su balcón de la cuarta planta Carla podía ver a la gente que entraba y salía sin prisas de las tiendas. Entonces, divisó a la mujer rubia que había estado con Regan Reilly en la playa la noche anterior. Eufórica, Carla la llamó a gritos.

—¡Eh! —gritó, agitando los brazos.

Kit levantó la vista, entrecerrando los ojos.

—¡Hola! ¿Cómo estás?

—De maravilla. Estaba pensando en lo que me preguntó su amiga anoche… Ya sabe, en que si había notado algo extraño en la playa la otra noche.

—¿Ha recordado algo? —gritó Kit.

—No. Pero lo tengo en la punta de la lengua; o mejor, en la punta de la cabeza o donde sea. Sé que había algo raro, pero no puedo recordar qué era. Pero dígale que pensaré en ello.

—Se lo diré.

—Bien. Que pase un buen día.

—Lo mismo le deseo.

Carla volvió a entrar mientras Jason empezaba a volver a la vida lentamente. Había decidido hacer café utilizando el pequeño tarro de la repisa del cuarto de baño. Rasgó el sobre de café granulado y lo esparció sobre el recipiente.

—¡Bah! Olvídalo —gruñó, y se volvió a tumbar en la cama.

Sobre el escritorio había un ejemplar de la revista *Valientes en el Paraíso,* que llevaba pegada una etiqueta que rezaba: «Por favor, no sacar del balneario». Carla cogió la revista, apoyó una almohada contra la cabecera de la cama y se puso cómoda. Al echarle una ojeada a la revista, llegó a un artículo sobre los grafitos locales de Big Island. La gente recogía conchas de color coral en la playa y las utilizaba para escribir mensajes en las oscuras rocas volcánicas que flanqueaban las carreteras. Muchos las utilizaban para expresar su amor recíproco.

—¡Qué guay! —dijo Carla en voz alta.

—¿El qué? —preguntó Jason.

Carla señaló la foto de un grafito y se lo explicó a Jason.

—¿Por qué no vamos hoy allí? —preguntó, excitada por la idea—. Iremos a la playa, recogeremos conchas y luego escribiremos: «Jason y Carla, eternamente». Y la fecha. Y haremos una foto para que podamos enseñársela a nuestros hijos dentro de unos años. Y la pondremos en el *collage* de la fiesta de nuestras bodas de oro.

—Si ni siquiera estamos casados todavía. No me puedo creer que estés pensando en las bodas de oro. Creía que hoy querías ir a nadar a la gran piscina con forma de delfín.

—En Big Island tienen unas playas maravillosas de arena negra. Podemos ir a nadar allí. Nos vamos el domingo y no volveremos a tener esta oportunidad nunca más.

—Puede que no consigamos ningún vuelo —dijo Jason, esperanzado.

—Llamemos a ver. No se tarda mucho en llegar allí. Lo dice en el artículo. Y no tenemos que llevar equipaje ni nada parecido.

—Y ¿cómo vamos a movernos por allí?

—Aquí dice que se puede alquilar un coche en el aeropuerto. ¿Por qué no? Ésta es una ocasión muy especial en nuestras vidas, Jason.

El timbre de la puerta sonó.

—Adelante —bramó Jason, levantándose de la cama y dirigiéndose a la puerta a toda prisa. Mientras el camarero del servicio de habitaciones introducía un carrito lleno de cosas ricas para desayunar, Carla cogió el teléfono y llamó a las líneas aéreas.

—¿Un vuelo a las once y media? —repitió—. Y ¿le quedan dos asientos? ¡Perfecto! —Dio los datos de su tarjeta de crédito y colgó—. Jason, quedaban dos asientos. Estaba escrito.

—¿Cómo es posible que no pensáramos antes en esto? —preguntó Jason, mientras cortaba sus crepes en pedacitos.

—Porque tardaste mucho en pedirme matrimonio. Por eso.

—Las mejores cosas siempre aparecen al final de las vacaciones —masculló Jason—. Y las cosas parecen que serán aún mejores de lo que realmente son cuando no se tiene tiempo para hacerlas.

—Bueno, tenemos tiempo para hacer esto, ¡así que date prisa y come!

Carla se metió corriendo en la ducha, pensando en la foto que sacaría de sus nombres escritos en las conchas. La ampliaría y la colgaría encima de la chimenea. Les traería suerte eternamente. Y en ningún momento se le ocurrió que aquella podría resultar ser una idea muy mala. Una idea realmente mala.

Capítulo *18*

Gert y Ev estaban sentadas en sus asientos de la parte delantera del pequeño avión que no tardaría en llevarlas a Kona, en Big Island.

—Listas para partir —declaró Gert mientras se abrochaba el cinturón de seguridad.

—Así es. —Ev puso una bolsa gigante bajo su asiento. El paquete contenía de todo, desde loción bronceadora y unas libretas hasta una batería de repuesto para el móvil. Ev también llevaba un par de cámaras de fotos desechables.

—Despegaremos en breves instantes —anunció el auxiliar de vuelo—. Estamos esperando a un par de pasajeros más.

—¡Aquí estamos! —gritó la voz entrecortada de una joven—. ¡Lo conseguimos! —La joven entró en el avión, seguida de un hombre joven. El auxiliar de vuelo sonrió, pero los instó a que se sentaran rápidamente.

—Enseguida —contestó la chica. Cuando se giró para enfilar el pasillo, divisó a Gert y Ev—. ¡Eh, hola! —dijo con entusiasmo—. ¿No las he visto a las dos en el Waikiki Waters?

—Puede —dijo Ev en un tono que no invitaba a entablar más conversación—, como a la mayoría de las personas, como mínimo.

—¿No les gusta?

—¡Hum!

—Éste es mi prometido, Jason.

—Por favor, ocupen sus asientos —ordenó el asistente de vuelo—. Hacemos todo lo posible por salir a la hora.

—Está bien, está bien. Hasta luego.

Cuando la pareja desapareció por el pasillo, Gert y Ev se miraron entre sí.

—No te preocupes —le susurró Gert a Ev—. Lo arreglaremos.

En la parte posterior del avión, mientras se ajustaba el cinturón de seguridad, Carla se volvió hacia Jason.

—Me crucé con esas dos en la tienda de ropa para señoras del hotel cuando ellas salían y yo entraba; oí que la dependienta decía que están a cargo de un grupo turístico. Tal vez podamos alcanzarlas cuando aterricemos y preguntarles dónde podríamos ir a comer. Si están al frente de un grupo turístico deben de saberlo, ¿verdad, cariño?

—Bueno. Lo único que quiero es asegurarme de regresar a tiempo al aeropuerto para coger el avión de vuelta. Vamos muy justos de tiempo.

—Te preocupas demasiado.

—Por lo general, con motivo. —Jason cerró los ojos y no tardó en quedarse dormido.

Capítulo *19*

En el camino de vuelta al hotel, el móvil de Regan sonó. Era una llamada de su madre.

—¿Cómo marchan las cosas? —le preguntó Regan a Nora.

—Seguimos con nieve. Los parientes de nuestro pobre esquiador difunto siguen todos en el hotel, haciendo pedazos el establecimiento. Están un tanto irritables a causa del confinamiento. Las calles siguen intransitables, así que el funeral se ha pospuesto indefinidamente. Creo que la familia se pasa todo el tiempo en el bar del hotel, celebrando el reencuentro. Ahora están convencidos de que el viejo Ernest arregló lo del tiempo, y que les está enviando el mensaje de que salgan y esquíen. Pero ninguno lo escucha.

—Deberías ponerte tus raquetas y acercarte a tomar notas. Estoy segura de que conseguirías algún material interesante para un nuevo libro.

—No lo dudes. Es un hotel pequeño, y corre el rumor de que ya han acabado con la ginebra.

—No hay nada como una buena ventisca. —Regan rió mientras observaba detenidamente el claro cielo azul a través de sus gafas de sol.

—Y ¿que pasa por el soleado Hawai? —preguntó Nora.

Regan miró por la ventanilla del taxi hacia la playa que se veía en la lejanía.

—Bueno, mamá, vuelvo a estar trabajando.

—¿Qué?

—Ayer se ahogó una empleada del hotel. El mar arrojó su cuerpo a la playa a primeras horas de la mañana. La policía cree que fue un accidente, pero el director del hotel no está tan seguro. Y la mujer llevaba puesto un collar de conchas real que había sido robado de un museo local hace unos treinta años. El director me pidió que hiciera algunas averiguaciones.

—Eso es terrible. ¿De qué trabajaba en el hotel?

—Escribía y hacía fotos para el boletín del hotel. Según parece quería editar su propia revista de cotilleos. Se había trasladado desde Nueva York hacía unos pocos meses. Allí había escrito en diferentes publicaciones.

—Vaya —dijo Nora, mientras encendía la calefacción en la cocina. ¿Cómo se llamaba?

—Dorinda Dawes.

—¡Dorinda Dawes!

—Sí. ¿La conocías?

—Regan, me entrevistó hace unos veinte años. Nunca olvidaré ese nombre; la verdad es que me engañó.

—¿A qué te refieres?

—Ella era joven y agresiva y tenía la habilidad de hacerte contar cosas que normalmente no contarías. Supongo que eso es lo que hace una buena entrevistadora. Hasta entonces, nunca le había contado a nadie que, estando de luna de miel con tu padre, me vi en graves apuros cuando estaba metida en el agua. Estábamos en el Caribe. Yo estaba nadando en el océano, y la corriente empezó a arrastrarme al fondo. Tu padre estaba en la playa, y empecé a hacerle señas con la mano. Él me devolvió el saludo; y yo volví a hacerle señas. Al final, el socorrista se dio cuenta de mis apuros, se lanzó al agua a toda prisa y me salvó. Papá ni se dio cuenta de que yo necesitaba ayuda.

—Papá pensó que estabas siendo cariñosa.

—¡Regan!

—Lo siento, mamá.

—No sé por qué empecé a contarle la historia a Dorinda. No me pareció que tuviera ninguna importancia. Habíamos estado hablando un par de horas, y eso fue poco antes de que se marchara de casa. La historia acabó siendo el titular de su artículo: «"MI MARIDO CASI DEJA QUE ME AHOGUE", SE LAMENTA LA FAMOSA ESCRITORA DE MISTERIO NORA REGAN REILLY».

—No recuerdo nada de eso —dijo Regan.

—Tenías unos diez años, y eso pasó durante el verano. Creo que estabas en un campamento.

—El artículo debió de molestar realmente a papá.

—No tanto como a mí. Los amigos de tu padre no pararon de tomarle el pelo, diciéndole que había buscado hacer más negocio. Terminó siendo una historia divertida que nuestros amigos contaban en todas las fiestas, aunque cuando salió publicada no nos hizo ninguna gracia. Aunque me cuesta creer que Dorinda se haya ahogado. Consiguió que me sincerara sobre la historia porque admitió que le tenía miedo al agua. Me contó que, siendo niña, estaba en la playa poco antes de que se desencadenara un huracán, y que una gran ola la había golpeado y arrastrado al fondo. Me dijo que a partir de ese día aborrecía meterse en el mar, pero que le encantaba nadar en las piscinas.

—¿Aborrecía meterse en el mar? —repitió Regan.

—Según lo que me contó ese día, sí. Me dijo que nunca le había contado esa historia a nadie, porque la hacía sentirse débil y vulnerable. La conversación empezó cuando me elogió porque en el pasaje de uno de mis libros donde alguien muere ahogado, yo había logrado tanto realismo que le había producido escalofríos.

—Entonces puede que Will tenga razón. Esto no fue un accidente.

—Es difícil de decir. Puede que sólo intentara ablandarme para que le dijera alguna tontería, que es lo que hice, pero parecía tan convincente. Ten cuidado, Regan. Si no estaba actuando, la Dorinda Dawes que conocí todos esos años atrás dejó bien claro que no se metería sola en el mar ni para mojarse la punta de los pies, ya fuera de día o de noche. Me pregunto qué ocurrió de verdad.

—Eso es en lo que estoy trabajando.

—Y ¿que estaba haciendo con un collar que fue robado aun antes de que yo la conociera?

—También estoy trabajando en eso.

—¿Dónde está Kit?

—Creo que en la playa, con el nuevo tipo.

Nora suspiró.

—Desearía que estuvieras aquí con Jack.

—Créeme, mamá, yo también. Te llamaré luego. —Cuando Regan cortó la comunicación, intentó asimilar lo que le acababa de contar su madre. Una cosa parecía segura: hace más de veinte años, Dorinda ya escribía artículos que molestaban a las personas. ¿Habría hecho eso mismo allí, y fastidiado a alguien que quiso vengarse? Regan estaba impaciente por volver y leer todo lo que Dorinda había escrito desde que se bajara del avión en Hawai hacía tres meses.

Capítulo 20

Will cerró la puerta de su despacho. Temía hacer la llamada, pero sabía que no tenía elección. Se sirvió otra taza de café; el líquido tenía aquel aspecto a barro después de haber estado en el hornillo tanto tiempo, que gran parte del agua se había literalmente evaporado. Pero no le importaba; apenas podía saborear algo.

Se sentó a su escritorio, se acercó el teléfono y llamó por el interfono a su secretaria.

—Janet, no me pase ninguna llamada.

—Ninguna en absoluto.

«Ninguna en absoluto» está bien, pensó Will para sí, mientras marcaba el número de su hermana en Orlando. Los padres de Will habían ido a pasar las Navidades allí, y se iban a quedar todo el mes de enero, haciendo excursiones cortas a otras ciudades de Florida para ver a sus amigos jubilados. Will se armó de valor previendo la reacción de sus padres al motivo de su llamada; lo último que necesitaba era que le hicieran pasar un mal rato.

Los propietarios del hotel ya estaban encima de él; le habían advertido que sería mejor que el baile «Sé una Princesa» resultara un enorme éxito, de crítica y económicamente. Que una empleada se hubiera ahogado, y que el mar hubiera arrojado el cuerpo a su playa no les hacía felices. «Es una cuestión de pura imagen», le habían dicho. «Queremos que el Waikiki Waters tenga una imagen positiva y feliz. La gente viene de todo el mundo para disfrutar de nuestro maravilloso establecimiento. ¡Y no les gusta ir a un lugar marcado por el escándalo y por retretes que rebosan!»

Will tragó saliva cuando su hermana, Tracy, descolgó el teléfono.

—Tracy, soy Will —empezó, intentando parecer alegre. Detestaba llamar a sus padres a casa de Tracy; ésta estaría pendiente de cada palabra de la conversación que tuvieran con él, metiendo la nariz en sus asuntos. Tracy no se perdería una palabra, pese al hecho de tener el aullido de sus tres hijos de música de fondo.

—Hola, Will —respondió Tracy—. ¿Cómo va todo por ahí? ¿Se ha desbordado algún retrete hoy?

—No, Trace —dijo Will, apretando las mandíbulas—. Necesito hablar con papá y mamá. —Vaya *ohana* que tenía, pensó; *ohana* significa familia en hawaiano.

—¡Hola, Will! —le saludó su madre con alegría cuando descolgó el supletorio—. ¡Bingsley! —gritó a su marido—. Coge el teléfono del dormitorio. Es Will. ¿Estás ahí, Will?

—Estoy aquí, mamá. —Will pudo oír la respiración de su padre cuando éste se acercó lentamente el auricular a la boca.

—Ya estoy, Almetta —gruñó su padre—. Eh, tío grande, ¿qué hay?

—Hola, papá. Trace, ¿te importaría colgar? Tengo que hablar en privado de algo con mamá y papá. —Sabía que ella lo oiría de todas maneras, pero la quería lejos del teléfono.

Se oyó el «clic» del teléfono al colgarse. No más ruido de niños gritando.

—Ya ha colgado —dijo la madre de Will alegremente—. ¿Qué sucede, querido?

—¿Te acuerdas de aquél collar de conchas que me diste cuando me vine a Hawai?

—¿Mi maravilloso collar de conchas? —preguntó su madre.

—El mismo. ¿Dónde lo conseguiste?

—Hijo —terció su padre—, sabes que lo compramos en Hawai hace treinta años.

—Sé que en Hawai, pero ¿dónde, en qué lugar? —preguntó Will, procurando disimular su impaciencia—. ¿Lo comprasteis en una tienda o un puesto callejero?

—Recuerdo aquel día con toda claridad —aseguró su madre con triunfalismo—. ¿Te acuerdas, Binsgley? Compramos los trajes de baño para los niños y luego encontramos a aquel chico en el aeropuerto que nos vendió el collar. Tú querías comprarme un regalo especial, pero no habíamos encontrado nada. Entonces, justo antes de subir al avión de vuelta a casa, ¡encuentro aquél collar que intentaba vender el chico! Era tan hermoso. Siempre lo he querido y lo he guardado como un tesoro, y ahora sé que me trajo suerte. Por eso te lo di, Will, para que tuvieras suerte en Hawai. Si habías de irte tan lejos, quería que tuvieras algo que te recordara a mí todos los días. Me prometiste que lo tendrías siempre colgado de la pared del salón.

«¡Dios mío!», pensó Will. Meneó la cabeza y suspiró, con cuidado de poner la mano sobre el auricular. Por una vez que su madre tenía suerte, se iba todo al garete.

—Recuerdo que el chico que nos lo vendió era sólo un adolescente. Tenía una cara redonda e infantil, una mata de pelo negro y rizado e iba vestido con unos pantalones cortos y unas sandalias. Querido, ¿recuerdas que los dos segundos dedos de los pies eran los más largos que jamás hubiéramos visto?

—No se los miré —le respondió Binsgley a su esposa—. Estaba demasiado ocupado en aflojar los doscientos pavos del collar. ¿Sabes?, en aquellos días eso era una pequeña fortuna.

—Bueno, después te hablé del asunto muchas veces —continuó Almetta—. Me quedé fascinada con aquellos dedos; parecía que se los hubieran desencajado. Tú sabes que ahora las mujeres se operan para acortarse esos dedos. Se los recortan para poderse poner zapatos de alta costura con unos diseños enloquecidos, con la punta muy fina y tacones de aguja. ¿No es horrible? Permíteme que te diga que aquel chico era un candidato perfecto a esa operación.

Will calculaba mentalmente mientras su madre parloteaba. «Aquel chico debe de frisar los cincuenta ahora, así que cabe la posibilidad de que haya alguien en este planeta que ande cerca de los cincuenta, tenga unos segundos dedos de los pies largos y sea quien le vendió a mis padres el collar robado hace treinta años.»

—... y te digo que no creo que hagan collares así ya —continuaba su madre—. Es absolutamente magnífico. Bueno, ¿qué es lo que pasa, querido?

—¿Por qué nos llamas a Florida para preguntarnos por el collar? —preguntó su padre escéptico.

—Bueno... acabo de averiguar que ese collar fue robado del Museo de las Conchas hace treinta años. Había pertenecido a una mujer que fue reina de Hawai a final de la década de 1800. Aquel chico os vendió una propiedad robada.

—¡Siempre te dije que me sentía como una reina cuando me ponía ese collar! —exclamó su madre—. Y ahora debe de tener realmente algún valor. ¡Es tan maravilloso tenerlo en la familia! Y ¡lo conseguimos honradamente!

—Ya no lo tengo.

—¿Qué? —gritó su madre—. ¿Qué has hecho con él? ¡Te lo di para que te diera suerte!

«Pues vaya suerte», pensó Will. Se aclaró la garganta.

—Se lo presté a una mujer que trabajaba en el hotel y que se encargaba de nuestro boletín. Quería fotografiar el collar, y utilizar la foto en el boletín que estaba preparando para cubrir el baile «Sé una Princesa», que vamos a celebrar este fin de semana. Se lo di la otra noche poco antes de que abandonara el hotel. A la mañana siguiente su cadáver apareció en la playa. Llevaba el collar en el cuello, y la policía lo identificó como el collar real robado en el museo hace treinta años.

—¡Caramba!

—No le he dicho a nadie que era nuestro collar; no quería que pensaran que tenía algo que ver con la muerte de la mujer. Y no quiero que piensen que mis padres robaron el collar cuando estuvieron de vacaciones en Hawai.

—¡Por supuesto que no lo robamos! —dijo su madre con indignación—. No deberías haberte desprendido nunca de él. ¡Era una reliquia de familia!

«Ojalá que "tú" no te hubieras desprendido nunca de él», pensó Will.

—Sólo quería que supierais lo que está pasando. Y por encima de todo, averiguar donde comprasteis el collar.

—¿Dónde debe estar ahora aquel chico del aeropuerto? —preguntó su madre.

—Buena pregunta. Ya no es un chico, y quizá se esté haciendo operar los dedos en este preciso instante. Puede que necesite una declaración jurada vuestra explicando dónde y cuándo exactamente conseguisteis el collar.

—Tal vez deberíamos ir allí. Binsgley, ¿qué piensas?

—Mamá, eso no es necesario.

De repente, se pudo oír gritar a los niños de Tracy al fondo.

—Es una gran idea —dijo Bingsley con repentino entusiasmo—. Conectaré el ordenador; seguro que puedo encontrar un vuelo barato. Hijo, estaremos allí lo antes posible.

—Ese baile parece algo tan divertido —gritó su madre—. ¿Nos puedes conseguir entradas?

Will apoyó la cabeza en el escritorio. Su esposa llegaba esa noche; llevaban casi dos semanas sin verse. Que diría cuando se enterara de que Almetta y Bingsley estaban en camino. Y de la razón que los traía a Hawai.

«¿Por qué a mí? —pensó Will—. ¿Por qué a mí?»

Capítulo 21

A medida que el vuelo de Gert y Ev se iba aproximando a Kona, en Big Island, los pasajeros estiraban el cuello para mirar las hectáreas y hectáreas de oscuro y escabroso terreno volcánico que se extendía hasta el infinito por debajo de ellos. Parecía la superficie de la luna.

—No me puedo creer que esto sea Hawai —se quejó una mujer de la primera fila al asistente de vuelo que se sentaba cerca—. Esto no es el paraíso. ¿Por Dios, dónde están las palmeras y los ananás?

—Enseguida los verá —le aseguró el asistente de vuelo—. ¿Sabe? Están a punto de aterrizar en la isla que alberga el volcán activo más grande del mundo. De ahí esa aridez. Pero ahí abajo hay también unas playas preciosas, unas fincas enormes, cascadas y plantaciones de ananás. Y Big Island sigue creciendo sin parar.

—Y ¿cómo es eso?

—Las erupciones del volcán han añadido ocho mil hectáreas de tierra a la isla desde mil novecientos ochenta y tres. Parte del aeropuerto se asienta encima de un río de lava.

—Increíble.

—Le prometo que le encantará. No tardará en desear quedarse a vivir aquí para siempre.

Gert se volvió hacia Ev y sonrió.

—En todos los grupos siempre hay un aguafiestas.

—¡Y que lo digas! —contestó Ev—. Al menos, uno. Nosotras tenemos que aguantar a dos en nuestro grupo. ¿Te fijaste en la manera en que Bob y Betsy se sentaron esta mañana a desayunar, como dos piedras? ¡Y están escribiendo un capítulo sobre las relaciones excitantes! Es como si tú y yo escribiéramos sobre la vida de una modelo de alta costura.

Gert se rió, soltando un ligero resoplido.

—Y esa Joy no es más que una pequeña lianta. Vale por tres aguafiestas. Incluso tuvo el coraje de preguntar si dábamos dinero al grupo para los gastos personales. Debería sentirse afortunada por poder tener ese pequeño culo suyo en Hawai. ¿Te acuerdas de cuando teníamos su edad?

—Por supuesto. La única vez que salimos de Hudville fue para ir en coche a la feria del estado. Menuda juerga.

—Pero ahora nos estamos resarciendo, hermana.

—Así es… y todo gracias a lo dulces y amables que fuimos con nuestro vecino.

—Fue una suerte que se mudara a la casa de al lado.

—Y que muriese su esposa.

El avión viró bruscamente de un lado a otro y rebotó contra el pavimento unas cuantas veces, antes de empezar a deslizarse suavemente por la pista. El aeropuerto era pequeño, y los pasajeros desembarcaron por unas escaleras portátiles directamente sobre el asfalto. La brisa mecía las palmeras, y la cinta transportadora estaba a unos pocos metros. Los guías turísticos recibieron a los grupos de pasajeros recién llegados con leis de bienvenida. Gert y Ev se abrieron paso entre la multitud y se dirigieron hacia la acera, donde las esperaba un joven en un destartalado todoterreno.

Carla y Jason echaron a correr para alcanzar a las gemelas.

—Señoras —les gritó Carla cuando Gert abría la puerta delantera del Jeep.

Gert se volvió hacia la pareja con impaciencia.

—¿Sí? —preguntó, intentando mostrarse cortés.

—He oído que están a cargo de un grupo turístico en el hotel. Nos preguntábamos si tal vez sabrían de un buen sitio para comer aquí. Es un día especial para nosotros. Nos acabamos de prometer anoche. —Carla extendió la mano con orgullo para mostrar su anillo de compromiso.

Gert echó una mirada fugaz a la mano de Carla, y resultó evidente que no le pareció nada del otro jueves.

—No conocemos ningún lugar para comer —respondió Gert con brusquedad y sin hacer ningún elogio del tesoro de Carla—. Venimos a visitar a unos amigos.

—Oh, bueno —dijo Carla con decepción, mirando de soslayo al tipo sentado en el asiento delantero. No era su tipo, ni mucho menos. Era joven, estaba sudado y vestía una vieja ropa de trabajo. Las gemelas entraron en el vehículo, cerraron las puertas de un portazo, y el Jeep se alejó.

—No me parece a mí que vayan a una merienda cena de campanillas —comentó Carla, mirando de hito en hito el coche que se alejaba.

—No, no lo parece. —Jason le cogió la mano—. Olvídate de ellas, y vayamos a alquilar un coche.

—Bueno —convino Carla, preguntándose en silencio a dónde se dirigían las gemelas. Su comportamiento se le antojaba sospechoso. ¿Por qué no podían haberle preguntado a su amigo por un restaurante? Uno no se prometía todos los días. Algo pasaba con aquellas dos señoras tan poco amables; habían sido groseras sin motivo. Y lo peor de todo es que no le habían dicho nada de lo maravilloso que era el anillo que Jason y la madre de éste habían escogido con tanto mimo para ella. ¡La mujer se había mostrado francamente despectiva con la única joya que Carla había estado esperando toda su vida! ¡Menudo insulto! A Carla le empezó a hervir la sangre.

Y una vez que alguien la insultaba, no era de las que se olvidaban. Nunca. Rencor era su segundo nombre.

Capítulo 22

Miró fijamente la foto de Dorinda Dawes y leyó el artículo sobre su muerte. Se acordaba a la perfección de la noche que entró en el museo y robó todas aquellas conchas. Se había puesto en el cuello el collar de la reina cuando los polis lo acorralaron en el callejón; aquello casi había sido el fin para él. Pero cuando Dorinda Dawes se puso aquel collar en el cuello, fue el fin para ella.

Por suerte, no le habían atrapado aquella noche de hacía treinta años; había faltado poco. ¿Por qué no era capaz de resistirse a un desafío?, se preguntó.

A veces, deseaba haber nacido con una mayor capacidad para enfrentarse al aburrimiento; envidiaba a la gente que era feliz haciendo lo mismo una y otra vez.

«Hasta que reviento», como solía decir su abuela. «Cocino y limpio hasta que reviento, y todavía estoy contenta de que Dios me diera dos manos.»

Menudo personaje su abuela, pensó, riendo para sí. No llegó a tratarla mucho cuando era pequeño; era hijo del ejército. Su familia siempre se estaba moviendo de aquí para allá, y era difícil hacer amigos porque su familia nunca se quedaba mucho tiempo en un lugar. Y en cuanto los niños le veían los dedos de los pies, lo martirizaban. Su manera de reaccionar a aquello consistió en crear problemas y procurarse una coraza exterior. Tenía ocho años cuando empezó a robar las fiambreras de los demás niños.

Su familia había pasado un año en Hawai cuando él tenía dieciséis. Vaya año. Su padre estaba destinado en Fort de Russy, justo en la playa de Waikiki. A él lo matricularon en el instituto local, pero se pasaba la mayor parte del tiempo haciendo surf y merodeando por las playas de los hoteles, robando todo lo que podía a los confiados turistas.

¿Cómo era posible que el collar que le vendió a una pareja que estaba a punto de subir a un avión con destino al continente hubiera acabado aquí de nuevo en poder de Dorinda Dawes?, se preguntó.

Tenía que volver a ver ese collar, pensó. Ahora que volvía a estar en el museo, tal vez debería de regresar a la escena del crimen. Por suerte, hace treinta años no disponían de un programa informático de reconocimiento facial. Pero entonces llevaba la cara cubierta con una media. Quizá tuvieran un programa de reconocimiento de medias. «Busca la etiqueta de los panties», tarareó con la boca cerrada, mientras pasaba la hoja del periódico.

Le gustaría tener el collar en sus manos y colgárselo de nuevo en el cuello. Y revivir aquellos emocionantes instantes, cuando dejó atrás a los polis. Quizá pudiera robarlo por segunda vez. La idea era irresistible. Estaban haciendo tantos aspavientos con la subasta del otro collar de conchas real en el baile «Sé una Princesa». Si este collar volviera a desaparecer, ¡eso sí que sería una verdadera noticia!

Se preguntó si habrían mejorado la seguridad del Museo de las Conchas. No era exactamente el Louvre, pero le daban valor a sus collares.

Le encantaba crear problemas, se percató. Y así había sido desde que era un crío pequeño. Se acordó de aquella ocasión en que se había ofrecido voluntario para hacerle un batido de leche a la amiga de su hermana. Había echado jabón líquido en la batidora. El batido salió tan espumoso, que la chica le dio un gran trago. La expresión de su cara cuando salió corriendo de la casa y lo vomitó todo en el seto no tuvo precio. Él nunca se había reído tanto en su vida. Y mientras la chica estaba fuera, le había robado algunas monedas del bolso.

Ahí empezaron sus problemas, pensó; de aquel día en adelante, no había dejado de excitarse robando y fastidiando a las personas.

¿Por qué no era capaz de reírse de las bromas y las películas tontas que tan hilarantes le resultaban al resto del mundo? Necesitaba más que eso para excitarse; necesitaba estar siempre en movimiento. Esa era la razón de que hiciera ejercicio como un maníaco, se dijo mientras pasaba la página del periódico.

La furgoneta se detuvo delante de una hermosa playa para surf. Francie le dio una palmadita en el hombro.

—¡Ned! ¡Mira esas olas! ¡Son monstruosas!

Ned sonrió.

—Ya se lo dije.

—Parecen peligrosas —gritó Francie—. ¿Está seguro de que quiere hacer surf ahí?

Ned se volvió hacia ella.

—Pero ¿no se da cuenta, Francie? Eso es precisamente lo que lo hace divertido.

Capítulo 23

Cuando Regan volvió al hotel, se detuvo en el despacho de Will. Janet, su secretaria de aspecto tenaz, estaba hablando por teléfono. La cancerbera, la apodó Regan. Con las gafas apoyadas en la punta de la nariz, la mujer tenía el aire de eficiencia de alguien que jamás había experimentado un momento de nerviosismo en su vida. Ni un segundo de duda acerca de sí misma. Regan supuso que probablemente rondaría los cincuenta años.

—¿Está Will aquí? —preguntó Regan en voz baja. Resultó que no era necesario ser discreto.

—No. Creo que está un poco estresado. Salió hace un ratito —gritó Janet prácticamente a voz en cuello—. Escucha, cariño —aulló al teléfono—. Tengo que colgar. —Dejó caer el auricular en el soporte, levantó la vista hacia Regan y bajó la voz—. Sé que Will quiere que investigue por aquí.

—¿Se lo ha dicho él?

—Por supuesto. Si uno ya no puede confiar en su secretaria... —Su voz se fue apagando. Momentáneamente—. Entre lo que le ocurrió a Dorinda y todos los problemas que ha habido desde la renovación, va bien servido; se lo aseguro. El pobre está hecho polvo. —Cogió un sobre marrón del escritorio y se lo entregó a Regan—. Ahí dentro están todos los boletines que Dorinda escribió, el artículo de la revista y la lista de problemas y quejas desde la renovación.

—Gracias.

—Perdón, Janet —dijo una voz masculina.

Regan se volvió. Era un tipo con uniforme de botones. Janet le sonrió.

—¿Está Will por aquí? —preguntó el botones educadamente, con una gran sonrisa.

—Volverá dentro un rato —respondió Janet.

—Ya le pillaré más tarde, entonces. —El sujeto volvió a sonreír, dijo adiós con la mano y salió de la habitación, haciendo que Regan se acordará de un tipo que había conocido en la universidad que nunca dejaba de sonreír. Podías decirle que su casa estaba ardiendo, que nada podía borrar la sonrisa de su cara.

Janet hizo un gesto hacia la figura que se marchaba.

—Will es el mentor de Glenn. Will también empezó de botones, y lleva uno o dos años enseñando al chico cómo funciona todo. Piensa que el chaval hará carrera en este hotel.— Hizo una pausa—. Regan, no se creería la mañana que hemos tenido. La gente ha estado llamando como loca. Con toda esa publicidad acerca del collar real que llevaba puesto Dorinda y el collar gemelo que se va a subastar, ahora medio Honolulú quiere acudir al baile «Sé una Princesa». Estamos metiendo a presión todas las mesas que podemos en la sala de baile, pero tenemos que rechazar a la gente. Bueno, al final Dorinda nos ha conseguido algún negocio.

Regan enarcó las cejas.

—Supongo que sí.

—No me malinterprete —continuó Janet con rapidez—. Lamento mucho su muerte. Se la contrató al terminar la rehabilitación para que animara las cosas por aquí con el boletín, pero lo único que hizo fue poner nervioso a todo el mundo. Pero sin duda, su muerte le ha añadido alicientes al hotel. Ahora todos quieren una entrada para el baile y desean el collar que se va a subastar. Y también quieren saber qué va a pasar con el collar que llevaba Dorinda cuando murió. Si quiere que le dé mi opinión, creo que la gente ha visto demasiados programas de crímenes en la televisión.

—Acabo de estar en el Museo de las Conchas. El propietario no ha decidido si va o no a subastar el segundo collar.

—Debería —afirmó Janet mientras se ahuecaba su corto pelo rojo con el lápiz—. Mucha gente morbosa estaría dispuesta a pagar un montón de dinero por él. Al menos, servirá para una buena causa.

—Me dijo que tomará la decisión durante el baile.

Janet se encogió de hombros.

—Más dramatismo. ¿Quién sabe? Puede que su gran decisión de última hora consiga aumentar aún más la excitación de la noche. Estoy segura que el subastador sabrá explotar al máximo el valor del collar.

Regan asintió con la cabeza.

—Primero quiere ver cuánto se saca por el otro collar.

—Natural —respondió Janet con su tono de voz deliberadamente inexpresivo—. Al fin y a la postre, todo es cuestión de dinero, ¿no es así, Regan?

—Muchas cosas, sí —convino Regan—. Nadie había visto antes a Dorinda con el collar, ¿eh?

Janet negó con la cabeza con energía.

—Nadie. La gente no ha dejado de pararse en mi mesa, a la que debería rebautizar como Gran Estación Central, para hablarme de Dorinda. Todos recuerdan los collares florales que solía ponerse y que hacían juego con las flores que llevaba en el pelo. Se creía Carmen Miranda. Si quiere que le diga lo que pienso, se acercaba bastante. Siempre disfrazada con aquellos conjuntos «tropicales» que se ponía; siempre montando el numerito. A veces, me entraban ganas de decirle que se lo tomara con calma y se tranquilizara… Después de todo, estamos en Hawai.

Ahora ya está tranquila, pensó Regan. Pero dudo que la pobre Dorinda descanse en paz; parece como si nadie sintiera lo que le pasó.

—La verdad es que no estuvo aquí mucho tiempo —comentó Regan.

—Lo suficiente para dejar su impronta. Empezó a mediados de octubre, cuando ya se había terminado la remodelación y se acababan de abrir la nueva torre Cocotero y el salón de baile. Will pensó que sería una buena idea crear un boletín para los huéspedes.

Dorinda solicitó el trabajo, y el resto, como suele decirse, ya es historia.

—Ha dicho que Dorinda sacaba de quicio a la gente. ¿Me puede poner algún ejemplo?

—Claro. Para empezar, le diré cómo me desquiciaba a mí —declaró Janet—. Acérquese una silla.

—Sí, gracias —respondió Regan, cogiendo obedientemente una de las sillas situadas junto a la puerta y acercándola a la mesa de Janet. Se sentó y sacó su libreta de notas del bolso.

—¿Va a tomar notas? —preguntó Janet.

—Si no le importa.

—Por supuesto que no.

—Gracias. Bueno, estaba diciendo…

—Bueno… Dorinda. Menuda alhaja. Algunas de las chicas que trabajan en la tienda de ropa de ahí fuera se pasaron por aquí esta mañana. Bueno, no me malinterprete; no es que la gente no lamente su muerte, pero nadie la va a echar demasiado de menos. Por ejemplo: ella solía entrar aquí como Pedro por su casa para ver a Will y me trataba como si yo fuera el personal contratado. Supongo que soy personal contratado, pero ¿qué demonios era ella?

Regan asintió con la cabeza comprensivamente.

—Quién sabe a qué se debía su actitud —continuó, encogiéndose de hombros—. Las chicas de la tienda me han contado que al principio de llegar aquí, Dorinda se comportaba de manera cordial y que no paraba de hacer preguntas. Salió con ellas unas cuantas veces a comer y de copas. Pero de repente, empezó a cancelar citas para comer en el último minuto y a no devolver las llamadas de teléfono. Fue como si se hubiera dado cuenta que las chicas no podían hacer gran cosa por ella. Y esa parece que fue la pauta de comportamiento con la gente que trabajaba en el hotel. Acosaba a todo el mundo a preguntas en busca de cotilleos e información acerca de la vida de aquí, y luego, cuando les había sacado todo lo que podía, los dejaba de ver.

—¿Sabe algo de su vida privada?

—Se pasaba aquí gran parte de la noche cubriendo las fiestas y haciendo fotos. Y sé que siempre andaba buscando que la invitaran a todas las fiestas e inauguraciones de la ciudad. No creo que tuviera ninguna clase de novio.

—Una camarera de uno de los cafés me dijo que era de lo más ligona.

—Y lo era. Vi la manera que tenía de actuar con Will. Pasaba por mi lado tan pancha y entraba en su despacho como si tal cosa con una gran sonrisa. No creo que él se lo tragara, pero tenía que aguantarla. La había contratado para seis meses, y quería que las cosas funcionaran.

—¿Comentó Will alguna vez la posibilidad de llegar a despedirla? —preguntó rápidamente Regan.

—¡No! Pero conozco a Will. No podía estar contento con la reacción de la gente hacia Dorinda. Quería a alguien que uniera a la gente mediante el boletín, no que la distanciara. No debería de estar hablando de Will. Lo único que digo es que sí; Dorinda era una ligona, y era atractiva.

«Interesante —pensó Regan—. Desde el principio he tenido la sensación de que Will se callaba algo.»

—¿Ha leído el artículo que Dorinda escribió para la revista *Valientes en el Paraíso*?

—No. Pero eso me recuerda que tengo que encontrar a alguien para que haga las fotos del baile. —Escribió una nota en un taco de hojas adhesivas que había en su escritorio.

«El negocio es el negocio», pensó Regan.

—Según parece, Dorinda volvía andando a casa todas las noches. ¿Lo sabía usted?

—Sí. Su piso no está lejos de aquí, en Waikiki. Cogía el camino que discurre junto a la playa. Y cuando llovía, siempre buscaba a alguien que la llevara en coche. Yo la llevé una vez; casi ni me dio las gracias. Y yo vivo en la otra punta.

—¿Me pregunto que pasará ahora con su piso?

—Su primo va a venir aquí para vaciarlo.

—¿Va a venir su primo? —repitió Regan.

—Sí. Llamó después de que usted se marchara esta mañana.

—¿Dónde vive?

—En Venice Beach, California.

—¿Ah, sí? Yo vivo en Hollywood Hills.

—Bueno, llega hoy en avión; y los padres de Will estarán aquí mañana por la mañana.

—¿Los padres de Will? Me comentó que estaba deseando ver a su esposa, que volvía este fin de semana.

—Él lo estaba deseando, y ella vuelve este fin de semana. Ahí está el problema. Su mujer se fue antes de Navidades, y cuando vuelva esta noche, se enterará de todas las buenas noticias. Como la de que su suegra llegará de un momento a otro. No es que la madre de Will no sea una señora simpática, pero…

—Comprendo —respondió Regan con rapidez.

—Pues me alegro que lo comprenda, porque me da que la esposa de Will no lo va a comprender. —Janet soltó la carcajada—. Pobre hombre; tiene tantas cosas que atender. Tiene que superar lo de este baile. Y va a alojar a sus padres aquí en una habitación.

—Parece una buena idea.

—No se creería lo buena idea que es. Por supuesto, eso implica que me tocará ocuparme de mamá Brown. Y tengo que trabajar todo este fin de semana en el baile.

—Habrá mucho ajetreo, ¿no? —comentó Regan.

—No lo dude.

—Janet, ¿oyó alguna vez que Dorinda le tuviera miedo al mar?

—No. Pero, como han dicho en los informativos, a ella le encantaba sentarse en el rompeolas por la noche. Puede ser un sitio tan hermoso y apacible a la luz de la luna. Le dije más de una vez que tuviera cuidado de estar allí sola; nunca me hizo caso. Decía que la tranquilizaba después de un día de ajetreo. Las corrientes son muy fuertes. Puede que resbalara y se cayera.

—Puede —convino Regan, mientras tomaba algunas notas—. Janet, usted ve mucho de lo que pasa por aquí.

—Y también lo oigo. Me siento como el presidente del departamento de quejas.

—¿Sabe de alguien que hubiera deseado hacerle daño a Dorinda?

—Hay mucha gente a la que le hubiera gustado estrangularla, pero no matarla. Creo que sabe a qué me refiero.

—Supongo que sí. Dorinda empezó a trabajar aquí poco después de que se terminara la remodelación, y Will me dijo que los incidentes en el hotel dieron comienzo poco después de eso. Sé que ella no está aquí para defenderse, pero me pregunto si podría haber tenido algo que ver con los problemas del hotel.

—Resulta difícil decirlo —respondió Janet—. En esa época, contratamos a muchos empleados nuevos.

—¿Podría conseguir una lista de esa gente?

—Claro. Se la tendré en unas horas. No creo realmente que Dorinda pudiera haber estado detrás de los problemas. Habría tenido que entrar de matute en todas partes, y ella era incapaz de pasar inadvertida. Cuando Dorinda estaba en una habitación, uno lo sabía. Algunos de los problemas que tuvimos se originaron en la cocina; otros, en los cuartos de baño públicos; y algunos más, en las habitaciones. Quienquiera que esté detrás, ha de tener una llave maestra. Supongo que Dorinda podría haberse hecho con una. Será interesante ver si ocurre algo, ahora que ya no está.

El teléfono del escritorio de Janet sonó. La secretaria puso los ojos en blanco.

—Apuesto a que es sobre el baile.

—La dejo que siga con lo suyo. —Regan cerró su libreta y se levantó—. Echaré un vistazo a todo lo que hay aquí dentro. —Llevaba el sobre marrón en la mano.

—Estaré aquí todo el día. Si necesita algo, llámeme o pásese por aquí.

—Muchas gracias —dijo Regan, y salió del despacho a la animada zona de la recepción al aire libre. Un cartel del Baile de la Princesa estaba apoyado en un caballete junto al mostrador del portero. «¡ENTRADAS AGOTADAS!», aparecía escrito en la parte superior. «SE ADMITEN INSCRIPCIONES PARA LA LISTA DE ESPERA.»

«Bueno, Dorinda —pensó Regan—. Tal vez no lo desearas de esta manera, pero no cabe duda de que has dejado tu impronta.»

Capítulo 24

Bob y Betsy estaban en su habitación, sentados juntos a la mesa donde estaba el ordenador portátil abierto y conectado. La cama estaba cubierta de notas manuscritas. Tenían una cafetera del servicio de habitaciones a su lado, y Bob acababa de proponer una manera de llevar a cabo una investigación para su capítulo del libro sobre las relaciones.

—No sé. —Betsy dudaba—. No me parece tan excitante salir al mundo y fingir ser Bonnie y Clyde.

—¿No te lo parece?

—En absoluto.

Bob se quitó las gafas y utilizó la parte inferior de su camiseta para hacerles una buena limpieza; era algo que hacía muchas veces al día, más por costumbre, que por el hecho de que estuvieran empañadas.

—Creo que eso ayudaría a nuestro matrimonio.

Betsy pareció aterrorizada.

—¿Qué le pasa a nuestro matrimonio?

Se produjo una pausa.

—Nada —masculló Bob—. Nada que no se pueda arreglar con un poco de excitación a la vieja usanza.

—¿Actuando como si fuéramos delincuentes?

—Sí. Si estamos escribiendo un capítulo sobre cómo mantener una relación excitante, entonces deberíamos ofrecer una miscelánea de ideas para mantener el fuego de la pasión. Fingir que se es diabólico es una de las opciones.

—Para eso está Halloween —retrucó Betsy, mientras se le iba poniendo mala cara por momentos. Estaba empezando a creer que a su marido le pasaba algo de verdad. Desde el mismo momento en que se había puesto a charlar con aquel editor que deambulaba por la ciudad, buscando a una pareja de Hudville que escribiera un capítulo para su libro, Bob se había vuelto chaveta. El editor había estado viajando por todo el país a la búsqueda de parejas de diferentes orígenes que compartieran las maneras en que cada una había mantenido la pasión en su relación. Bob no había dejado escapar la oportunidad de que él y Betsy representaran a los estados lluviosos. El único problema era que él no era excitante en lo más mínimo. Ni ella tampoco, pero eso era culpa suya; la había convertido en una mujer aburrida.

Cuando Betsy bajó la mirada y cruzó las manos, pensó con añoranza en su novio de la universidad, Roger. ¿Dónde estaría ahora? Si hubieran acabado juntos; si él no hubiera conocido a aquella otra chica que le echó las garras durante un crucero de seis meses. Betsy no pudo ir porque el mar la mareaba. Roger le dijo que estaría cinco meses y que tendría crucero suficiente para toda la vida. ¡Ja! Debería haber ido y tomar Biodramina, reflexionó Betsy. Su madre había intentado consolarla cantando *Qué Será Será*, pero aquello sólo empeoró las cosas. Más tarde, se enteró que Roger y su marinera Nancy habían celebrado su boda en un barco.

«Si me hubiera casado con Roger —caviló—, no estaría viviendo en la deprimente y empapada Hudville. Si estuviera de vacaciones en Hawai con Roger, estaríamos en la playa con un *mai tai* en la mano, en lugar de estar sentados en la habitación del hotel pensando las maneras de animar la vida de los demás. Roger y yo nos habríamos pagado nuestro propio viaje, en lugar de tener que ganar un sorteo para venir aquí. Si…»

¿Cómo había podido aguantar treinta años con el aburrido de Bob? Era increíble. Él había tenido el mismo trabajo de ínfima categoría durante veintiocho años en una tienda que vendía tuberías para bajantes. Los negocios en Hudville se hacían con mucha rapidez. El editor había localizado la tienda cuando atravesaba la ciudad en coche, y el resto, como suele decirse, era historia.

En ese momento, Bob le puso la mano en el muslo. Betsy se retrajo en su fuero interno.

—Mi pequeña Bitsy —le susurró con dulzura, utilizando su apodo familiar.

—¿Qué?

—Es importante que escribamos este capítulo.

—¿Por qué?

—Hará que nuestras vidas sean más excitantes. Cuando el libro se publique, viajaremos con las demás parejas en el libro. Eso podría cambiar nuestras vidas. Pero lo más importante, es que será un regalo para nuestros hijos.

—¿Nuestros hijos? —La voz de Betsy se elevó una octava—. ¿Cómo que será un regalo para nuestros hijos?

—Nuestros hijos son maravillosos, pero son un poco lerdos. No sé cómo han salido así; sencillamente, no lo entiendo. Necesitarán esta guía. Los dos están casados, a Dios gracias, pero si no mejoran, me temo que sus cónyuges los acabarán dejando.

«Debe de estar drogado —pensó Betsy—. Es la única explicación.»

—Jeffrey y Celeste son unas personas maravillosas —gritó Betsy con indignación.

—Nunca les has oído quejarse.

—Sí, pero tienen pensamientos profundos.

—Los pensamientos profundos no llevan a ninguna parte, a menos que los compartas. —Bob volvió a darle una palmadita en el muslo—. Bueno, verás lo que he pensado. La pequeña Joy dice que están sucediendo cosas raras en el hotel. ¿Por qué no nos paseamos hoy por el recinto y fingimos que somos los delincuentes? Veamos sólo qué problemas somos capaces de encontrar.

—¿Pasearnos por el hotel?

—Sí. El hotel está teniendo problemas. Si pensamos como delincuentes, tal vez averigüemos qué está ocurriendo. Se llama teatro improvisado. ¿Quién sabe? Podríamos acabar siendo unos héroes. Es sólo un pequeño juego.

Llegados a este punto, Betsy sintió que era inútil protestar.

—Muy bien —transigió Betsy—. Pero sólo si empezamos por el bar.

Capítulo 25

Regan pasó junto al anuncio del Baile de la Princesa, desde el que la princesa Kaiulani, ataviada a lo indígena, sonreía a los huéspedes del hotel, se dirigió al teléfono interior y marcó el número de su habitación. No hubo respuesta. Entonces, sacó su móvil y llamó al de Kit. Ésta contestó al cabo de tres tonos.

—¡Regan, estoy en un barco!

—¿Dónde?

—Detrás del hotel. Después de desayunar, conocí a una gente que iba a salir a navegar un rato. Estaré de vuelta enseguida. Steve vendrá a la hora de la comida. Reunámonos en el bar que hay junto a la piscina grande a las doce.

—Me parece bien.

Regan salió para dirigirse a las cinco piscinas pequeñas del Waters y se sentó a la sombra de una gran sombrilla a rayas. La voz de Elvis cantando *Blue Hawai* salía por los altavoces situados en los alrededores de la piscina. Regan sacó el boletín del sobre que le había dado Janet y recuperó la libreta del interior de su bolso.

Bueno, era bastante evidente que Dorinda Dawes era capaz de crearse enemigos. Regan no se podía creer que incluso su madre hubiera tenido una experiencia desagradable con ella. Sacó la punta de su bolígrafo con un chasquido y empezó a tomar algunas notas.

Dorinda había empezado a trabajar en el hotel a mediados de octubre; los problemas en el hotel habían comenzado en torno a esa época. Estaba segura de que a Dorinda le habría encantado mostrar al culpable en la primera plana del boletín, pensó Regan. Desdobló una hoja de papel escrita que estaba detrás de los boletines; era una lista manuscrita de los problemas del hotel.

Regan escudriñó las infracciones. Cañerías agujereadas; retretes que se desbordaban a causa de objetos extraños no destinados a ser arrojados por los inodoros; exceso de sal en la comida; quejas de los clientes por la desaparición en sus habitaciones de pequeños artículos de aseo: pasta dentífrica, loción corporal, cafetera. Un grifo abierto en una habitación vacía que provocó una inundación; botes con bichos, dejados abiertos, en las habitaciones de los huéspedes; quejas de numerosos clientes por la desaparición en sus habitaciones de una sandalia o una zapatilla de deporte.

Un ladrón que roba un zapato nada más; Regan reflexionó acerca del significado del hecho, si es que tenía alguno. El Waikiki Waters tenía un fantasma que estaba claramente decidido a fastidiar.

¿Cómo había conseguido alguien hacer todo eso durante tres meses sin ser descubierto?, se preguntó Regan. Puede que hubiera más de un fantasma; eso podría ser obra de varias personas.

Una joven y bronceada camarera con un vestido suelto y corto de flores se acercó a ella.

—¿Querrá algo de beber?

—Un té frío, por favor.

—Cómo no.

¿Sería posible que Dorinda Dawes hubiera dado con algo?, se preguntó Regan. ¿La asesinó alguien porque ella averiguó quién estaba causando problemas en el hotel? Era una posibilidad, sin duda.

El gran Baile de la Princesa era al día siguiente por la noche; si alguien estaba intentando empañar la reputación del hotel, el Baile de la Princesa era el blanco perfecto. Con toda la prensa que asistiría, además de las más de quinientas personas de todo Hawai, cualquier cosa negativa que ocurriera serviría de pasto a los periódicos, los debates y las murmuraciones durante días.

Regan cogió el boletín del Waikiki Waters publicado a principios de enero, el último en el que había trabajado Dorinda. Las páginas estaban llenas de fotos tomadas en las fiestas celebradas en el hotel durante el mes de diciembre. Los hombres tenían un aspecto fenomenal, pero las fotos de la mayoría de las mujeres eran muy desfavorecedoras. Todo, desde las bocas abiertas como platos y los pelos alborotados hasta la ropa, era, por uno u otro motivo, inadecuado. Una foto en especial atrajo la atención de Regan. Una mujer se reía echando la cabeza completamente hacia atrás; la cámara parecía haber sido dirigida hacia su nariz. La mujer estaba de pie junto a Will. Regan leyó el nombre que aparecía en el pie.

Era Kim, la mujer de Will.

El boletín había sido impreso mientras Will estaba de vacaciones, se percató Regan. Los pies de foto de Dorinda incluían descripciones tales como «divorciada sólo dos veces», «su recién estrenada delgadez» y «proyecta su matrimonio número cuatro». Regan hojeó los restantes boletines, y todos parecían bastante insulsos; a todas luces, por influencia de Will.

«Bueno, Dorinda —pensó Regan; parece que tenías talento para crispar los nervios… muchos nervios. Pero ¿irritaste a alguien lo suficiente para matarte?»

El instinto de Regan le decía que la respuesta era sí. Pero ¿quién? Y ¿qué significaba el collar de conchas en el cuello de Dorinda?

Capítulo 26

Jazzy se despertó en una de las habitaciones de invitados de la planta inferior de la casa de Steve. Eran las diez y media. Ella y Steve habían estado levantados casi hasta las cuatro dándole a la lengua. Se levantó, se envolvió en una lujosa bata blanca de felpa y entró en el espacioso cuarto de baño de mármol, que era más grande que el de la mayoría de la gente.

Primero se lavó los dientes con el cepillo que dejaba ya de manera permanente en casa de Steve, tras lo cual se lavó la cara con agua. «Esto ayuda», se dijo, dándose unos ligeros toques con una toalla de algodón egipcio para secarse la cara. Se quedó mirando fijamente al espejo, analizando el bonito y un tanto varonil reflejo. Sabía que los tíos no se sentían amenazados por ella, y se sentía cómoda teniéndolos alrededor. «Sácale tajada, nena», dijo para sí.

Su móvil sonó en el dormitorio; se acercó corriendo y comprobó la identidad del llamador. Era su jefe, Claude Mott.

—¡Buenos días! —contestó Jazzy.

—¿Dónde estás? —preguntó Claude. Jazzy se representó a Claude en su imaginación, con su rala barba de chivo y la cabeza escasamente cubierta de pelo negro veteado de gris. Era un hombre de escasa estatura, pero había sido un hacha comprando y vendiendo empresas. En ese momento, lo que quería era desarrollar el hemisferio izquierdo de su cerebro, diseñando camisetas, trajes de baño y muumuus hawaianos. Su primera línea de ropa debutaría en las bolsas de regalo del baile «Sé una Princesa», el baile que Claude Mott Enterprises había contribuido a financiar.

—Estoy en casa de Steve. Me quedé aquí anoche, y hoy me acercaré al Waikiki Waters para trabajar en las bolsas de regalo. ¿Cómo va todo por San Francisco?

—Es un viaje de negocios. Los negocios son los negocios, y nada más que negocios. Acuerdos, acuerdos, acuerdos. Ésa es la razón de que tenga mi casa en Hawai, para poder escaparme de todo esto y diseñar mi ropa hawaiana.

—Lo sé, Claude, lo sé.

—Tú lo sabes, yo lo sé, ambos lo sabemos. Mientras hablamos, me está resultando evidente que todavía no has leído los periódicos de esta mañana.

—¿A qué te refieres?

—Hablo de Aaron; está en la casa. Me ha dicho que hoy hay un artículo sobre la mujer muerta que se centra en el collar real que llevaba puesto. Confío en que eso no inquiete a la gente, y que se nieguen a llevar mi ropa con el mismo dibujo que el hermoso collar de conchas.

—No sucederá tal cosa, Claude —le aseguró Jazzy—. El presidente del comité organizador del baile me llamó anoche para informarme de que todo este interés está contribuyendo a aumentar la venta de entradas.

—¿En serio?

—Sí.

—¿Qué más estás metiendo en las bolsas de regalo? —le preguntó Claude de mal humor.

—Un montón de bagatelas, de manera que tus prendas sean el gran obsequio.

—¿Qué clase de bagatelas?

—Un llavero con una palmera de plástico en miniatura, un jabón de piña que huele a amoniaco y una pequeña bolsa de almendras de macadán que harán que la gente tenga que ir corriendo al dentista. Créeme, tus camisetas y muumuus hawaianos destacarán por encima de todo lo demás.

—Bien. Eso está bien. Porque, ¿sabes, Jazzy?, creo que es ahí donde radica mi verdadero genio.

—Estoy de acuerdo, Claude. Estoy haciendo todo lo posible para garantizar que todo Hawai tenga noticia de la ropa de Claude. El collar de conchas que diseñaste para la tela es tan hermoso, tan elaborado.

—Vaya, y ¿cuántos días tuve que ir a ese tal Museo de las Conchas para examinar el collar real que van a subastar? Di, ¿cuántos? Y ¿crees que ese idiota de Jimmy me confió el collar? Podría habérmelo llevado a casa y haber hecho una copia aun mejor. Pero no.

—Supongo que después del robo que hubo hace todos esos años, tendría miedo de desprenderse de él.

—No es un buen comerciante.

—Creo que mucha gente lo acusaría de lo mismo.

—No diría que no. Si me presentara descalzo en las reuniones, no creo que la gente quisiera hacer negocios conmigo.

—Claude —empezó a decir Jazzy en su tono más alentador—, el baile será un enorme éxito para nosotros. Obtendrás la atención que te mereces.

—Espero que sea así. Vuelo allí esta noche. ¿Me recogerás en el aeropuerto?

—Por supuesto.

—¿Me conseguiste una habitación en el Waikiki Waters para el fin de semana? Quiero estar allí y asegurarme de que mi ropa está en esas bolsas.

—Te reservé una suite.

—¿Qué haría sin ti? —preguntó Claude en voz alta.

—No lo sé —respondió Jazzy.

Después de cortar la comunicación, Jazzy subió a la planta de arriba, donde Steve estaba leyendo la sección de deportes del periódico y bebiendo café.

—¿Dónde están los chicos? —preguntó Jazzy, mientras se servía una taza de delicioso café Kona.

—Se han ido a la playa.

—Y ¿tú no fuiste?

—No. Voy a pasar el día con Kit en el hotel.

—Ahí es adónde me dirijo. ¿Puedo ir contigo?

—Claro. Tengo que estar allí a la hora de comer.

—Perfecto. Podemos comer todos juntos —dijo Jazzy, alegremente.

Steve levantó la vista del periódico.

—Eso estaría bien. —Al menos, eso esperaba, pensó. Le gustaba Kit, y confiaba en poder pasar algún tiempo a solas con ella ese día. La amiga de Kit, Regan, andaba por medio, pero no parecía del tipo de chica entrometida. No como Jazzy.

—Bueno —susurró Jazzy, mientras le daba el primer sorbo al café—. Parece que te gusta esa Kit. Tal vez deberías pujar para conseguirle el collar de la princesa.

—No sé. —Steve le entregó el periódico donde aparecía el artículo sobre Dorinda Dawes—. Esos collares deben de estar malditos. ¿Qué es eso que dicen de la lava de Big Island? Que si te llevas un trozo a tu casa, acabarás teniendo problemas. Algo me dice que pasa lo mismo con estos dos collares reales. Originariamente, pertenecieron a una reina que fue obligada a abdicar de su trono y a una princesa que murió joven. ¿Quién los querría?

—Vaya, no propagues esa historia por ahí —le retrucó Jazzy un tanto irritada—. A Claude le dará un ataque. Quiere que todo el mundo ame esos collares. Es la firma de su ropa.

—Y no queremos irritar a Claude —masculló Steve con un dejo sarcástico.

—No. —Jazzy se echó a reír—. Por supuesto que no queremos.

Capítulo 27

Regan y Kit se subieron a dos de los taburetes de la barra de la terraza del hotel y pidieron dos limonadas. Los folletos para las clases de hula-hula del hotel se amontonaban en el mostrador. Kit llevaba el pelo mojado peinado hacia atrás, y olía a loción solar.

—Qué bien me lo he pasado. Ojalá hubieras venido conmigo.

—Parece que ha sido divertido. Iré a nadar luego, por la tarde. ¿Con quién has estado?

—Fui a pasear por la playa y acabé hablando con una gente que iba a salir a navegar un rato en el catamarán hotel. Me invitaron, y pensé: ¿por qué no? Toda la gente es muy simpática por aquí.

—¿No sabes que se supone que no tienes que hablar con extraños? —le preguntó Regan con una carcajada.

—Si no hablara con los extraños, mi vida social sería un desastre. —Kit miró alrededor, y bajó la voz—. Aunque allí hay dos extraños de los que no me fiaría ni para hablar. Esa pareja que nos está mirando fijamente.

Regan miró hacia el hombre y la mujer de mediana edad que estaban a escasos asientos de donde ellas se encontraban. El sujeto era delgado y tenía el pelo canoso; ella, también. En cierto extraño sentido se parecían; como las parejas que llevan juntas muchos años. También contribuía al parecido el que ambos lucieran unas descomunales gafas de sol oscuras y sendos sombreros iguales con un estampado de camuflaje para la selva. ¿De dónde demonios los habrían sacado?, se preguntó Regan. La mujer se fijó en ella y se levantó las gafas.

—Salud —brindó la mujer.

—Salud —le respondió Regan de la misma manera.

—¿De dónde venís, muchachas? —preguntó el hombre.

—De Los Ángeles y Connecticut —respondió Regan—. Y ¿ustedes?

—De un lugar en el que llueve mucho. —El hombre se rió.

«Eso podría explicar lo de los sombreros», caviló Regan.

—¿Lo están pasando bien, muchachas? —prosiguió el hombre.

«Odio que me llamen "muchacha", pensó Regan, pero sonrió animosamente y dijo:

—¿Cómo es posible no pasárselo bien aquí? ¿Hay algo que no esté bien?

La mujer puso los ojos en blanco.

—Hemos venido con un grupo turístico. A veces, me sacan de quicio, así que pasamos solos mucho tiempo. —La mujer le dio un trago al martini que tenía delante.

«Eso es muy fuerte para estas horas del día —pensó Regan—. Y más bajo este sol de justicia.»

La mujer volvió a dejar la copa.

—Me llamo Betsy, y éste mi marido, Bob.

Regan se percató de la más que fugaz mirada de enfado que Bob había lanzado a Betsy. ¿De qué iría esto?, se preguntó.

—Yo soy Regan, y ésta es mi amiga Kit.

Regan se dio cuenta de que Kit no tenía ningún interés en hablar con aquella gente; tenía la mente puesta en Steve, y no se la podía culpar por ello. Y aquellos dos parecían como si quisieran pegar la hebra.

—¿Con qué se gana la vida? —le preguntó Bob a Regan.

Ya estamos, pensó Regan. La pregunta a la que no siempre le resultaba cómodo contestar. Y ahora que estaba trabajando, bajo ningún concepto quería decir la verdad.

—Consultoría —respondió. Era una vaguedad, y la gente no solía husmear más. A menudo, era un término que utilizaban los que estaban sin trabajo—. Y ¿ustedes?

—Estamos escribiendo acerca de cómo mantener la pasión en las relaciones —presumió Bob.

Supuso que eso sería por llevar unos sombreros iguales, decidió Regan.

—¿De veras? —respondió Regan—. Qué interesante.

—Usted debe de tener una relación —dijo Betsy—. Puedo ver que lleva un hermoso anillo de compromiso. ¿Dónde está su prometido?

Serían ladrones de joyas, pensó Regan irónicamente. Conocía la estrategia de los que intiman con la gente en los barcs, la hacen beber sin parar y luego los despluman.

—Mi prometido está en Nueva York —respondió Regan, y cambió de tema—: ¿Asistirán al Baile de la Princesa?

—Las entradas son muy caras —observó Bob—. No sé por qué, pero lo dudo. Las encargadas de nuestro grupo turístico son unas agarradas. Estamos pasando unas vacaciones con todos los gastos pagados, y el baile no forma parte del paquete.

—Bueno, están agotadas —les informó Regan.

—Entonces, supongo que no tenemos ninguna posibilidad —dijo Bob con una carcajada.

—Pero están aceptando nombres para una lista de espera —les sugirió Regan.

Kit le dio un codazo a Regan en las costillas.

—Regan —susurró Kit—. Steve viene por allí; y mira quién está con él. No me lo puedo creer.

Regan se giró y divisó a Steve y a Jazzy, que rodearon la piscina y se dirigieron hacia ellas. Jazzy empezó a saludar con la mano.

—¿Cómo lo hace? —preguntó Regan.

—Ojalá lo supiera —contestó Kit.

—Recuerda —le advirtió Regan a Kit—, ni una palabra sobre mis investigaciones para Will.

—Mis labios están sellados —prometió Kit.

Regan se volvió hacia Betsy y Bob mientras ella y Kit se levantaban de los taburetes.

—Ha sido un placer hablar con ustedes.

—Espero volver a verlas, muchachas —dijo Bob, haciendo un gesto con la copa de su martini.

—Hola, chicas —gorjeó Jazzy, mientras ella y Steve se aproximaban—. Tengo tanto que hacer hoy, con todos los preparativos de las bolsas de regalo para el baile, hablar con la secretaria del director del hotel para que se asegure de que todo está en orden, y quién sabe qué más. Pero Steve me ha invitado a unirme a vosotros para comer. Espero que no os importe.

—Por supuesto que no —respondió Kit sin mucha convicción.

Consiguieron una mesa para cuatro al aire libre con una gran sombrilla, y a la que también daba sombra un gran ficus autóctono. Los niños chapoteaban en la piscina y el aire olía a crema solar. Delante de ellos, la playa se extendía hacia el infinito, y el sol caía a plomo. Era mediodía en Hawai, y la gente estaba relajada y se divertía.

A Regan le costaba creer que la Costa Este siguiera paralizada por una tormenta de nieve. «Allí la gente anda encogida, enfundada en su ropa interior de invierno, y nosotros estamos aquí sentados en traje de baño y ropa de verano.» Jazzy llevaba un vestido de tirantes que hubiera sido apropiado para una fiesta, y que se parecía mucho al que se había puesto la noche anterior. Regan tuvo la impresión de que aquellos vestidos escotados y florales eran el uniforme de ella.

Regan echó una mirada al atractivo perfil de Steve. «Espero que resulte ser un buen tipo —pensó—, aunque es un poco sospechoso que piense que Jazzy es una buena compañía. Y anoche pareció impacientarse considerablemente con aquella chica del bar.»

Pidieron algo de beber y unos bocadillos a una camarera vestida con pantalones cortos, un top rosa y un collar de claveles rosas y plumas blancas.

—Viene bien sentarse —proclamó Jazzy—. ¡Va a ser un día ajetreado!

—¿Cómo te metiste en lo del baile? —preguntó Regan.

—Mi jefe es muy caritativo. Ha contribuido a financiarlo.

—Muy generoso por su parte.

—Y va a donar las camisetas y los muumuus hawaianos que ha diseñado para las bolsas de regalo.

—¿Es diseñador? —preguntó Kit.

—Acaba de empezar con esta línea de ropa hawaiana.

—¿Va a asistir al baile? —preguntó Regan.

—Por supuesto. He preparado un par de mesas para él.

—¿Dónde vende su ropa? —siguió preguntando Regan.

—Bueno, como he dicho, acaba de empezar —contestó Jazzy en el mismo tono de voz que se emplearía para corregir a un niño—. Confía en que el baile haga publicidad de su línea, la Ropa de Claude. —Se encogió de hombros—. Ya veremos. Es un hombre de mucho éxito, así que si esto no funciona, estoy segura de que no tardará en iniciar su siguiente proyecto empresarial.

—Seguro que lo hará —respondió Regan, procurando no dejar traslucir un sarcasmo excesivo.

Durante la comida la conversación fue desenfadada. Steve reconoció que no quería jubilarse del todo, y que andaba a la búsqueda de nuevas inversiones. ¿Qué tal la Ropa de Claude? A Regan le entraron ganas de preguntárselo, pero se contuvo. Steve pretendía pasar medio año en Hawai y tener una segunda residencia en otra parte. Hasta el momento no estaba seguro de en dónde.

Una buena forma de vida, pensó Regan. Pero ¿qué pasa con Jazzy? Seguro que no se contentaría con cuidar una casa para siempre... y menos después de haber trabajado de abogada en Nueva York.

Cuando llegó la cuenta Regan se sintió aliviada. Estaba ansiosa por subir a la habitación y hacer unas cuantas llamadas telefónicas, aunque le dijo al grupo que iba a ir al balneario. Steve insistió en pagar la comida, algo que Jazzy parecía estar esperando. El grupo se disolvió, y Kit y Steve se dirigieron solos a la playa. Jazzy se fue derechita al despacho de Will. Se mantendría lejos de allí por el momento, decidió Regan. Emprendió el camino de regreso a la habitación y divisó a Betsy y a Bob en el pasillo; acababan de salir del cuarto de suministros de los empleados.

«¿Qué están tramando esos dos?», se preguntó Regan.

—¡Hola, Regan! —la llamó Bob—. Nosotros también estamos en esta planta. No importa la de veces que te quejes, nunca nos ponen las suficientes toallas. —Se echó a reír—. Así que hemos tomado cartas en el asunto. —Levantó varias toallas que, a todas luces, acaban de coger del desprotegido cuarto.

—Uno nunca tiene suficientes toallas —reconoció Regan, mientras abría la puerta a toda prisa y se metía en su habitación con un sentimiento de gratitud. Menuda mañana, pensó. Bueno, quería llamar al hombre que Dorinda había entrevistado para *Valientes en el Paraíso*. Luego, daría una vuelta por el hotel. También quería encontrar a Will y decirle que le gustaría conocer al primo de Dorinda. ¿Quién sabía lo que podía obtener de él?

Regan se sentó en la cama y sacó el móvil de su bolso.

—Lo primero es lo primero —se dijo, mientras marcaba el número de Jack. La víspera no había tenido muchas oportunidades de hablar con él. Y esa mañana, cuando lo llamó, estaba reunido, y Regan le dijo que lo llamaría más tarde. Cuando contestó el teléfono, Jack dijo:

—¡Por fin!

—Hola.

—Siento no haber podido hablar esta mañana. ¿Cómo va todo en el Paraíso?

—Bien. La verdad es que me estoy ganando la vida aquí. Ya ves, a mucha gente le encantaría trabajar en Hawai, y yo consigo un trabajo sin proponérmelo.

—¿Cómo?

—Sé que Mike Darnell te contó que se había ahogado una empleada en la playa, delante del hotel. El director cree que puede haber sido asesinada; han estado ocurriendo cosas raras en el hotel. Quiere que vea lo que puedo averiguar.

—¿Dónde está Kit?

—En la playa, con el tipo nuevo.

—Ah, vaya. Parece como si no te necesitara.

—Estoy encantada de que se lo esté pasando bien. Y ahora, estoy ocupada.

—¿Le comentaste a Mike las sospechas del director?

—No. Se vino a tomar unas copas con nosotros anoche. No fui contratada hasta que Kit y yo volvimos al hotel y el director nos invitó a una copa.

—¿Cómo supo que eras detective privada?

—Kit se lo había dicho antes, cuando nos encontramos con él en el vestíbulo.

—Kit no pierde el tiempo, ¿verdad?

Regan sonrió.

—No últimamente. De todas maneras, según Mike, la policía cree que la mujer se ahogó. No había signos de pelea. Pero, agárrate: la mujer era de Nueva York, y había entrevistado a mi madre hacía años. Resultó ser todo un personaje, y engañó a mi madre con un artículo que escribió sobre ella.

—Puede que fuera un montaje de Nora.

—Muy gracioso, Jack. —Regan se rió—. Le diré a mi madre lo que has dicho.

—No le importará; cree que voy a ser un yerno maravilloso.

—Sé que lo cree. Según ella, eres incapaz de hacer nada malo.

—Tu madre tiene buen gusto —proclamó Jack con una carcajada—. Pero ahora en serio, Regan, ¿por qué cree el director que fue asesinada? Ha de tener alguna buena razón.

—Ésa es la pregunta del millón. Todo lo que dijo fue que cuando ella se marchó la otra noche, le dijo que iba a ir derecha a casa.

—¿Eso es todo?

—Eso es todo.

—Tiene que haber algo más para que diga eso.

Lo sé. Creo que voy a tener que volver a hablar con él.

En su despacho, Jack sacudió la cabeza.

—Supongo que ésa es la razón de que te quiera, Regan: la mayoría de las veces consigues meterte en estas situaciones. Te lo he dicho con anterioridad, y estoy seguro de que te lo diré al menos mil veces más: ten cuidado, ¿me harás ese favor?

Regan se acordó de Jimmy cuando se paró de pie junto a ella, a una distancia inquietantemente corta. Y de aquella extraña pareja con los sombreros de camuflaje, a los que tanto les había gustado su anillo.

—Estaré bien, Jack —insistió ella—. Además, no me gusta sentarme al sol durante el día. Me iré a bañar más tarde, pero esto me da algo en que ocuparme.

—Te preferiría quemada por el sol.

Regan se echó a reír. Pero tuvo que reconocerse a sí misma que las cosas en el Waikiki Waters «olían» un poco mal. Y lo más probable es que estuvieran destinadas a empeorar.

Capítulo 28

Aunque las olas eran fantásticas, y el escenario, magnífico —con las montañas como telón de fondo y el cielo azul sin nubes, el océano turquesa y la playa de arena blanca—, Ned apenas fue capaz de concentrarse en el surf. Había llevado a Artie a una cala donde las olas eran más pequeñas que en mar abierto. Ned le hizo una demostración de cómo remar con los brazos, colocar las manos a ambos lados de la tabla y ponerse en pie de un salto. Practicaron sobre la arena, y luego Artie se metió en el agua solo, ansioso por atrapar una ola. En lo único que era capaz de pensar Ned era en el hecho de que el collar de conchas que había robado hacía años estaba de nuevo en el Museo de las Conchas. ¿Cómo era posible? ¿Qué le había ocurrido a aquella pareja que le compró el collar en el aeropuerto?

Mientras Ned remaba por el agua encima de su tabla, se acordó de la historia que había oído relativa a un niño que lanzó una botella al mar con una nota dentro, pidiendo a quien la encontrara que se pusiera en contacto con él. ¿Cuántos años pasaron antes de que el mar acabara por arrojar la botella a la orilla? Por lo menos veinte, recordó Ned. Por suerte, los padres del niño seguían viviendo en la dirección indicada en la botella; no como los suyos, que habían cambiado tanto de residencia, que ni una sola vez terminaron de desempaquetar las cajas. Se arrastraban de una casa a otra, y a otra. Y cuando el padre de Ned se jubiló de una vez, y se trasladaron a vivir a un piso en Maine, acabaron por deshacerse de la mayoría de las cosas que habían acarreado de aquí para allá durante años. Aquello lo volvió loco.

Si alguno de sus antiguos compañeros de clase hubiera intentado encontrar a Ned, le habría resultado imposible. Pero así era como le gustaba a él; no quería que nadie de su infancia apareciera llamando a su puerta. Mantén el pasado en el pasado, solía pensar.

Pero el collar… Cuando se lo vendió a aquellas personas en el aeropuerto, estaba seguro de que nunca más lo volvería a ver, y eso le pareció estupendo. La pareja emprendía el viaje de regreso a Dios sabía donde. Recordaba que la mujer no paraba de llamar a su marido por un nombre extraño. ¿Cómo era? Imposible que pudiera acordarse, pensó, pero era muy poco corriente, y en su momento le hizo reír. Y ahora, el collar estaba de nuevo en Hawai; de nuevo en el museo. Y él estaba de vuelta después de haberse marchado con su familia hacía todos esos años. Después de separarse de su mujer, quiso alejarse de ella todo lo posible, así que se había trasladado de Pennsylvania a Hawai. Menuda coincidencia que tanto él como el collar de conchas hubieran encontrado el camino de regreso al paraíso. Eso debía de significar algo, pensó Ned. Tenía que volver a ver el collar.

—¡Eh, Artie! —gritó—. ¡Eso es! —Ned se quedó atónito al ver que Artie había conseguido ponerse realmente de pie encima de la tabla y que avanzaba a lomos de una ola; parecía contento, incluso. En la playa, Francie gritaba con entusiasmo. Para Ned había sido un alivio que ella se hubiera negado a hacer surf; bastante difícil era ya enseñar a una persona, y después de leer aquel artículo del periódico, Ned tenía demasiadas cosas en la cabeza. Pero le alegraba que Francie hubiera ido con ellos; así podría observarlo mientras se lucía sobre la tabla. Aquello era lo que él más anhelaba: atención. Que la gente lo escuchara; que la gente no pensara que era un zoquete.

Artie llevaba puesto un traje de neopreno, pero Ned pensaba que eso era para los peleles. El Océano Pacífico le sentaba bien a su organismo; aparte del traje de baño, lo único que llevaba eran unos escarpines de caucho. Les había dicho a los otros que las conchas rotas que había en el agua podían ser temibles cuando uno entraba o salía del mar, y que él tenía un feo corte en la planta de un pie. Había cantado y bailado una canción relativa a cómo los cortes de los corales podían desembocar en una infección grave. Por supuesto, la razón de que llevara los escarpines era la de ocultar aquellos estúpidos dedos de sus pies.

Cuando pensaba en ello, no se podía creer que hubiera habido una época de su vida en la que llevara sandalias. De hecho, se percató, que la última vez que las había llevado había sido en Hawai, hacía todos esos años. Primero, aquella señora cuyo marido compró el collar había sido incapaz de apartar la mirada de sus pies; fue como si se hubiera quedado conmocionada. Después, aquella noche que tuvo una pelea en un bar con un monstruo de feria borracho que se había reído de sus dedos. A raíz de aquello, había jurado que nunca más los dejaría al aire libre. Arduo trabajo para un atleta que amaba los deportes acuáticos, pero, mal que bien, lo conseguía.

Pensó que con aquel calzado color alga iba a la moda; todo era una cuestión de actitud. Procuraba enseñar eso a los chicos que trabajaban con él en el hotel, en especial a aquellos que no tenían una aptitud atlética natural. De no haber sido por semejante inclinación al delito, realmente podría haber sido todo un dandi.

Agarrando la tabla con firmeza, se subió encima en el momento en que llegaba una ola. Se levantó y mantuvo el equilibrio, cabalgando la ola con un estremecimiento. Podía sentir las endorfinas golpeando en su interior mientras la tabla se deslizaba por el agua. Era una sensación estimulante.

Pero no tanto como robar.

Al terminar la cabalgada, se estaba riendo, y él y Artie transportaron juntos sus tablas hasta la orilla.

—¡Ha sido fantástico! —gritó Francie—. ¡Debería de intentarlo de nuevo uno de estos días!

—Tengo que admitir que ha sido divertido —dijo Artie mientras recuperaba el resuello.

—Me está entrando hambre. ¿Por qué no volvemos y hacemos una comida tardía? —sugirió Ned.

—Y luego podemos ir a la playa —sugirió Francie.

—Claro —asintió Ned, aunque no tenía la más mínima intención de volver a la playa esa tarde. Tenía negocios que atender en el Museo de las Conchas.

Capítulo 29

En una playa de arena negra al norte del aeropuerto de Kona, Jason y Carla caminaban cogidos de la mano, soltándose nada más que para ir a coger conchas de color coral. Ya habían llenado dos bolsas.

—¿Siempre seremos tan felices? —le preguntó Carla a Jason, mientras dejaban sus bolsas en el suelo, se acercaban al borde del agua y dejaban que el mar se arremolinara alrededor de sus pies.

—Espero que sí. —Jason hizo una pausa—. Pero las posibilidades están en contra nuestra.

Jason soltó una carcajada mientras Carla le daba un codazo en las costillas.

—No eres muy romántico.

—¡Sólo era una broma! Y soy romántico. Estuve esperando a que hubiera una noche con luna para proponerte matrimonio. Debería de haber consultado *El almanaque agrícola* y habría sabido que no era una buena idea. Mis mejores intenciones no hicieron sino crearme problemas.

Carla lo besó en la mejilla.

—Me sigue pareciendo increíble que estuviera caminando por aquella playa al mismo tiempo que Dorinda Dawes andaba flotando de aquí para allá en el agua.

—Me diste un buen susto. Me despierto a las tres de la mañana, y te has ido.

—Yo sí que pasé miedo en la playa a esa hora. Había algo allí que me pareció misterioso, pero estaba un poco achispada, así que no recuerdo lo que era. Realmente me gustaría acordarme, para poder ayudar a esa chica, Regan.

—¿A qué te refieres con misterioso? —preguntó Jason.

—Como si hubiera visto algo extraño. No un arma homicida o algo así, sino algo que estaba fuera de su sitio.

—No sueles olvidarte de nada, sobre todo de lo que hago mal.

Carla se rió.

—Lo sé, pero había estado bebiendo piña colada en la piscina toda la tarde, y tomé vino en la cena. Y luego bebí un par de cervezas del mini bar antes de irme a la playa. Me sorprende que no me olieras el aliento.

—¿Qué hiciste con las botellas?

—Las tiré al mar cuando terminé.

—Incívica.

—Pedí un deseo con cada una.

—Y ¿qué pediste?

—Bueno, uno ya se ha hecho realidad. Por fin me propusiste matrimonio.

—Y ¿cual fue tu segundo deseo?

—Que no llueva el gran día. De lo contrario, se me rizará el pelo, y me volveré loca.

—Hay quien dice que la lluvia trae suerte.

Carla lo sonrió con dulzura.

—Teniéndote a ti, ya no necesito más suerte. No soy avariciosa.

Jason la abrazó. Evitaba en todo lo posible pensar demasiado en el hecho de que aquella chica que quería hubiera estado caminando por la playa cuando, muy probablemente, se estaba cometiendo un asesinato; y todo porque estaba nublado y él no le había propuesto matrimonio. Sin duda alguna, pensó, esa tal Regan Reilly estaba haciendo preguntas porque nadie se creía que fuera un simple ahogamiento.

—Creo que tenemos suficientes conchas de éstas para escribir el Discurso de Gettysburg —dijo Jason, finalmente—. Metámoslas en el coche y encontremos un buen sitio para declarar nuestro mutuo amor a cualquiera que se moleste en leer los grafitos hawaianos.

—¿Me tomas el pelo? Es una atracción turística. Todo el que vaya o venga del aeropuerto por la carretera lo leerá. Y la gente que vuele por encima puede mirar hacia abajo y verlo.

—Siempre que vueles a dos metros del suelo o dé la casualidad de que lleves unos prismáticos supersónicos. —Recogió las bolsas de la arena—. Vamos.

Se dirigieron lentamente al coche alquilado, que estaba aparcado en un acantilado desde el que se dominaba el agua color turquesa, y se maravillaron de que no hubiera nadie más en la playa. El escenario era espléndido, y hasta contaba con una cascada y palmeras. Todo constituía una postal perfecta, excepto la abolladura en la puerta posterior izquierda del coche; todavía se veían unos diminutos restos de pintura amarilla. El empleado de la empresa de alquiler les había entregado el coche dañado sin pestañear; Jason apeló de inmediato a sus habilidades de regateador, y había conseguido un diez por ciento de descuento.

—Más dinero para nuestra luna de miel —había gorjeado Carla—. Eres un comerciante consumado.

El sol era abrasador, y dentro del coche hacía calor. Jason conectó el aire acondicionado, que les arrojó de inmediato un aire aún más caliente a las caras.

—Vamos, cariño —instó Jason—. Refresquémonos.

Carla bajó la visera y se examinó en el espejo; empezaba a sudar, y el rímel se le estaba corriendo.

—Una vez que hagamos lo de las conchas, vayamos a nadar para refrescarnos y luego busquemos un lugar para comer. Las tripas me hacen ruido.

—¿No prefieres comer ahora? Nos dará fuerzas para ordenar las conchas.

—Buena idea.

Salieron a la carretera y se dirigieron hacia el norte. A su izquierda, el Pacífico se extendía hasta el infinito; a su derecha, se levantaban unas laderas cubiertas de cafetales.

—Esto es impresionante —dijo Carla—. No sé donde leí que las islas Hawai forman el archipiélago más aislado del mundo.

—Yo también leí esa revista. Está en la habitación. También decía que Big Island tiene el tamaño del estado de Connecticut. Qué lástima que no tengamos tiempo para ir hasta el gran volcán.

—El volcán más activo del mundo.

—Lo sé. Como te he dicho, también leí la revista.

—¿Cuándo la leíste?

—Anoche, durante las dos horas que tardaste en arreglarte.

—Ah. Bueno, tal vez debiéramos volver a Big Island en el viaje de novios. Es rural y romántica, tiene bosques lluviosos para explorar, y podemos montar a caballo, en kayak, en bicicleta, hacer submarinismo, nadar…

—Tal vez.

Carla se retrepó en el asiento, y miró por la ventanilla mientras Jason encendía la radio. Estaba terminando de sonar una canción, y el locutor empezó a hablar: «Bueno, esta canción iba dedicada a los enamorados. Y para todos vosotros, enamorados que estáis ahí fuera, ¿habéis probado ya la comida de Shanty Shanty Shack? Está en la misma playa de Kona, y es un lugar fantástico para que os miréis a los ojos durante el desayuno, la comida o la cena. Abandonad la carretera en…

—¡Mira! —exclamó Carla—. ¡Un cartel del Shanty Shanty Schack! Gira a la izquierda dentro de sesenta metros. ¡Probemos! Estaba predestinado.

Jason se encogió de hombros.

—¿Por qué no? —Puso el intermitente, y salieron de la carretera en el siguiente cartel anunciador del restaurante, que tenía una gran flecha que apuntaba hacia la playa. Avanzaron por un camino estrecho y mal asfaltado que rodeaba un bosquecillo de plataneros y acababa en una pequeña cala, donde había un pequeño aparcamiento. El restaurante estaba construido sobre unos pilares que daban sobre el agua y comunicaba con un pintoresco y encantador hotel.

—¡Vaya descubrimiento! ¡Esto sí que es Hawai! —exclamó Carla—. Me encantaría alojarme aquí. ¡Te sientes tan cerca de la naturaleza!

—Entremos y veamos que dan de comer —dijo Jason con pragmatismo.

Salieron del coche y subieron al desvencijado entarimado del restaurante. El agua chapaleaba abajo.

—¡Huele a ese aroma salobre! —exhortó Carla—. ¡Y no sólo huele a mar, sino también a flores!

—Lo huelo, lo huelo. Sigamos adelante. Me muero de hambre.

—¡Oh, mira, Jason! —Carla señaló hacia una cabaña construida en un árbol a cierta distancia. Delante de la construcción había un gran cartel rotulado en grandes letras amarillas que rezaba: «PROPIEDAD PRIVADA. ¡PROHIBIDO EL PASO! ¡Y NO ES BROMA!»

—¡Jason, esto es irresistible! —Carla se echó a reír—. Me encantaría conocer a quienquiera que viva ahí.

—Sí, bueno, no creo que ellos te quieran conocer a ti. —Jason mantuvo la puerta del restaurante abierta para que pasara su prometida. Entraron. Las oscuras paredes de madera, los grandes jarrones de plantas tropicales, a todas luces cortadas de los exuberantes jardines del exterior, y el aire fresco y dulce tranquilizaban de inmediato a los clientes; no es que hubiera mucha gente en Hawai que necesitara tranquilizarse, excepto los muchos turistas que no se habían relajado todavía. Ya era tarde para comer, y el restaurante estaba tranquilo. En la mesa de un rincón había tres personas sentadas.

El humor despreocupado de Carla se evaporó como por ensalmo.

—¡Lo sabía! —le susurró a Jason—. ¡Mira allí! ¡No están comiendo en casa de unos amigos! ¡Esas dos arpías nos mintieron!

Gert y Ev levantaron la vista de sus ensaladas de marisco. Ev aspiró profundamente al ver a la pareja que habían esquivado en el aeropuerto. Gert se volvió hacia ella y puso la mano sobre la de su hermana con calma.

—Me encanta este hotel. Es encantador, aunque no hay suficientes actividades para nuestro grupo.

Ev miró con aire ausente y sonrió. No podían haber oído lo que estaban diciendo, se percató; acababan de entrar hace un segundo.

—Tienes toda la razón, Gert. Nunca reservaremos habitaciones aquí para nuestro grupo. Pero ¡hacen una ensalada de marisco genial! —exclamó en voz baja.

Por un instante, el joven sentado a su mesa las miró con socarronería, pero había aprendido a no hacer preguntas. Por todos los diablos, se alegraría cuando su proyecto estuviera terminado.

Capítulo 30

Cuando Regan dejó de hablar con Jack, volvió una vez más a hojear rápidamente los boletines. Había diez, el último de los cuales, el que contenía las fotos desfavorecedoras y los pies de foto de dudoso buen gusto, había sido editado hacía dos semanas nada más. Regan no pudo encontrar nada que pudiera hacer que alguien deseara «asesinar» a Dorinda Dawes. Sin duda, habría quien sostendría que la mera publicación de unas malas fotos podía ser motivo para matar, sobre todo si se tratara de fotos malísimas de estrellas de Hollywood. Pero no salía ninguna estrella en los boletines; de haber estado alojadas en el hotel, habrían evitado a la cámara.

Regan volvió a mirar la foto de Will y su esposa, Kim. Era una mujer bastante guapa, muy bronceada, con un pelo negro, largo y lacio que casi le llegaba a la cintura y unos grandes ojos castaños. Regan se preguntó si sería hawaiana, y también si Kim ya habría visto la foto. Probablemente, no, si llevaba fuera varias semanas. Así que Kim volvía para encontrarse con su suegra, con una foto lamentable en el boletín del lugar de trabajo de su marido y con un marido que temía perder su empleo. «¡Sensacional! Bienvenida a casa, cielo.»

Regan estaba deseando hablar con Will, aunque no mientras Jazzy estuviera por medio. Cogió el ejemplar de *Valientes en el Paraíso*, al que sólo había tenido la oportunidad de echar un vistazo antes de comer. Dorinda había hecho una reseña de un tipo llamado

Boone Kettle, un vaquero de Montana que se había trasladado a vivir a Hawai un año antes. Regan pasó al artículo. Una foto del guapo y tosco cincuentón Boone encaramado a un caballo cubría la página. Trabajaba en un rancho de Big Island como guía de excursiones ecuestres.

El artículo ocupaba varias páginas, y en él se contaba cómo los inviernos de Montana habían acabado por desquiciar a Boone. Había ido a Hawai de vacaciones, y decidió que aquél era el lugar donde quería vivir. Había sido duro, pero se las arregló para conseguir un empleo en un rancho, y en ese momento estaba celebrando su primer aniversario en Hawai. Lo peor del cambio de residencia, decía el vaquero, había sido abandonar a su caballo. Pero su sobrino se había llevado al animal a vivir a su granja, y Boone tenía previsto visitar a Misty al menos una vez al año.

Regan extrajo la guía telefónica interinsular del cajón de la mesilla de noche y buscó el número del rancho donde Boone trabajaba. Sacó el móvil e hizo la llamada, confiando en poder encontrarlo allí. La chica que contestó le dijo a Regan que esperase, que él acaba de llegar de un paseo. «¡Booooooone! —gritó la muchacha—. ¡Booooooone! ¡Teléeeeeeeefono!»

Regan mantuvo el teléfono apartado de la oreja durante un momento, temerosa de que si Boone no se daba prisa, la chica volviera a gritar. Entonces, la oyó decir: «No tengo idea de quién es.»

—*Aloha*, Boone Kettle al habla —dijo el vaquero, con una voz que sonó áspera.

Regan consideró lo extraño que sonaba el *aloha* en boca de aquel vaquero de Montana. Desechó el pensamiento.

—Hola, Boone. Me llamo Regan Reilly, y llevo a cabo cierto trabajo para el complejo Waikiki Waters, donde Dorinda Dawes trabajaba escribiendo el boletín…

—Qué condenada lástima lo que le sucedió —la interrumpió Boone—. Cuando leí la noticia en el periódico, no me lo podía creer. Aunque estoy convencido de que le gustaba el peligro. Era un potro salvaje que necesitaba ser domado.

—¿A qué se refiere?

—¿Quién ha dicho que es usted? —inquirió Boone.

—Regan Reilly. Soy detective privado y trabajo para el director del complejo Waikiki Waters. Lo que quería saber es si tal vez ella le habló de lo que estaba pasando en su vida…

—Entiendo. Se refiere a si dijo algo que indicase que alguien podría querer eliminarla.

—Algo así. ¿Qué le hace pensar que le gustaba el peligro?

—Me dijo que se sentía un poco frustrada. Cuando la contrató el director, ella pensó que aquello animaría las cosas en el Waikiki Waters. Pero, al final, si estás escribiendo un boletín sobre un hotel y sus huéspedes, todo lo que ocurra en él ha de ir a las mil maravillas. El hotel no quiere que se escriban chismes sobre el establecimiento, y los clientes no desean que aparezcan «sabrosos» cotilleos acerca de sus personas. Así que Dorinda tenía las manos atadas, y se estaba aburriendo un poco. Incluso le preocupaba que el hotel no quisiera continuar con el boletín cuando le expirara el contrato. Y sé que le preocupaba hacer el suficiente dinero para quedarse a vivir en Oahu. Me dijo que iba a escribir una reseña mensual para la revista, pero estaba intentando editar su propia publicación de cotilleos, algo con la palabra «Oahu» en el nombre. A decir verdad, insinuó que quería conseguir algo con un poco más de sustancia.

—¿Más sustancia? —le pinchó Regan.

—Algo un poco más mordaz. Quería averiguar lo que sucedía detrás de las paredes de todos esos hoteles y residencias privadas de lujo. Para su gusto, los boletines no eran más que un peloteo. La reseña que me hizo estuvo bien. ¿La ha leído?

—Sí. Era fantástica.

—Sí. Un buen retrato, ¿verdad?

—Muy buen retrato, sí. Boone, ¿pasó mucho tiempo con Dorinda?

—Vino aquí tres veces. La llevaba a dar un paseo a caballo. Tenía un carácter tremendo. ¡Ufff! Quería que la llevara por los senderos más difíciles. Y la complacía. Nos divertíamos, y luego íbamos a cenar.

—Y ¿de qué hablaba ella en las cenas?

—Verá, creo que estaba sola, porque nunca dejaba de hablar de sí misma. También puede que fuera porque habíamos estado hablando de mí todo el día. Me contó algo de su vida en Nueva York. Bueno, recuerdo una cosa de la que habló que podría ser interesante. Me dijo que estaba intentando decidir quién sería el objeto de su siguiente reseña, y que había un tipo que no paraba de darle la lata para que escribiera sobre él, pero que ella no quería.

—Y ¿a qué se dedicaba él?

—A algo relacionado con la ropa hawaiana.

—¿A qué aspecto de la ropa hawaiana?

—La diseñaba o algo así. Pero Dorinda pensaba que era un capitalista de tomo y lomo. Tenía mucho dinero, así que no se trataba de alguien que tuviera que emprender una segunda profesión en Hawai. Si quería, el sujeto en cuestión no tenía por qué volver a trabajar. Así que a Dorinda no le parecía un buen candidato para *Valientes en el Paraíso*. Y tampoco al director de la revista. Pero ¡sí que les gustó el viejo Boone!

Regan no se lo podía creer. ¿Era posible que Boone estuviera hablando del jefe de Jazzy?

—Da la sensación de que Dorinda se sinceró con usted —comentó Regan.

—Sé escuchar. Supongo que me viene de todos esos años sentado alrededor de una hoguera.

—Ajá. —Regan concluyó la conversación a toda prisa. Prometió que se acercaría al rancho para trotar un poco a caballo cuando visitara Big Island, se hizo con la dirección y el número de móvil de Boone y colgó. Sin perder un instante, marcó el número de la línea directa de Will.

—¿Estás con Jazzy?

—No.

—Voy para allá. La verdad es que tengo que hablar contigo.

—Te estaré esperando —dijo Will cansinamente—. Yo sí que tengo que hablar contigo.

Capítulo *31*

Tras alquilar una tumbona y embadurnarse de loción protectora, Joy se había plantificado en la arena cerca del puesto del socorrista, aunque no demasiado cerca. Zeke estaba allí arriba, sin perder de vista a la muchedumbre, y ella disfrutaba echándole una mirada furtiva cada pocos minutos. Sabía que él también la estaba controlando, pero fingía estar absorta en su revista.

«No puedo esperar hasta esta noche —pensó Joy—. Es posible que congeniemos de verdad, y que él me pida que me venga a vivir con él; luego, podré irme de Hudville. Ahora que he ganado estas vacaciones, ya no hay nada por lo que merezca la pena seguir viviendo en ese culo del mundo lleno de charcos. Ya que no se puede ganar este viaje pagado dos veces, no voy a volver nunca más a ninguna de esas estúpidas reuniones de Viva la Lluvia.» A Joy le parecía increíble que a sus padres no les importara vivir allí. Su madre creía que Hudville era el lugar perfecto para vivir si uno quería evitar las arrugas. Mejor que el Botox, le decía siempre a Joy. Pero ella tenía otras ideas.

Bob y Betsy, ataviados con unos pantalones deportivos y sus sombreros de camuflaje, pasaron junto a Joy camino de la orilla. Eran tan raros esos dos, pensó Joy. ¿No habían dicho que hoy tenían que quedarse en el hotel y escribir sobre su excitante relación?

¡Menudo grupo de vacaciones! Joy meneó la cabeza. Era increíble. No tenían prácticamente nada en común. Gert y Ev al mando de Artie, Francie, Bob, Betsy y de ella. Las gemelas eran las únicas que conseguían viajar a Hawai cada tres meses; menudo desperdicio. Nunca le sacaban partido a lo que ofrecía Hawai. Todo lo que hacían era pavonearse por el hotel con sus muumuus y acompañarlos en las comidas. Esa noche tendría que cenar con ellos, y luego, se largaría. Era la única manera de comer gratis. Esas dos habían sido tan cicateras, animándolos a prescindir de los aperitivos. Si hasta los invitaron una noche a su habitación para comer queso, galletas saladas y vino barato, y así no tener que pagar los caros cócteles tropicales hechos con licuadora. No creía que fuera eso lo que su benefactor tuviera en mente.

Y esa Francie. La ponía frenética, preguntándole por su vida amorosa todas las noches. No quería hablar de eso con ella. ¡Si era más vieja que su madre! Anoche le confesó que estaba chiflada por Ned. Bueno, al menos tenían una edad parecida.

Joy observó cómo Betsy y Bob se salpicaban uno al otro dando patadas al agua. Bob parecía estar disfrutando de verdad, casi de una manera malvada. «Ojalá se caiga de espaldas», pensó Joy. Levantó la mirada hacia Zeke, que la noche anterior le había dicho que él era una persona muy sociable. «Tal vez debería acercarme y hablar con esos dos, y que Zeke vea que también me gusta la gente». Joy se levantó de la tumbona, y sabiendo con toda certeza que Zeke estaba observando, se dirigió hacia el agua con el contoneo más erótico del que era capaz. Bob y Betsy estaban de espaldas a ella, mirando el mar; no se dieron cuenta de que Joy estaba justo detrás de ellos.

Apenas pudo oír lo que estaban diciendo. ¿Se llamaban el uno a la otra Bonnie y Clyde?, se preguntó Joy. Sin duda, estos dos venían de los barrios bajos.

—Hola. —Joy anunció su presencia.

La pareja se giró en redondo.

—¡Joy! ¿Qué estás haciendo aquí?

—Estaba sentada en la playa y os vi bajar hasta el agua. ¿Qué hacéis aquí? No es que vayáis vestidos para la ocasión, precisamente.

—Estamos descansando de escribir —explicó Bob—. Queríamos tomar algo de aire fresco.

—Eso de tener que trabajar estando de vacaciones es un fastidio —opinó Joy.

«Y que lo digas», pensó Betsy.

—Este libro va a ayudar a mucha gente —le dijo Bob a Joy—. Eres joven y no te imaginas que una relación pueda llegar a ser gris; pero créeme, puede. Todos necesitamos ayuda.

Joy miró a hurtadillas a Zeke. Tenía una pinta imponente. Era imposible que las cosas llegaran alguna vez a ser grises con él. Estaba segura de eso.

—Las cosas pueden llegar a ser realmente grises. Grises como el agua de fregar los platos —admitió Betsy sin reservas—. ¿Has hablado con tu madre desde que estás aquí?

—Sí.

—Y ¿cómo está?

—Bien. Me dijo que estaba lloviendo.

—¡Qué novedad! —Betsy suspiró.

—¡Qué novedad! —repitió Joy. No quiero quedarme atrapada en Hudville y acabar como estos dos, pensó. Tienen los cerebros encharcados—. Bueno, voy a ver si me siento y me relajo. Hasta la noche.

—¿Tomaremos una copa en la habitación de Gert y Ev? —preguntó Bob.

—¡Espero que no! —gritó Joy.

—Sólo nos quedan un par de días. Creo haberlas oído decir algo acerca de acabar con el vino que compraron.

—Aquel garrafón era tan enorme que nunca se acabará. Es la bazofia más barata que se puede conseguir. Creo que nos están engañando.

—¿Eso crees? —preguntaron Betsy y Bob al unísono.

—Sí. Un amigo mío, que hizo este viaje hace tres años, recibió dinero para sus gastos, y me dijo que su grupo fue libre de hacer lo que quiso, excepto en cuanto al desayuno y algunas cenas. Con nosotros, si uno no come con las gemelas y no quiere pagarse sus propias comidas, se muere de hambre.

—¿No te gusta comer con el grupo? —preguntó Bob, dando la sensación de sentirse herido.

—Tranquilo. Pero ojalá tuviera más dinero para salir y hacer mi vida. Estoy terminando el instituto, así que no me sobra el dinero.

Para considerable espanto de Betsy, Bob sacó su cartera. Extrajo tres billetes nuevecitos de veinte dólares y se los ofreció a Joy.

—Sal y diviértete esta noche.

—Noooo. Gracias, pero no.

—Insisto.

Joy dudó. Brevemente.

—Bueno, de acuerdo. —Joy cogió los billetes de veinte dólares, dio las gracias y se dirigió hacia el puesto del socorrista.

—Eh, hola —la saludó Zeke. El socorrista estaba haciendo girar el cordón de su silbato alrededor del índice.

—Hola. Esta noche voy a comprar bebidas —gorjeó Joy.

—¿Aquél tipo raro te acaba de dar dinero?

—Sí. Es de Hudville. Es un viejo, pero le gusta ligar. Me dio dinero porque las directoras son unas agarradas.

—Eso me contó alguien del último grupo de Hudville.

—¿Quién? —preguntó rápidamente Joy, temiendo que fuera alguna chica de la que ella no supiera nada.

—Un tipo de quien me hice amigo un día que salimos a hacer surf un porrón de gente. Mencionó que era fantástico haber ganado el viaje, pero que el grupo había apodado a esas dos mujeres las Hermanas Tacañonas.

—¿Me tomas el pelo? ¿Por qué no me lo dijiste anoche?

—Anoche no estaba pensando en las Hermanas Tacañonas —dijo Zeke en voz baja—. Sólo estaba pensando en ti. Hasta luego. —Se dio la vuelta y se quedó mirando el agua de hito en hito, enrollando y desenrollando el silbato en el dedo.

Joy volvió a su asiento flotando. Zeke parecía muy, muy interesado. Se sentó, se tumbó de espaldas y cerró los ojos. Y tomó una decisión. Iba a reunir a todo el mundo para celebrar una pequeña asamblea. A todos, excepto a Gert y Ev. No era justo que no tuvieran el viaje que se merecían. Sal Hawkins había querido que todos disfrutaran de ese viaje; que todos volvieran llevando el sol a Hudville. ¿Quién puede llevar el sol consigo cuando se siente como si hubiera pasado una semana en un campamento militar con racionamiento?

Joy estaba haciendo un taller en el instituto para aprender a ser firme y enérgica e implicarse en las causas. Hacía de ésta su primera causa, decidió. Joy contra las Hermanas Tacañonas. Era totalmente imposible que hubiera sospechado lo peligroso que podía ser para cualquiera levantarse contra aquel enérgico dúo.

Capítulo 32

—Muy bien, Will —empezó Regan—. ¿Por qué no me cuentas lo que está sucediendo en realidad?

—No sé por dónde empezar.

—¿Qué tal por el principio? Ya sabes lo que dicen, ¿no?

—No, ¿el qué?

—La verdad te hará libre.

—¡Ojalá!

—Haz la prueba.

Estaban en el despacho de Will, con la puerta cerrada, y una vez más, Janet había recibido la orden de no pasar ninguna llamada. De ser posible, Will tenía peor aspecto que dos horas antes. Cruzó las manos como si estuviera rezando. Estaba a punto de confesar algo, pensó Regan.

—No he hecho nada malo —empezó a explicar—. Pero las cosas podrían parecer sospechosas.

Algo hizo que Regan quisiera taparse los oídos.

—La noche que Dorinda Dawes murió —Will dudó, miró a Regan como si hubiera visto a un fantasma y continuó—: entró en mi despacho poco antes de irse del hotel. Era tarde, porque había estado haciendo fotos en las fiestas y en los restaurantes y los bares. Con el baile a la vuelta de la esquina, de lo único que se hablaba era del collar que se iba a subastar. Le había contado que yo tenía en casa un collar de conchas excepcional que mi madre y mi padre habían comprado en Hawai hacía años. Me preguntó si podía sacarle una foto para el boletín que estaba preparando sobre el baile. Traje el collar al trabajo y se lo entregué, y acto seguido se marchó. Ésa fue la última vez que la vi viva.

—¿El collar que llevaba puesto cuando se la encontró muerta era el tuyo? —preguntó Regan, estupefacta.

—En efecto.

—Y ¿cuántos años hace que tus padres lo compraron en Hawai?

—Treinta.

—Y fue robado hace treinta años.

—Ahora soy plenamente consciente de ello, pero te juro que no tenía ni idea… —Will se quedó con la mirada perdida en la distancia, incapaz de completar su pensamiento.

—¿Dónde lo compraron tus padres?

—En el aeropuerto, a un chico que tenía los segundos dedos de los pies muy largos.

—¿Qué?

—He hablado por teléfono con mi madre esta mañana. Me dijo que el chico llevaba sandalias, y que los segundos dedos de los pies eran mucho más largos que los dedos gordos. Fue en lo único en lo que pudo fijarse.

—Hay mucha gente con los pies raros —comentó Regan—. No es la peor desgracia del mundo. Es mejor que tener juanetes; son muy dolorosos.

—Sí, pero mi madre me dijo que los del chico eran insólitamente largos.

—Si sigue viviendo, ese chico será ahora treinta años más viejo. ¿Tu madre no es capaz de recordar algo más sobre él?

—No. Donde quiera que esté, seguro que su aspecto será diferente. Pero me apuesto lo que quieras a que sus pies siguen siendo identificables.

—Así que tal vez fue ese chico quien robó el collar, ¿no?

—Ajá. —Will exhaló un profundo suspiro—. ¿No te das cuenta, Regan? No puedo decirle a nadie que el collar permaneció en mi familia durante los últimos treinta años. Me hace parecer culpable por múltiples motivos.

—Y que lo digas.

—¡Regan!

—Lo siento, Will. Aunque pudiera parecer sospechoso que tus padres tuvieran un collar que había sido robado de un museo, estoy segura de que no tenían ni idea de que el collar era robado cuando lo compraron.

—¡Pues claro que no lo sabían! Compraron el collar, se subieron al avión y desde entonces todo ha marchado sobre ruedas. Mi madre se lo ponía en casa en las grandes ocasiones; decía que la hacía sentirse como una reina.

—Debe de tener poderes extrasensoriales.

—Algo así —admitió Will cansinamente—. Pero, Regan, todo esto podría tomar un cariz muy malo para mí. Dorinda llevaba puesto mi collar, un valioso collar de conchas robado, cuando murió. Eso podría colocarme en la escena del crimen.

—La policía cree que se ahogó accidentalmente. Llevara o no puesto el collar, no creen que se haya cometido ningún crimen. Pero, Will, eres tú el que quisiste que empezara a investigar. ¿Por qué? Si tanto te preocupa aparecer como culpable, ¿por qué no dejaste correr el asunto?

Will hizo una profunda inspiración.

—Cuando le entregué el collar a Dorinda, de inmediato tuve un mal pálpito. El collar había significado mucho para madre, y me di cuenta de que tal vez no fuera una buena idea. Dorinda me dijo que se iba derecha a casa. Le pregunté si podía hacer la foto enseguida, de manera que yo pudiera pasar a recoger el collar camino a casa. Todavía me quedaban algunas cosas por hacer aquí.

—Y ¿qué te dijo?

—Que se iría directamente a su piso, pondría el collar sobre un trozo de fieltro negro en la mesa de la cocina, prepararía la luz adecuada y haría la foto. Me sugirió que nos tomáramos un vaso de vino cuando pasara a recogerlo. Yo no quería que las cosas fueran por ahí; sabía que, estando mi esposa ausente, la cosa no tendría buen aspecto. Pero no quería que tuviera el collar toda la noche, y una vez que se lo entregué, me sentí como un idiota pidiéndole que me lo devolviera. Así que le dije que podíamos tomar una copa rápida. Sabía que no sería capaz de dormir, si la dejaba que tuviera el collar toda la noche.

«Vaya, vaya» pensó Regan.

—Dorinda era bastante coqueta, y mi esposa no la aguantaba.

—¿Ha visto tu esposa el boletín con su foto?

—Todavía no. Sea como fuere, el caso es que conduje hasta el piso de Dorinda después de salir del trabajo y llamé al timbre. Era tarde, y no contestó. Esperé en el coche y probé a llamarla unas cuantas veces, pero no cogió el teléfono. Al final, me fui a casa. A la mañana siguiente, vine a trabajar, y su cuerpo apareció en la playa. Y llevaba el collar en el cuello. Le entregué el collar en una bolsa especial, y le pedí por favor que lo cuidara mucho. En cuanto salió de aquí, debió de ponerse el collar en el cuello. Pero, Regan —hizo una pausa—, Dorinda tenía intención de irse directamente a casa. Le gustaba mi compañía, y sabía que me iba a pasar a verla. Esa noche no se habría parado para sentarse en el rompeolas. Y ahora no dejo de pensar que alguien pudo haberme visto sentado en el exterior de su casa la noche que murió.

Regan permaneció sentada en actitud pensativa.

—De todo lo que he oído sobre Dorinda, diría que era una mujer impulsiva. Puede que sólo decidiera ir al rompeolas unos minutos.

Will negó con la cabeza.

—Sencillamente, no lo creo. Alguien debe de haberla atraído hasta allí.

—Llevaba puesto el collar. Tal vez decidió mostrárselo a alguien en la playa.

—Podría ser. Pero ¿a quién? Y ¿esa persona le hizo daño de manera intencionada? Y ¿él o ella, volverá a hacer daño a alguien? Regan, no quiero que nadie averigüe mi implicación en todo esto. Pero estoy convencido de que alguien mató a Dorinda, y debería pagar por ello.

—¿Sabes, Will?, según parece, Dorinda engañó a mucha gente en los últimos años. Incluso mi madre no quedó muy satisfecha con un artículo que escribió sobre ella hace años. Y ese último boletín...

Will se puso la cabeza entre las manos.

—He oído que cierto tipo que quería que Dorinda lo entrevistara la estaba fastidiando. Diseña ropa hawaiana. ¿Sabes si se trata del jefe de Jazzy? —preguntó Regan.

—Sí. Es Claude Mott. Quiere llamar la atención sobre su línea de ropa y estaba presionando para conseguir que Dorinda escribiera una reseña sobre él, pero ella me dijo que no quería hacerlo.

—Jazzy no me comentó esto en ningún momento cuando me contó lo malísima persona que era Dorinda.

—Así es Jazzy.

—Creo que debería de tener una charla con ella. También me gustaría hablar con Claude.

—Estará aquí esta noche, en una de nuestras mejores suites.

—Bien. Otra cosa: conocí a una pareja en el bar a la hora de comer. Están con un grupo turístico de un sitio donde no para de llover.

—Ah, sí. El club Viva la Lluvia.

—¿Qué?

Will la puso al corriente de la historia del club y de los viajes.

—Vienen desde hace tres años.

—Quiero vigilar a esa pareja. Son muy raros. Los sorprendí saliendo del cuarto de suministros. El tipo insistió en que sólo estaban cogiendo algunas toallas de más, pero con lo que dices que ha estado ocurriendo por aquí, no sé qué pensar.

—Es la primera vez que esa pareja se aloja aquí. Puede que sean raros, pero lo más probable es que no tengan nada que ver con los problemas que hemos tenido. Aunque el día que el grupo se vaya de una vez, me sentiré feliz. Las dos mujeres al mando me han estado dando la lata para que les rebaje el precio de las habitaciones. Ya lo he hecho muchas veces, pero he decidido que no voy a hacer más cambalaches con ellas. Si quieren volver, tendrán que pagar lo que les corresponda. Ya les he prestado demasiada atención, y dado demasiadas ventajas, y no las valen.

Regan sonrió.

—Sobre todo, si los miembros del grupo te están robando las toallas.

Will rió entre dientes y se frotó los ojos.

—¿Cuándo llegan tus padres? —preguntó Regan.

—Mañana.

—Y ¿tu esposa?

—Esta noche, a Dios gracias. Eso me dará un poco de tiempo para ayudarla a acostumbrarse a la idea de que vienen mis padres. Y luego está el collar...

Regan se puso en pie.

—Voy a ver si Jazzy está por ahí. Tengo entendido que el primo de Dorinda llegará más tarde. ¿Harías el favor de llamarme cuando llegue? Me gustaría hablar con él. Tal vez me deje echar un vistazo al piso de su prima. Podría haber algo allí que fuera de utilidad...

—De acuerdo.

—Y no te preocupes, Will. Estás haciendo lo que debes. Me encantaría encontrar al chico que les vendió el collar a tus padres.

—Estarán aquí mañana. Estoy seguro de que mi madre estará encantada de describirte los dedos del chico.

Regan sonrió.

—Estoy impaciente por conocerla.

—Creo que heredé la percepción extrasensorial de mi madre —dijo Will, con una expresión de gran seriedad—. Sé que parece una locura, pero estoy absolutamente convencido de que la persona que mató a Dorinda y el ladrón que robó el collar están entre nosotros.

—Voy a hacer todo lo que esté en mis manos para encontrarlos —dijo Regan, mientras se dirigía hacia la puerta. Habría sido mucho más fácil enfrentarse a la tormenta del siglo en Nueva York que a todo aquello, pensó.

Capítulo 33

Cuando Ned, Artie y Francie volvieron al hotel después de su excursión surfista, el primero sintió como si estuviera siendo propulsado por un motor a reacción hacia el Museo de las Conchas. Estaba desesperado por ver el collar que había lucido tan fugazmente en su cuello hacía treinta años. Y quería que el collar fuera suyo. Sabía que si volvía a robar el collar, aquello le produciría una inmensa sensación de poder. También sabía que era algo patético; no se había pasado diez años sometiéndose a terapia para nada, pero le traía sin cuidado.

Cuando la furgoneta los dejó en el hotel eran las tres de la tarde.

—¿Qué os parece si comemos algo y luego nos vamos a la playa? —preguntó Francie.

—Yo no puedo —contestó rápidamente Ned.

—Pero creía que dijiste que estabas hambriento —protestó Francie.

—Y lo estoy. Pero me voy a dar una ducha y luego me pasaré por el despacho del jefe. Él os quiere mucho, chicos, pero tal vez quiera que presté atención a algún otro huésped del hotel. Tomaré una copa con vuestro grupo más tarde.

Francie puso mala cara.

—Entonces, tal vez me vaya al balneario, a ver si me pueden dar un masaje *lomi lomi* y un baño de algas marinas.

—Yo ya me siento como si me hubiera sometido a un baño de algas —comento Artie—. Ser derribado por un par de esas olas me ha hecho sentir como si yo y el océano fuéramos uno.

—Pero te ha gustado, ¿verdad? —preguntó Ned.

—Supongo —admitió Artie con resentimiento.

De vuelta a su habitual simpatía, pensó Ned.

Los dos hombres se dirigieron a su habitación, y Ned se metió de un salto en la ducha. Artie sacó una botella muy fría de agua del mini bar y salió a la galería. Tenían una bonita vista de la playa, y era agradable sentarse y relajarse mientras el calor del día y la fuerza del sol empezaban a perder intensidad. Era como si el mundo se suavizara.

Pero no en la ducha. Ned se enjabonó lo más deprisa que pudo, se aclaró su musculoso cuerpo y cerró el grifo. Cogió una toalla y se secó. De nuevo en la habitación, sacó unos pantalones cortos y una camisa de su cajón y se vistió a toda prisa. Se calzó unos gastados náuticos, mientras echaba un vistazo al par de sandalias que había comprado, en un antojo, en una de las tiendas de ropa del hotel. Debería obligarse a ponérselas, pensó; ¿a quién le importaba lo que pensara la gente de los dedos de sus pies? Pero no en ese momento. No quería estar pendiente de sus pies en un momento así, por más que fuera lo que correspondía. La última vez que robó el collar fue el último día de su vida que se había puesto sandalias. Por un momento consideró el hecho de que llevar las sandalias podría traerle suerte.

Pero decidió que no.

¿En qué estaba pensando para ponerse estos náuticos?, reflexionó mientras se los quitaba de sendos puntapiés. Podría tener que echar a correr. Sacó un par de calcetines del cajón, se sentó en la cama y se los puso. Acto seguido, se calzó unas zapatillas de deporte. Podría ponerse las zapatillas de baloncesto PF Flyers que tenía cuando era un chaval, pensó con una sonrisa. Siempre le habían gustado sus anuncios. En ellos, los niños podían correr y volar y ayudar a la gente en apuros. Ned siempre pensaba de qué maneras podría meterse en problemas si pudiera volar. La culpa de todo la tenía su infancia; no lo podía evitar. Siempre había sido objeto de burlas por no haber puesto precisamente las bases para una madurez saludable y equilibrada. Pero los últimos años no se había metido en problemas. ¡Y ahora este collar! Pensar en él le hizo moverse más deprisa.

Se dirigió a la puerta de la terraza como una exhalación.

—Hasta luego —gritó a Artie.

Artie se giró en redondo.

—Baja a la playa cuando estés libre. Francie se reunirá conmigo allí después del tratamiento balneárico.

—Sí, claro —dijo Ned, y le hizo adiós con la mano. Se volvió, cogió una gorra de béisbol y sacó su mochila vacía del armario, y salió a toda prisa de la habitación antes de que Artie intentara hacer algún plan más. No había vuelta de hoja: Artie era un agente extraño. Sus paseos bien entrada la noche por la playa; sus constantes flexiones de manos; su falta absoluta de *savoir faire* con las mujeres. Ned lo había visto en el bar intentando recuperar el tiempo perdido con un par de mujeres; ninguna había mostrado el más mínimo interés. Cuando Dorinda Dawes le hizo una foto, Artie intentó ligar con ella, y aunque ella era una coqueta de marca mayor, siguió de largo a toda prisa. El primero en intentar ligársela había sido Bob, y luego Artie. Menuda opinión debía de tener ella sobre los Siete Afortunados. Pobre Dorinda; pensar que los dos empezamos a trabajar aquí al mismo tiempo.

Ned salió de la habitación y llamó a información desde el móvil para averiguar la dirección del Museo de las Conchas. Hacía tiempo que no había estado allí. Compró un plano en la tienda que vendía los periódicos, las postales y las guías de viaje y localizó el edificio.

Se subió a un taxi delante del hotel y dio una dirección a varias manzanas de distancia del museo; no quería que ningún taxista pudiera decir que había llevado a un tipo desde el Waikiki Waters hasta el museo. Arrancaron, recorrieron varios kilómetros y, al final, se detuvieron en un solitario tramo de carretera delante de la playa.

—¿Es aquí? —preguntó el taxista.

—Sí.

—No hay muchas cosas por los alrededores.

—Quiero dar un paseo tranquilo.

Tras quince minutos de caminar tranquilamente por la arena, el museo apareció ante su vista. El pulso le latió aceleradamente, y Ned recordó la sensación experimentada hacía treinta años. Entonces, había sido un niño; ahora era un adulto, pero no hubo ninguna diferencia. Sintió la misma excitación, los mismos fuertes latidos del corazón. Pero todo estaba tranquilo. No había nadie en la playa, y el museo resaltaba en su soledad. Ned se dirigió hacia allí como si tal cosa, llegó a los escalones del museo y se dio cuenta de que a cierta distancia de uno de los laterales había una mesa plegable. Un tipo con una toga estaba sentado allí, mirando, de espaldas a la mesa, el sol que se movía hacia poniente. Parecía como si estuviera meditando. Tenía los ojos cerrados y las palmas de las manos extendidas boca arriba. ¿Ése era el tipo que armó tanto escándalo por el robo hace treinta años? Ned lo había visto por televisión al día siguiente del robo. Al parecer seguía llevando el mismo disfraz, pensó Ned.

Al acercarse, Ned pudo ver los dos históricos collares de conchas, que se encontraban encima de la mesa. Se quedó estupefacto. Allí estaban, a unos pocos metros de distancia. «¿Me atrevo?», se preguntó.

Por supuesto que sí. ¿Cómo podría no atreverse? Tan cerca y, sin embargo, tan lejos. Siempre podría decir que sólo estaba echando un vistazo.

Ned se acercó con sigilo, haciendo el menor ruido posible. Valiéndose de sus dedos índices, cogió ambos collares en el momento preciso en el que el meditador abría los ojos, sonreía con satisfacción y empezaba a darse la vuelta. Antes de que supiera lo que lo golpeó, el hombretón fue empujado con violencia y cayó de cabeza sobre el pavimento.

El dolor que el meditador sintió en la cabeza fue tremendo, aunque sólo fue cuando se levantó, se dio la vuelta por completo y vio que los collares habían desaparecido que empezó a dar gritos. Los impíos alaridos de Jimmy se pudieron oír en varios kilómetros a la redonda.

Capítulo 34

Regan dio una vuelta por el hotel y localizó a Jazzy bebiendo a sorbos un café y examinando la prensa en la cafetería donde Regan había desayunado. Regan decidió entrar y mantener una breve charla con la reina de las bolsas de regalo.

—¿Te importa si me siento? —le preguntó Regan.

Jazzy levantó la vista. Llevaba unas gafas de leer apoyadas en el puente de la nariz, lo que le confería un aire de gran eficiencia. Se echó hacia atrás la melena rubia y rogó a Regan que se sentara.

—Es agotador preparar las cosas para el baile. Va a ser realmente apasionante.

Regan asintió con la cabeza y pidió un té a la camarera que le había servido el desayuno.

—¿Todavía sigue aquí? —le preguntó Regan.

—Se ha puesto enfermo otro chico —observó Winnie con total naturalidad—. Supongo que hoy es un día bastante bueno para el surf. En fin; mientras mis pies aguanten, todo irá bien. Más dinero para cuando me jubile de una vez.

Regan sonrió y se volvió hacia Jazzy.

—He oído que las entradas para el baile están agotadas.

—Todo esto es una locura y un poco extraño. La gente está intrigada con la subasta. Todo el despliegue periodístico sobre Dorinda y el antiguo collar ha despertado muchísimo interés por toda la velada.

—Aquí tiene, cielo. —La camarera colocó el té de Regan en la pequeña mesa—. Que aproveche.

—Gracias. —Regan cogió la pequeña jarra metálica y vertió unas pocas gotas de leche, añadió una pizca de azúcar y removió el contenido de la taza.

—¿Cómo no estás en la playa? —preguntó Jazzy—. Estás de vacaciones. Seguro que a Steve y a Kit no les importaría que los acompañaras.

—Oh, ya lo sé. Steve parece un buen tipo —respondió Regan de manera evasiva.

—Es un buen tipo. Aunque yo me aburriría un poco, si estuviera jubilada tan joven.

Tenía que estar tomándole el pelo, pensó Regan. Cuidar una casa en Big Island para un tío rico no era precisamente formar parte de la clase obrera.

Como si Jazzy fuera capaz de leerle los pensamientos, continuó:

—Sé que ya no trabajo como abogada en una gran ciudad, pero está bien. Me gusta trabajar para Claude. Es mucho menos estresante que ser abogada. Y hacer levantar el vuelo a su negocio de ropa hawaiana es algo realmente importante para nosotros.

Regan no pudo por menos que preguntarse qué significaba el «nosotros». Tal vez eso explicara por qué Jazzy no había acotado a Steve. No cabe duda de que era una farsante.

—Todo este asunto de Dorinda —dijo Regan— es tan desconcertante. Hoy hablé con alguien a quién ella había entrevistado hacía años, y me dijo que Dorinda la engañó de mala manera.

—¿Esa persona era tu madre? —preguntó Jazzy con frialdad.

—¿Mi madre?

—Te llamas Regan Reilly —dijo rápidamente Jazzy—. Y tu madre, Nora Regan Reilly. Aunque tengas el pelo negro, te pareces mucho a ella.

—Eres toda una sabueso.

—Y tú también.

—En efecto, entrevistó a mi madre. No es que se granjeara precisamente su aprecio con el artículo, pero ha sentido mucho lo de Dorinda.

Jazzy le hizo un gesto con la mano.

—Se sabía de memoria todo su numerito de periodista. Era una auténtica manipuladora, te lo aseguro. Habló de entrevistar a Claude para la revista *Valientes en el Paraíso*. Entonces, se echó para atrás; más tarde, pensó que tal vez; y luego, decidió que era demasiado rico y que no necesitaba empezar una segunda profesión aquí, porque ya tenía suficiente dinero para vivir con independencia de lo que ocurriera. Quería centrarse en los emprendedores que habían tenido el valor de dejar sus trabajos seguros en el continente e intentaban triunfar en Hawai. ¡Por favor! Claude habría sido un tema espléndido para una entrevista. Ha tenido el arrojo de intentar algo diferente; y sólo porque había tenido éxito, no se le debía tener en cuenta. Y lo último que necesita Claude es sentir vergüenza si su empresa fracasa estrepitosamente. Después de todo, ¿no le encanta a todo el mundo ver cómo alguien fracasa en una nueva profesión, cuando ya ha triunfado en otra cosa?

«No a todos —pensó Regan. Levantó las cejas y le dio un trago al té—. Bueno, supongo que ha respondido a mi pregunta sobre su jefe... y estoy segura de que la relación de ambos va un poco más allá de la meramente empresarial.»

—¿Se reunió Dorinda alguna vez con Claude?

—Dimos una gran fiesta al aire libre en la casa de Christmastime y la invitamos. Fue entonces cuando Dorinda volvió a decir que iba a entrevistar a Claude. Era tan entrometida; fue increíble. Estuvo fisgoneando por todas partes. —Jazzy se rió—. Dentro y fuera. Incluso deambuló por nuestro bosque, haciendo fotos. Yo puse unas canicas de cristal en el botiquín de Claude, porque había oído lo entrometida que puede llegar a ser la gente en las fiestas. Bueno, ¿a qué no lo adivinas? Fue Dorinda la que utilizó el baño que hay al final de pasillo, en la habitación principal. Abrió el botiquín, y las caninas salieron rodando, y se rompieron todas al caer al suelo. Yo estaba cerca y cogí la escoba. Dorinda afirmó que le dolía la cabeza y que estaba buscando una aspirina.

«Me parece que Dorinda y Jazzy debían de ser tal para cual», pensó Regan.

—Ahí fue cuando supe que ella sería una molestia —prosiguió

Jazzy—. Fue una de esas intuiciones inmediatas que a veces se tienen respecto de una persona, ¿sabes lo que quiero decir? Y a menudo, acertadas.

—Sí, claro que sé a qué te refieres —dijo Regan. Y su intuición inmediata respecto a ella tampoco sería muy positiva. ¿Qué clase de persona pone en su botiquín unas canicas de cristal que potencialmente podrían avergonzar a uno de sus invitados? La misma clase de persona que escribiría cosas repugnantes sobre la gente.

—En fin, Dorinda llevaba el collar robado en el cuello. ¿Qué te sugiere eso? —preguntó Jazzy.

—Podría haber muchas explicaciones para eso —respondió Regan en voz baja.

—Que probablemente nunca sabremos. Dorinda se llevó ese secreto a la tumba. —Jazzy bajó la vista a sus papeles durante un instante, y volvió a mirar a Regan—. Tú y Kit iréis al baile, ¿no es así?

—Sí.

—Le dije a Steve que debería pujar para conseguirle el collar de la princesa a Kit. ¿No sería romántico?

—Supongo que sí.

—Parece que ella le gusta de verdad. —Jazzy se inclinó hacia Regan como si estuviera a punto de revelar un gran secreto—. Deja que te diga algo: muchas de las mujeres de esta isla van detrás de él —susurró—. Es un partido con todas las letras. Me sorprende que algunas no lo hayan pescado ya. Lo cual hace que me pregunte a qué está esperando él. La que pesque ese gran pez va a ser una chica afortunada.

Regan sonrió.

—Y si él pesca a Kit, el afortunado será él.

Jazzy echó la cabeza hacia atrás, soltó una carcajada e hizo un gesto con la mano.

—Por supuesto que sí. En cualquier caso, mañana por la noche nos vamos a divertir. Estoy impaciente por ver cuánto dinero consigue ese collar en la subasta. Y si subastan los dos… ¡Uau! ¡Este lugar va a ser una locura!

—Seguro que será interesante —convino Regan, preguntándose si se pediría un minuto de silencio por Dorinda Dawes. Sin saber bien por qué, lo dudó.

Capítulo 35

Ned metió los collares en su mochila de nailon amarilla y se alejó corriendo de los jardines del Museo de las Conchas lo más deprisa que pudo. Todo había ocurrido de una manera muy confusa. Jamás hubiera esperado ver los collares depositados allí mismo, en una mesa plegable al aire libre, y en cuanto los divisó, supo que no había tiempo para las dudas. Paró un taxi y le pidió que lo llevara al corazón del barrio comercial de Waikiki; no quería que nadie le siguiera la pista en su viaje de vuelta al Waikiki Waters, igual que había hecho a la ida.

Por suerte, el taxista parecía totalmente abstraído; tenía la música puesta a todo volumen, y soltó un gruñido cuando Ned le indicó el destino. Sentado en el asiento trasero del coche, el pulso de Ned latía aceleradamente. Le había dado un empujón al tipo, cuando éste empezaba a darse la vuelta. Vaya, menuda manera de gritar. Bien pensado, se diría que había tardado uno o dos minutos en ponerse como loco.

Ned se apeó del taxi en Kalakaua Avenue, a la altura del centro comercial Royal Hawaiaan de Waikiki, y empezó a caminar. No le costó confundirse con los turistas japoneses y norteamericanos que entraban y salían sin prisas de las tiendas de moda. Eran las cuatro, y las ideas se le agolpaban en la cabeza. ¿Qué haría con esos collares?, se preguntaba. ¿Cómo los metería en la habitación del hotel? Y ¿si Artie los veía? Tenía que esconderlos en alguna parte, hasta que Artie y el grupo turístico se fueran. Luego, ya se le ocurriría un lugar definitivo para esconderlos.

Ned se escabulló en el interior de una papelería y compró una caja, un sugerente papel para regalo con unas bailarinas de hula-hula impresas, cinta adhesiva y unas tijeras pequeñas. Salió, y caminó hasta encontrar un callejón en una calle lateral, por el que se escabulló, y empezó a envolver su regalo.

—¡Qué monada! —farfulló un tipo viejo que pasó por su lado.

—Y que lo digas —masculló Ned, mientras fijaba los últimos trozos de cinta adhesiva. Tras meter la caja en una bolsa de compras, cogió la mochila; sin darse cuenta la había dejado encima de una mancha fresca de grasa que había en el suelo. Uno de los laterales estaba negro y pegajoso, así que Ned la volvió a tirar al suelo, se levantó y emprendió el camino de regreso al Waikiki Waters.

Mientras avanzaba por la concurrida calle, se lamentó de que no tendría oportunidad de volver a contemplar de verdad los collares hasta que Artie se marchara. No se atrevía a llevarlos a la habitación. Estaba impaciente por examinar aquellos delicados collares. Seguro que podría encontrar un comprador que le pagara mucho por ellos, pensó.

La zona de la recepción del Waikiki Waters era un hervidero de excitación: los huéspedes y el personal del hotel hablaban del último telediario de Waikiki.

—Ned, ¿te has enterado de lo ocurrido? —le preguntó uno de los botones. Glenn era un tío joven que llevaba un par de años en el puesto. Era un sujeto de aspecto algo sumiso, y, a sus espaldas, los demás empleados lo apodaban «quiero ser Will». Era el favorito del director, y a todas luces estaba siendo preparado para ascender en el escalafón del hotel.

—No —respondió Ned, sujetando con fuerza las asas de la bolsa.

—Han robado del Museo de las Conchas los collares reales que iban a ser subastados en el baile de la Princesa. Lo están contando todo en el informativo. Ya no hay nada para subastar en el baile.

—¡Me estás tomando el pelo! —exclamó Ned—. Pobre Will. Sé que confiaba en que el baile fuera un gran éxito.

—No está muy contento, no —admitió Glenn, y se encogió de hombros mientras bajaba la vista hacia la bolsa de Ned.

—Qué papel más fabuloso.

—¿Eh? —Ned miró hacia abajo—. Ah, sí.

—¿Qué llevas ahí dentro? —preguntó Glenn sin dejar de sonreír.

—Una amiga me pidió que le comprara un artículo de broma para una fiesta a la que va a asistir. Le dije que se lo dejaría en el mostrador de la recepción. Debería pasarse hoy más tarde a recogerlo. ¿Te importa guardarlo por mí?

Glenn miró de hito en hito a Ned con su afable, aunque ligeramente ausente expresión.

—Claro. ¿Cómo se llama?

—Donna Legatte.

—Me encantan los artículos de broma. ¿Qué le has comprado?

«Este tipo es un entrometido que siempre tiene que estar en medio de todo», pensó Ned con irritación.

—Unos cuantos juguetes chiflados —respondió con brusquedad—. Ya sabes, tonterías de jovencitas. Es la despedida de soltera de su amiga, y no tenía tiempo para ir de compras. —Ned tuvo la sensación de estar empezado a balbucir.

Glenn le dio una palmada en el hombro y le dedicó una amplia sonrisa de complicidad.

—Me aseguraré de cuidar bien de tu preciado paquete. ¡Parece algo que no quisieras perder! Ah, aquí viene un cliente. —Le quitó la bolsa de las manos a Ned, se acercó corriendo a un taxi que se acababa de detener y abrió la puerta trasera para recibir a los dos clientes recién llegados, que lucían sendos grandes collares de flores.

—¡Bienvenidos al Waikiki Waters! —dijo Glenn con alegría—. ¡Estamos encantados de que se queden con nosotros!

Ned giró sobre sus talones y empezó a dejar atrás el mostrador de recepción. ¿Había hecho lo correcto?, se preguntó. Tal vez debería de haberse arriesgado a llevar los collares a la habitación. Una de las chicas del mostrador lo llamó.

—¡Ned! Will quiere hablar contigo.

—¿Ahora?

—Sí.

—De acuerdo. —Se metió detrás del mostrador y cruzó la puerta del despacho de Will.

Janet estaba en su puesto. Levantó la mirada y señaló con el pulgar.

—Está ahí dentro.

Ned cruzó el umbral del despacho de Will. Éste le hizo un gesto a Ned para que se sentara, le indicó una silla y colgó el teléfono.

—Ned, tenemos problemas.

—He oído que han robado los collares.

—Peor aún. Mis padres llegarán mañana.

Ned se rió, aliviado porque no iban a hablar de las exquisiteces contenidas en la bolsa que en ese momento se mezclaba con todo el equipaje de entrada y de salida del hotel Waikiki Waters.

Will también se rió.

—Me parece increíble que hasta yo esté de broma en ese momento. —Le sentó bien soltar al menos un poco de tensión. Con la desaparición de los collares, se había armado la gorda. Pero a Will le gustaba Ned; parecía un tipo legal—. Mis padres llegan mañana por la mañana. Sé que estarán cansados, pero también sé que no querrán quedarse en su habitación y descansar. Necesito mantenerlos ocupados, o mi madre volverá loco a todo el mundo mientras intentamos organizar el baile. ¿Podrías llevártelos a la playa un par de horas? ¿O tal vez a navegar mañana por la tarde?

—Claro, Will. Sin problemas.

—¿Cómo va todo con el grupo Vacaciones para Todos?

—Bien. Hoy me he llevado a un par de ellos a hacer surf. Tal vez quieras saber que Gert y Ev dijeron que iban a ir a recorrer hoteles, para ver si podían conseguir mejores condiciones.

Will agitó ambas manos con indignación.

—Esas dos no han parado de insistirme los últimos años para conseguir mayores descuentos. Y se los he hecho. Incluso te he hecho compartir una habitación con ellos para que se ahorraran dinero.

Ned puso los ojos en blanco.

—Lo sé.

—Eres un buen amigo, Ned. No te volveré a hacer eso otra vez. Llegados a este punto, por mí que se vayan a cualquier otro sitio. La primera vez que vinieron, gastaron dinero y se divirtieron. Pero ahora, esas dos mujeres son de lo más cicateras con su grupo. Creo que se marchan el lunes… ni un día antes.

—El tipo con el que comparto la habitación es un espécimen realmente raro.

—Qué fastidio, ¿no?

—Y la pareja que está escribiendo el capítulo de un libro sobre la pasión en las relaciones… a ésos no hay quién se los crea. ¡Y son tan aburridos! Por su parte, hoy en el desayuno la joven del grupo tenía algunas cosas que contar acerca de lo que está pasando en el hotel.

—¿Cómo? —preguntó Will rápidamente.

—Oyó que este lugar no era seguro, y que corre el rumor de que Dorinda Dawes podía haber sido asesinada.

—Esa clase de rumores puede hacernos muchísimo daño. Hemos tenido algunos problemas en el hotel, pero estamos haciendo todo lo que está en nuestras manos para asegurarnos de que no vuelvan a suceder. En cuanto a Dorinda, la policía cree que se ahogó. Así que… —Will se levantó.

Ned lo imitó en el acto.

—Parece que llevas bien lo de los collares robados.

—Nada más lejos de la realidad, Ned. Si llego a ponerle las manos encima a quien los haya robado, creo que lo estrangulo.

Ned asintió con la cabeza.

—No te culpo. Pero ¿quién sabe? Podrían aparecer antes de mañana por la noche. Estoy deseando conocer a tus padres. El señor y la señora Brown, ¿no?

—A estas alturas de sus vidas prefieren que los llamen por sus nombres de pila. Les hace sentir jóvenes.

—Y ¿cómo se llaman?

—Bingsley y Almetta. Imposibles de olvidar, ¿verdad?

—Y… y que lo digas —tartamudeó Ned—. ¿Han estado en Hawai con anterioridad?

—Desde que vivo aquí, muchas veces. Se enamoraron de este lugar hace treinta años, cuando hicieron su primer viaje a Oahu. Se lo pasaron tan bien, que desde entonces no han dejado de volver.

—¡Qué estupendo! Haré todo lo qué esté en mis manos para tenerlos entretenidos.

—Es un trabajo a tu medida —bromeó Will—. Mi madre es de armas tomar.

Capítulo 36

Todos los periodistas locales y nacionales se habían congregado en el Museo de las Conchas para entrevistar a Jimmy. Éste se encontraba en el vestíbulo del museo, sujetando una bolsa de hielo contra la frente y rodeado de cámaras y micrófonos.

—Jimmy va a matar a quien haya robado mis collares. ¡Lo matará!

—¿Qué estaba usted haciendo sentado ahí fuera de esa manera con los collares? —le preguntó un periodista.

—Estaba dando gracias a Dios por haber devuelto a Jimmy el collar de la reina. Y ¡entonces ocurrió esto! Ahora, han desaparecido los dos.

—¿Tiene idea de quién pudo haberse acercado sigilosamente por detrás de usted y empujarlo brutalmente contra el suelo?

—No. Si Jimmy lo supiera, estaría buscándolo ahora mismo. Pero el miserable ladrón era muy fuerte. Hace falta mucha fuerza para derribar a Jimmy.

—En cualquier caso, ¿podría identificarlo?

—Jimmy estaba muy concentrado. Vio un destello amarillo.

—¿Qué es lo que era amarillo? —gritó un periodista desde las últimas filas de la muchedumbre.

—Algo amarillo. Al ser empujado, Jimmy creyó ver que una cosa amarilla pasaba fugazmente junto a su cara.

—¿Eso es todo lo que recuerda?

—¿Qué es lo que quieren de Jimmy? Podrían haberlo matado. ¿Les parece poco? ¡Es la policía quien debería decidir qué hacer!

—¿Hay algo más que quisiera contarnos, Jimmy?

Jimmy miró directamente a la cámara.

—El que haya hecho esto tendrá muy mala suerte, sobre todo si le pongo las manos encima. Esos collares reales fueron robados hace muchos años a la mujer que los hizo, poco antes de que fueran a ser entregados a la reina Liliuokalani y a la princesa Kaiulani. El ladrón fue descubierto y perseguido mar adentro. Ayer, uno de esos collares reales fue encontrado en el cuello de la mujer que se ahogó en el Waikiki Waters. ¡Espero que el mar se trague a quién hoy me ha quitado los collares! ¡Sobre esos collares pesa una maldición! —Hizo una pausa—. Jimmy necesita una aspirina.

Los periodistas cerraron sus libretas, y las cámaras fueron desconectadas.

—Un destello amarillo —masculló uno de los periodistas—. Ese tipo debería ser fácil de encontrar.

Capítulo 37

Jason y Carla estaban sentados a una mesa situada junto a la ventana, en el otro extremo de la sala en la que se encontraban las gemelas. Carla era incapaz de evitar no mirar a las ancianas cada dos minutos.

—Relájate y come —le dijo Jason más de una vez.

—No puedo. Estoy tan furiosa. Nos despreciaron a nosotros y a este maravilloso anillo. —Extendió la mano.

—¡Olvídalo!

Carla intentó comerse su hamburguesa de atún, pero no tenía ningún apetito. ¿Qué había ese día en aquellas dos que fuera diferente? Volvió a mirarlas una vez más. Llevaban unos pantalones deportivos beige y unas camisas de manga larga del mismo color. Carla entrecerró los ojos y recordó haberlas visto en el hotel vestidas con unos muumuus chabacanos.

Una camarera se acercó a su mesa y les volvió a llenar los vasos de agua, mientras Carla seguía enfrascada en sus pensamientos.

—Carla —dijo Jason—, me estás ignorando.

—¡Eso es! —le susurró Carla—. Acabo de acordarme de qué es lo que vi la otra noche, cuando salí a pasear por la playa.

—¿El qué?

—Los muumuus de esas mujeres estaban tendidos en la barandilla; su galería da justo encima de la playa. Recuerdo haberlos visto y pensado que el hotel no quiere que la gente cuelgue a secar las cosas de esa manera. Hace que el lugar parezca un albergue para vagabundos. ¡Los muumuus estaban empapados!

—Y ¿bien?

—Pues que ésa fue la noche que Dorinda Dawes se ahogó. Tal vez la mataron ellas. ¿Cómo, si no, pudieron mojarse los muumuus de esa manera?

—¿Cómo sabes siquiera a quién pertenecían los muumuus, Carla?

—¡Eran dos muumuus grandes y horribles! Sé que eran los suyos. Estaba un poco achispada, pero me acuerdo que pensé que los había visto antes. Uno era rosa fuerte, y el otro violeta, y por lo demás eran idénticos. Prácticamente, destellaban en la oscuridad.

En la otra mesa, las gemelas pidieron la cuenta.

—Pide la cuenta —le ordenó Carla a Jason.

—¿Por qué? No he terminado.

—Quiero seguirlas y ver qué están tramando.

—¿Qué?

—Tenemos que hacerlo. Podrían ser unas asesinas. Es nuestro deber.

Jason puso los ojos en blanco.

—Estás loca —farfulló mientras le hacía una seña al camarero—. No hay ninguna ley que prohíba secar los muumuus al aire libre.

—No, no la hay —admitió Carla—. Pero sigo pensando que no son buenas.

—Supongo que lo averiguaremos. —Jason soltó un suspiro.

Y vaya si lo averiguarían.

Capítulo 38

Regan se dirigió tranquilamente a la playa para buscar a Kit. Localizó a Steve y a Kit bajo una gran sombrilla, cerca de la orilla.

—Te estábamos esperando —proclamó Steve mientras se levantaba de un salto—. ¡Aquí mismo tenemos una silla con tu nombre escrito en ella!

—Gracias. —Regan se dejó caer en la silla y se sacó las sandalias con sendos puntapiés. Era agradable enterrar los dedos de los pies en la arena caliente. Kit y Steve estaban en traje de baño y tenían el pelo mojado. Eran más de las cuatro, y muchos de los que habían bajado a tomar el sol se habían ido ya. La arena estaba salpicada de sillas de playa vacías.

—¿Cómo va todo? —preguntó Kit.

—Bien.

—No eres una amante de la playa, ¿verdad? —preguntó Steve.

—Me encanta nadar, pero no puedo permanecer al sol mucho tiempo. Me ponga lo que me ponga, acabo quemada —explicó Regan.

Steve se rió.

—Hay muchas maneras diferentes de quemarse.

—Supongo —respondió Regan. Sus miradas se cruzaron durante un segundo, pero Steve apartó la suya enseguida. Qué divertido, pensó Regan; de repente, parecía tener más de treinta y cinco años, y anoche tenía un aspecto mucho más saludable. En ese mismo momento, tenía el aire de alguien que había asistido a demasiadas fiestas para solteros: malicioso y cansado.

—Kit me ha dicho que tu prometido es el jefe de la brigada de delitos graves de Nueva York.

—Sí, así es.

—Y ¿tú eres detective privada?

—Correcto.

Steve sonrió.

—No habrá quien se libre cuando los dos andéis cerca.

—Me muero de impaciencia, de verdad, por ver cómo les salen los hijos —dijo Kit con una sonrisa burlona—. Soy la madrina del primero, ¿verdad, Regan?

—Yo seré el padrino —se ofreció Steve.

Kit lo miró con una expresión de pura dicha.

«Oh, Kit, este tipo tiene demasiada labia —pensó Regan—. Parece el típico individuo que promete demasiado, demasiado pronto, y que no tiene la más mínima intención de cumplir nada de lo prometido. Ya le ha soltado a Kit el rollo de que le parecía increíble que ambos tuvieran tantas cosas en común. ¡Y Kit lo ama!» Pero Regan se previno en silencio en contra de convertirse en una de esas mujeres que se entrometen en una buena relación, y más tarde pierden la paciencia por los problemas que tienen sus amigas solteras con sus ligues.

—Veamos si somos lo bastante afortunados hasta para tener hijos —respondió Regan.

—Yo quiero tener una casa llena de niños —declaró Steve.

«Y yo quiero confiar en ti, Steve —pensó Regan—; no me lo pongas tan difícil. Estas clásicas bolas que le estás soltando a Kit son una pasada.» Regan las había oído todas, y, muy a su pesar, se las había creído con demasiada frecuencia. Debería rezar una plegaria en ese mismo instante: gracias, Dios mío, por haberle dado a Jack. Regan observó cómo Steve alargaba la mano y le daba una palmadita en la rodilla a Kit. Ésta sonrió y alargó la mano. Steve se la apretó un instante y se la llevó a los labios para darle un pequeño beso.

Le estaban entrando náuseas, pensó Regan. Ese Romeo se volvía más falso por momentos. El móvil de Regan sonó; salvada por la campana. Alargó la mano para cogerlo del interior de su bolsa y lo sacó. El llamador tenía un prefijo de Hawai.

—Hola.

—Regan, soy Janet. Tenemos un problema. Han robado los collares del museo, y el primo de Dorinda se dirige hacia aquí desde el aeropuerto. Debería llegar dentro de un cuarto de hora.

Regan se levantó.

—Gracias. Te vuelvo a llamar enseguida. —Cerró el móvil y se volvió hacia Kit y Steve—. Tengo que ocuparme de algunos asuntos.

—Esta noche cenamos en mi casa —anunció Steve—. Haremos algo de atún y pez dorado y un poco de pan italiano. Será fantástico. El mismo grupo de anoche.

Preferiría clavarse alfileres en los ojos, pensó Regan.

—Pinta de maravilla —dijo Regan con una sonrisa—. Kit, te veré luego en la habitación.

—Me voy a ir pronto para comprar algo de comida —anunció Steve—. Si no os importa ir en taxi hasta mi casa, luego, por supuesto, os traeré de vuelta.

—¿No necesitas ayuda? —preguntó Kit.

—No —respondió Steve con rapidez. Cuando vio la expresión de desaliento en la cara de Kit, añadió—: Pasad algún tiempo juntas, chicas. Mis colegas ya han vuelto a casa: ellos me ayudarán a preparar la cena.

—Tengo que volver a ponerme en contacto con esta persona —explicó Regan—. Kit, te veré a eso de las seis como muy tarde. —Regan se dio la vuelta y se dirigió al hotel. No se podía creer que hubieran robado los dos collares. Impaciente por enterarse de lo sucedido, entró como una exhalación en el despacho de Will.

Janet estaba sentada a su escritorio, las gafas colgadas de la nariz y el teléfono en la oreja. En un rincón del despacho había una televisión pequeña. La emisora estaba poniendo la conferencia de prensa de Jimmy una vez más.

—¿Te lo puedes creer? —preguntó Janet.

—No —respondió Regan mientras escuchaba a Jimmy amenazar al ladrón—. ¿Cómo puede haber ocurrido tan deprisa?

—Te diré una cosa —dijo Janet cuando Jimmy terminó—. Creo que tienen razón. Debe de pesar alguna maldición sobre esos collares. No cabe duda de que han convertido nuestro baile en un caos.

—¿Alguien se acercó sin más por detrás a Jimmy y robó los collares? —preguntó Regan.

—Tal cual.

—Y ¿la única pista es que el ladrón puede que llevara puesto o transportara algo amarillo?

—Eso es todo cuanto recuerda Jimmy.

—¿Está Will dentro?

—Está terminando de hablar con alguien.

En ese mismo instante la puerta del despacho de Will se abrió.

—Hola, Regan —dijo Will—. Te presento a Ned. Trabaja aquí, en el hotel, ayudando a la gente a ponerse en forma.

—No me vendría mal un poco de ejercicio —bromeó Regan mientras extendía la mano.

Ned le estrechó la mano con firmeza, con tanta, que Regan tuvo que reprimir el impulso de masajearse la estrujada palma. Era un tipo fuerte y atlético, observó Regan; supuso que no podía evitarlo. Aunque parecía un poco trastornado e inquieto.

—Encantado de conocerla. Luego hablamos, Will —dijo Ned, y se marchó.

—Es una gran ayuda —explicó Will mientras cerraba la puerta—. Lo he tenido ocupado con ese grupo del que hablamos antes. Se ha portado fantásticamente con ellos. Tiene mucha paciencia.

No le había parecido del tipo paciente, pensó Regan mientras tomaba asiento en la que, a esas alturas, consideraba su silla.

—Will, ¿qué les ha pasado a los collares?

—Janet te contó que los robaron.

—Acabo de ver la conferencia de prensa. No me lo puedo creer. ¿Qué pasa con esos collares? Es como si estuvieran adquiriendo vida propia.

—Y justo cuando mis padres van a venir a la ciudad. Con la suerte que tengo, alguien se los volverá a intentar vender a mi madre.

—¿Qué efecto tendrá esto sobre el baile?

—Es difícil de decir. El comité encargado de recaudar fondos está intentando pensar qué más pueden subastar que despierte el entusiasmo de la gente. La gente ya ha comprado sus entradas; tenemos que asegurarnos de que no intenten devolverlas.

—Con independencia de todo, estás consiguiendo mucha publicidad.

—Si sobrevivo al fin de semana, será un milagro.

El interfono del escritorio de Will sonó; Janet le informó que el primo de Dorinda había llegado.

—Me parece que esto va a ser interesante —comentó Will, arqueando una ceja mientras se levantaba de la mesa para ir a abrir la puerta.

Regan se giró y se quedó impresionada ante la visión del pariente más próximo de Dorinda. Tal vez debido a que vivía en Venice Beach, California, Regan esperaba encontrarse con un joven y atlético *skater*. Pero aquel tipo rondaba los setenta años y llevaba el pelo teñido de un castaño rojizo. Iba vestido con una estridente camisa estampada, unos pantalones color habano sujetados por un cinturón blanco de charol y zapatos a juego. Daba la impresión de que hubiera intentado teñirse las abundantes cejas y patillas del mismo color que el pelo, pero no había tenido mucho éxito. Era de estatura y complexión medias, y tenía un estómago prominente que a Regan se le antojó el timón de su cuerpo. Pero dio la impresión de ser un tipo afable cuando dejó su equipaje de mano en el suelo y los saludó.

—Cuánto me alegro de conocerlo —le dijo a Will con voz de trueno—. Soy el primo.

¿El primo?, pensó Regan. Esa sí que era buena. El primo de la difunta.

Will se presentó y presentó a Regan.

—Hola, Regan —dijo el hombre con su vozarrón—. Les aseguro que viajar en estos días es cada vez más y más duro. Las colas de los aeropuertos son terribles. Necesito sentarme.

—Por favor. —Will le indicó rápidamente la otra silla situada delante de su escritorio—. ¿Cómo se llama?

—Ah, claro. Bueno, me llamo Dawes. El padre de Dorinda y el mío eran primos. El de Dorinda se casó siendo ya mayor. Decían que nunca creyeron que el tío Gaggy se casaría, pero al final lo hizo. Ésa es la razón de que haya una ligera diferencia de edad entre Dorie y yo.

¿Tío Gaggy? ¿Dorie? Ella diría que había algo más que una ligera diferencia de edad. Su apellido era Dawes. ¿Y su nombre de pila?, se preguntó Regan.

El primo se sentó y cruzó las piernas, extendiendo la izquierda. La afilada punta de su zapato quedó a escasos centímetros del muslo de Regan.

—¿Le apetece tomar algo? —preguntó Will.

—Le aseguro que no me vendría mal un mai tai. Pero por el momento, me conformo con una taza de ese café que tiene allí. —Señaló la jarra situada en un mostrador lateral—. ¿Es de ese café hawaiano de primera calidad que le gustaba a Dorinda? Tenía gustos caros, se lo aseguro.

Will se levantó y sirvió una taza.

—A Dorinda le gustaba este Kona —farfulló.

—Gracias —dijo el primo, mientras removía el café y le añadía tres terrones de azúcar. Carraspeó—. Bueno, como iba diciendo, el tío Gaggy se casó mayor. Claro que la madre de Dorinda tampoco era una pollita. Tuvieron una hija, Dorinda. Sus padres murieron hace unos diez años. Yo también soy hijo único, pero no nos criamos juntos. Mis padres ya han fallecido, y soy el único pariente de Dorie, aunque ella nunca pareció muy interesada en que nos viéramos. Hablábamos de vez en cuando. —Hizo una pausa para dar un trago al café.

Dios mío, pensó Regan, no había conocido a Dorinda, pero por lo que veía no le habría encontrado muy de su agrado. Y era su único pariente. Estaba segura de que no le habría presentado a sus amigos, porque querría proteger su imagen más elegante. Regan estaba a punto de hacerle una pregunta, cuando el primo empezó a hablar de nuevo.

—Este café es bueno. Hawai produce buen café —proclamó, y se empezó a reír palmeándose la rodilla—. Todavía no les he dicho mi nombre. Me llamó Gus Dawes.

Regan sonrió.

—Está bien que por fin sepamos cómo se llama.

—Bueno, no es mi intención ser grosero, pero ¿quién es usted? —preguntó, mientras se limpiaba la boca con la servilleta de papel que le había dado Will.

Regan miró a Will y decidió dejar que contestara la pregunta; no sabía hasta dónde quería contarle Will al único pariente de Dorinda acerca de sus sospechas relacionadas con la muerte. No tuvo necesidad de preocuparse.

—Regan es una detective privada que se aloja en el hotel. La conocí el otro día y le pedí que investigara la muerte de Dorinda —declaró Will.

Gus descruzó la pierna, para gran alivio de Regan, y cruzó la otra. Al menos, no había nadie sentado en la dirección de su otro zapato, pensó Regan. Gus se inclinó hacia delante y se agarró la suela del zapato izquierdo.

—No me sorprende. Con su pluma vitriólica, ¡no me sorprendería que hubiera mucha gente que quisiera matarla! —Se rió entre dientes—. Ya era una malcriada de niña —rememoró—. Me acuerdo de una fiesta familiar. Tenía una pequeña cámara de fotos y no paró de ir de acá para allá haciendo fotos de los traseros de la gente. —Empezó a reírse, tuvo un acceso de tos y consiguió dominarse—. Le encantaba ridiculizar a la gente.

Era evidente que no estaba transido de dolor, decidió Regan. La expresión de Will, se percató ella, era de horror; probablemente, se estuviera preguntando cómo fue capaz de contratarla.

—Creo que es una buena idea investigar su muerte —continuó Gus—. Yo también he estado pensando acerca de ese collar que llevaba en el cuello. Siempre conseguía meterse en problemas.

—Ese collar ha vuelto a ser robado —le informó Will, y le proporcionó los detalles de lo que sabía.

Gus dio una palmada sobre la mesa de Will.

—¡Está de broma! Qué cosas pasan.

—¿Cuándo fue la última vez que vio a Dorinda? —preguntó Regan.

—Hace tres o cuatro años.

—Vive en California, ¿verdad?

—Sí. Me encanta el sol. Es maravilloso.

—¿Tiene alguna otra familia? —prosiguió Regan.

—Unos cuantos primos lejanos por parte de madre, pero son raros.

—¿Cuánto tiempo tiene previsto quedarse en Hawai? —terció Will.

—Había pensado que ya que he hecho el viaje y tengo donde alojarme, podría sacarle el mayor partido posible. Supongo que unos diez días. Quiero ir a ver la plantación Dole y visitar algún lugar de interés. A propósito, he oído que hace unos meses robaron miles de kilos de plátanos en una granja del norte. Confío en que los ladrones actuaran deprisa. ¿Qué puede hacer uno con todos esos plátanos al cabo de dos días? Empiezan a oler y atraen a las moscas. —Arrugó los ojos al reírse—. Lo que digo es que deberían comprobar si se está celebrando alguna feria agrícola en los alrededores. ¡Es el lugar más probable para todos esos plátanos!

Will sonrió por educación.

—¿Así que recogerá las cosas del piso de Dorinda cuando se marche?

—Ah, sí. Hablé con la mujer que vive en su piso de Nueva York; todavía lo ocupará durante unos cuantos meses. Entonces, viajaré a Nueva York y recogeré las cosas de allí. Menos mal que me gusta viajar. Es bueno salir. ¿Quién sabe? Puede que me quede aquí hasta que termine el contrato de alquiler de Dorie.

—Gus —empezó Regan—, me preguntaba si podría ir con usted al piso de Dorinda. Quiero ver si hay algo allí que pudiera ser útil para averiguar qué puede haber ocurrido…

—No faltaba más —dijo Gus—. Me dijeron que el encargado me daría un juego de llaves. ¿Quiere acompañarme ahora? Porque le aseguro que en cuanto me meta en la cama, me quedaré dormido. Y estaré fuera de juego doce horas. Pero mañana estaré listo para bailar el *rock and roll*. —Se volvió hacia Will—. Veo que van a tener un gran baile mañana por la noche. ¿Habría alguna posibilidad de conseguir una entrada? Me encantan las fiestas.

—Estoy seguro de que podremos arreglarlo —dijo Will.

—¡Fantástico! Vamos, Regan. Me muero por quitarme esta ropa.

Will miró a Regan y sonrió.

—Estoy lista —dijo Regan, guiñándole el ojo a Will. Espera a que Jack se enterara de todo esto, pensó.

Capítulo 39

Ned volvió a su habitación sin acabar de creerse del todo que las personas a las que había vendido el collar hacía treinta años pudieran ser los padres de Will. ¿Cómo era posible?, se preguntó. Pero ¿cuantas otras personas podrían llamarse Bingsley y Almetta? Hacía treinta años de aquello, y sin embargo, todavía recordaba haberse sorprendido por sus nombres. Y se acordaba de con qué intensidad Almetta se había quedado mirando sus pies. Quizá la mujer lo hubiera olvidado. No es que tuviera importancia; Ned no tenía ninguna intención de mostrarles sus pies, aunque Will quería que los llevara a nadar y a navegar al día siguiente.

Cuando entró en la habitación, agradeció que Artie no estuviera a la vista. Empezó a pasar rápidamente de un canal a otro de televisión. Un periodista estaba hablando del robo de los collares de conchas.

«A plena luz del día, un descarado delincuente se acercó y los cogió de la mesa plegable del exterior del Museo de las Conchas, no sin antes empujar brutalmente al dueño contra el suelo...»

—No fue para tanto —protestó Ned, dirigiéndose al televisor.

«... El propietario no consiguió ver a su asaltante, pero afirma estar seguro de haber visto fugazmente algo de color amarillo. No es gran cosa en lo que basarse, pero la policía está decidida a seguir el rastro y meter entre rejas al cobarde que perpetró este acto terrible.»

Ned se puso blanco. Su mochila amarilla. La dejó en el callejón. ¿Había algo en ella que pudiera identificarle? Salió corriendo de la habitación y, demasiado impaciente para esperar al ascensor, bajó las escaleras hasta la planta baja de dos en dos, y, una vez más, se metió en un taxi. No se podía dejar atrapar, pensó; no importaba cómo, pero no podía dejarse atrapar.

Capítulo 40

Will dispuso que un chófer del hotel llevara a Regan y a Gus al piso de Dorinda. La vivienda estaba situada a varias manzanas de la playa, en un edificio rosa de dos plantas con un pequeño aparcamiento en la parte delantera.

—No es lo que se dice elegante —declaró Gus cuando el coche se detuvo—, pero el precio está bien.

Ese tipo era genial, pensó Regan. Estaba a punto de entrar en el piso donde su difunta prima había estado viviendo los últimos dos meses, y en lo único que pensaba era en que pudiera alojarse gratis. El chófer se ofreció a ayudar con el equipaje, pero Gus tenía una maleta con ruedas y parecía encantado de acarrearla él mismo. Hizo sonar el timbre del encargado, y se identificó, una vez más, como el primo.

El encargado le entregó las llaves y cerró la puerta.

—Vivía en el segundo piso —proclamó Gus con alegría.

No había ascensor, así que levantó la maleta, y Regan lo siguió escaleras arriba. En el rellano del segundo piso, Gus se volvió y anunció:

—¡Hemos llegado!

Descorrió el pestillo del 2.º B y empujó la puerta para abrirla. Alargó la mano hacia el interruptor y encendió la luz. Un pequeño pero acogedor salón se abrió ante ellos; en línea recta, había una mesa de comedor apoyada contra un mirador. La mesa estaba llena de periódicos. Un escritorio apoyado contra la pared también aparecía rebosante de cosas. El equipo fotográfico estaba esparcido por doquier.

—Por el aspecto exterior, esperaba que fuera peor —afirmó Gus—, pero este lugar es bastante cuco.

—Lo es —admitió Regan, preguntándose si el sofá azul brillante era un auténtico Bernadette Castro. Una pequeña alfombra polícroma, dos mullidos sillones tapizados en beige y una mesa de café repleta de adornitos hawaianos llenaban la pieza. Diversos grabados de puestas de sol enmarcados cubrían las paredes. Regan echó un rápido vistazo al dormitorio, que era minúsculo; la cama estaba hecha, pero había algunas prendas de ropa tiradas sobre una silla. En el baño, los artículos de tocador llenaban los estantes. Había una cocina americana pegada a la zona del comedor. El lugar estaba limpio, aunque revuelto. Sin duda alguna, Dorinda había dejado su impronta.

Gus iba de aquí para allá.

—Tengo que reconocer que es un poco deprimente pensar que Dorinda está muerta. Ahora que veo sus cosas, lamento que no hubiéramos tenido algo más de contacto.

—Lo comprendo. Lo siento. —Regan se acercó al escritorio y estudió las fotos enmarcadas. Una era de un grupo, tomada a todas luces en una fiesta. Una sonriente Dorinda miraba embelesada a un tipo alto con esmoquin. Regan la cogió, la inspeccionó detenidamente y se quedó estupefacta al darse cuenta que el tipo al que Dorinda miraba de hito en hito ¡era Steve! No se lo podía creer, pensó. Parecía como si estuviera enamorada de él.

—Ninguna foto de la familia —comentó Gus, mirando en derredor—. Bueno, todos excepto yo están muertos, y Dorie no era muy sentimental.

—¿Le importa si registro un poco las cosas que hay en el escritorio? —preguntó Regan.

—Me da igual. Llevaré la maleta a la habitación y empezaré a instalarme. Voy a tener que acostarme pronto.

—No estaré mucho rato.

—Tómese el tiempo que necesite —le ordenó prácticamente Gus con su voz retumbante. Sacó su pañuelo y se sonó la nariz con ganas—. Me congestiono tanto en los aviones —comentó. Agitó el pañuelo en el aire y se lo volvió a meter en el bolsillo.

Debió de haber sacado de quicio a Dorinda, reflexionó Regan. Se giró, volvió a coger la foto y observó a Steve y Dorinda. Era evidente que él la conocía, pero no había hablado mucho de ella. Regan se sentó y revisó los papeles que cubrían todo el escritorio. Había varias hojas garrapateadas; notas de recados y encargos de fotos. Abrió el cajón superior, donde esperaba encontrar un revoltijo de bolígrafos y clipes; en su lugar, había una solitaria carpeta rotulada con las palabras: BASURA EN PERSPECTIVA. A Regan le dio un vuelco el corazón. Abrió la carpeta. Lo primero que vio fue la última voluntad y testamento de alguien llamado Sal Hawkins.

¿Quién sería ése?, se preguntó Regan mientras empezaba a leer.

«Yo, Sal Hawkins, en pleno uso de mis facultades físicas y mentales, por la presente dejo todas mis posesiones en este mundo, incluido el dinero en efectivo y el producto de la venta de mi casa, al Viva la Lluvia para que lo destinen a viajar a Hawai en el futuro.»

Ése era el grupo del hotel, se percató Regan a medida que siguió leyendo. Sal Hawkins nombraba administradoras del dinero a dos hermanas, con la orden de que llevaran a otras cinco personas a Hawai cada tres meses. Había dejado un patrimonio valorado en diez millones de dólares. Eso debería de cubrir un montón de viajes a Hawai, imaginó Regan. Miró la fecha del testamento, que era sólo de hacía cuatro años. Si murió poco después, debería de haber dinero para viajes durante años. Pero Will había comentado lo roñosas que eran las organizadoras de los viajes.

Regan cogió un trozo de papel en blanco y tomó algunas notas. Revisó el resto del contenido de la carpeta, y a punto estuvo de perderse otra foto de Steve, esta vez solo. Regan dio la vuelta a la fotografía. El pie rezaba: «¿Jubilado de qué?» Vaya, vaya, pensó Regan. ¿De qué iba todo eso? Steve aparecía de pie en un bar, sonriendo a la cámara. Regan no estaba segura de si era uno de los bares del Waikiki Waters o no. La Claude Mott Enterprises también estaba en la carpeta. Era un artículo largo, en el que se decía que Claude Mott intentaba lanzar una línea de ropa deportiva. Grapada a la parte posterior del artículo había una foto de Jazzy.

Bueno, pensó Regan, al parecer Dorinda había marcado al grupo. Pero ¿por qué? Y Steve, ¿rechazó sus insinuaciones? Regan podía comprender a la perfección la razón de que Dorinda y Jazzy no se hubieran llevado bien; eran demasiado parecidas. Y ¿qué pasaba con ese grupo de vacaciones?

—¿Qué tal le va, Regan? ¿Ha encontrado algo interesante sobre mi prima? —Gus volvió a entrar en la habitación. Se estaba secando la cara con una toalla de manos—. Sienta tan bien refrescarse. Estoy impaciente por que sea mañana para ir a darme un baño. Vaya, eso sí que me sentará bien de verdad.

—Aquí hay algunas cosas, Gus. ¿Le importa si me llevo esta carpeta?

—Adelante. Parece que va a exigir algún trabajo revisar las cosas de Dorinda. Lo más seguro es que dé la mayor parte a cualquier organización benéfica local.

—Sé que quiere descansar, así que me quitaré de en medio. Si no le importa, podría hacerle una visita mañana.

—Sería un placer. Y la veré en el baile mañana por la noche, ¿verdad?

—Supongo que sí.

—Maravilloso. ¿Le llamo un taxi?

—Saldré y empezaré a caminar; no me vendrá mal el ejercicio. Estoy segura de que encontraré alguno en la calle.

—Tenga cuidado ahí fuera, Regan. Esta no parece la mejor zona de la ciudad.

—Estaré bien.

Dos minutos después, Regan estaba en la calle. Se dirigió hacia la playa, y decidió seguir el camino hasta el Waikiki Waters que, según le habían dicho, Dorinda había hecho tantas veces. El trayecto que, según se suponía, había tomado hacía dos noches; la noche que no llegó a casa.

Mientras caminaba, se preguntó en que punto se habría desviado Dorinda del camino. Cuando se acercó al rompeolas, se quedó mirando fijamente hacia las rocas. Una pareja, cogida de la mano, surgió de la base del malecón desde el extremo más alejado, junto al agua; empezaron a volver lentamente hacia la playa.

«Bueno, Dorinda —pensó Regan—, ¿fue aquí donde te encontraste con tu destino?»

Se encogió de hombros. Se temía que eso fuera algo que nunca podrían llegar a saber.

Capítulo 41

—Acabo de salir de una relación —le confesó Francie a Artie, mientras deambulaban por la playa—. Él siempre me tenía de plato de segunda mesa. Y no me considero plato de segunda mesa, ¿sabes?

—Por supuesto —respondió Artie distraídamente. Estaba pensando en la manera en que Ned había salido corriendo de la habitación ese día. Había dado la sensación de que algo hubiera ocupado de repente sus pensamientos, siendo evidente que los había acaparado por completo.

—La verdad es que me gustaría conocer a algún tipo —admitió Francie—. Estoy harta de dar con hombres que sólo quieren divertirse, y si te he visto, no me acuerdo. ¿Te puedes creer que la otra noche ese tal Bob intentó tirarme los tejos? ¿Se puede aguantar? Su esposa se había ido a la cama, y él estaba escribiendo el capítulo del libro ése sobre cómo mantener la excitación en una relación. Si lo pilla su esposa, sí que hubiera habido excitación. Le habría tirado un jarrón a la cabeza.

—¿Se te insinuó de verdad? —preguntó Artie.

—Diría que sí. Me empezó a decir que su esposa era realmente aburrida y que ella deseaba que él pudiera divertirse un poco en Hawai.

—Y ¿qué le dijiste?

—Dorinda Dawes apareció por detrás de nosotros y nos hizo una foto por sorpresa. Bob se puso nervioso. Fin de la conversación.

—Y ahora está muerta.

Francie se paró en seco y cogió a Artie del brazo.

—¿Crees que hay relación?

Artie hizo un encogimiento de hombros.

—Nunca se sabe.

—El grupo Vacaciones para Todos nunca volvería a ser el mismo.

—Y ¿a quién le importa? —respondió Artie, mientras cogía una piedra y la lanzaba al agua—. Gert y Eve no son más que unas grandísimas agarradas. Esto no tiene ninguna gracia. ¿Te puedes creer que tenga que compartir habitación con Ned?

—Parece amable —dijo Francie con timidez no exenta de coquetería.

—Te gusta, ¿verdad?

—Bueno, al menos tiene la edad adecuada. Pero eso no importa. De todas formas, nos vamos dentro de dos días.

Joy se acercaba hasta ellos viniendo en sentido opuesto. Estaba corriendo.

—Ahí viene ésa —gruñó Artie—. La pequeña caza socorristas.

—Es sólo una cría —dijo Francie—. Ojalá tuviera su edad de nuevo. A veces.

Entre jadeos y resoplidos, Joy corrió hasta donde se encontraban. Finalmente, se paró a un metro de ellos y se esforzó en recuperar el resuello.

—Gert y Ev me han llamado al móvil —dijo Joy—. Me han dicho que no conseguirán estar de vuelta ni para los cócteles ni la cena.

—¿Ah, no? ¿Cuántos hoteles están inspeccionando? —preguntó Francie.

—Lo ignoro. Nunca me dejan que les haga preguntas. —Joy se secó la frente con la mano—. Me dijeron que los cinco debíamos ir a cenar juntos a cualquiera de los restaurantes del hotel y cargarlo a su habitación.

—Pidamos todos caviar y champán —sugirió Artie— y sigamos con unos buenos chuletones y langosta.

—¿Se lo has dicho a Bob y a Betsy? —preguntó Francie.

—Les llamé a la habitación, pero no contestó nadie. Les dejé un mensaje.

—Se hace tan raro no tener a Gert y a Ev aquí, respirándonos en el cogote y vigilando todo lo que pedimos —comentó Artie—. A esas dos les pasa algo.

—Saquémosle el máximo partido —gritó Francie con regocijo—. Comamos, bebamos y gastemos dinero.

—¿Cuándo volverán nuestras intrépidas jefas? —preguntó Artie.

—Bien entrada la noche. Tienen previsto estar mañana en el paseo matinal por la playa.

—¿Sabéis?, parece que todo el mundo va a ir al baile, excepto nosotros —señaló Francie—. Creo que deberíamos encargar entradas para el grupo y cargárselas también a su habitación.

—Están agotadas —declaró Joy—. De todas maneras, yo no quiero ir.

—Bueno, yo sí —dijo Francie—. Va a haber bailarinas de hula-hula, dos orquestas, cena y baile. No quiero aguantar otra aburrida cena de grupo. Me siento como Cenicienta. —Se volvió hacia Artie—. ¿Qué te parece?

—Si no tengo que pagar, iré.

—Bueno, no tienes que pagar —dijo Francie con convicción—. Estoy segura de que Sal Hawkins habría querido que nos divirtiéramos un poco. Vamos al despacho del director y veamos si podemos encargar las entradas. Joy, ¿estás segura de que no quieres que te encarguemos una?

—Positivo.

—Y ¿qué pasa con nuestra excitante pareja? —preguntó Artie.

—Que se las arreglen por sí mismos. Sacaremos entradas para ti y para mí.

—Estoy impaciente por ver la expresión de las caras de Gert y Ev cuando se enteren que les habéis cargado esas entradas tan caras a su habitación —dijo Joy con malicia.

—Me trae sin cuidado —afirmó Francie—. Artie, vamos. Joy, ¿qué tal si nos encontramos en la piscina a las siete para tomar unos cócteles y luego nos vamos a cenar?

—Fabuloso.

—¿Dónde pueden estar Gert y Ev? —preguntó Artie, mientras él y Francie se dirigían hacia la zona de recepción.

Francie soltó una risotada.

—Puede que tuvieran suerte.

Capítulo *42*

—¿Por qué nos tuvisteis que seguir? —le preguntó Ev a Jason y Carla—. ¿Por qué? Deberíais de haber sabido que ésa era una idea muy mala.

Jason y Carla estaban atados en el sótano de la recién construida, y casi terminada, casa de Gert y Ev en Big Island. El olor a serrín todavía impregnaba el aire. El edificio se levantaba en lo alto de las colinas, a trescientos sesenta metros sobre el nivel del mar, enclavada en una parte boscosa y rural de la isla. Gert y Ev tenían previsto trasladarse definitivamente a principios de verano. Contaban con tener muchísima intimidad en su finca de dos hectáreas y media; al vecino de al lado sólo se podía llegar cogiendo un sendero abandonado a través de los bosques. Pero Gert y Ev podían pararse en su terraza y ver el Océano Pacífico en la distancia. Tenían una gran piscina y una pequeña pileta de agua caliente con hidromasaje para las frías mañanas de las montañas. Era la casa de sus sueños, comprada con el dinero de Sal Hawkins que deberían haber invertido en los empapados habitantes de Hudville.

—No os podíais meter en vuestros asuntos, ¿verdad? —preguntó Gert—. Nos seguisteis desde el restaurante y pensasteis que estabais siendo sagaces. ¿O llegasteis aquí por casualidad? Nuestro largo y sinuoso camino no es precisamente una carretera transitada.

—Fueron unas groseras con nosotros en el aeropuerto —les espetó Carla.

—Y ¿desde cuando es un delito ser grosero? —le retrucó Ev—. Gert, ¿sabías que ser grosero fuera un delito?

—No, hermana. Por supuesto que no.

—Entonces, ¿qué delito han cometido? —les preguntó Carla con más bravuconería de la que sentía—. Sólo porque nos hayamos metido en su camino, no tienen por qué retenernos contra nuestra voluntad. Podían haberse limitado a decirnos que nos perdiéramos.

—Os estabais metiendo en nuestros asuntos —declaró Ev—. Y ahora, habéis hecho que perdiéramos el vuelo de regresos a Oahu. Y eso no nos hace muy felices.

—Aborrezco perderme la cena —dijo Gert, soplando en el cañón de la pistola que tenía en las manos. La visión del arma fue la única razón de que Jason hiciera lo que se le decía.

—Déjennos marchar —imploró Jason—. Olvidaremos incluso habernos cruzado con ustedes alguna vez.

Ev meneó la cabeza.

—No me lo creo. Sabemos que iréis y le contaréis a todo el mundo lo de nuestro escondite. ¿No es cierto, Gert?

—Con toda seguridad, hermana.

—Entonces, ¿qué van a hacer con nosotros? —preguntó Carla, ahogándose prácticamente con sus palabras.

—Eso es algo que tenemos que decidir. Pero no os auguro un resultado muy agradable. Gert y yo estamos pendientes de muchas cosas, y no queremos que nadie arruine nuestros planes.

—Y nosotros tampoco —gritó Carla—. Nos acabamos de prometer. ¡Quiero casarme!

—Gert os puede casar. Es pastora cibernética.

—¡Antes preferiría morir! —le escupió Carla.

—Quizá lo hagas, querida —respondió Ev—. Vamos, hermana. Tenemos que ver si podemos coger algún vuelo de vuelta a Oahu que salga tarde. Tenemos que estar allí a primera hora de la mañana, o de lo contrario nuestro grupo empezará a hacerse preguntas.

—¿Nos van a dejar aquí? —preguntó Jason. Tenía las manos atadas a la espalda, y le dolían. Ev las había atado con tanta fuerza, que a Jason se le estaba cortando la circulación.

—Volveremos para ocuparnos de vosotros mañana por la noche, cuando esté oscuro y no haya nadie por los alrededores. Pero primero tenemos que asegurarnos de que no intentaréis hacer mucho ruido. —Ev sacó unos trozos de sábana rotos de una bolsa que había en el suelo—. Ten, hermana. —Hizo un gesto con la cabeza hacia Gert.

Entre las dos amordazaron a Carla y a Jason sin pérdida de tiempo.

Gert apuntó a la pareja con la pistola.

—No hagáis ninguna tontería. De lo contrario, lo lamentaréis. —Se dio la vuelta, siguió a su gemela escaleras arriba y apagó la luz.

Capítulo 43

Glenn el botones se tomó un breve descanso poco después de que Ned le hubiera entregado la bolsa de compras. Entró en un diminuto servicio para empleados situado junto al cuarto de equipajes donde se almacenaban todas las maletas, paquetes, tablas de surf y palos de golf que esperaban a ser entregados en las habitaciones de sus dueños. Era viernes por la tarde, se estaban registrando grandes grupos de personas y aquello era una casa de locos. Glenn estaba seguro de que podría escabullirse durante un par de minutos sin que se advirtiera su ausencia, puesto que había otros botones de servicio.

El baño alcanzaba una puntuación elevada en la categoría de lo nauseabundo. De hecho, las letrinas de las gasolineras resultaban más tentadoras.

Pero a Glenn no le importaba; lo había escogido precisamente por eso. Sabía que tendría más intimidad. Las chicas no pondrían un pie a menos de tres metros de aquel lugar, e incluso los tíos preferían utilizar los decentes cuartos de baño situados en el pasillo que partía de la recepción, tan opuestos a aquel pequeño cajón que, sin que se supiera bien por qué, había escapado al proceso de rehabilitación. También parecía haber escapado a la atención de cualquier limpiadora durante los últimos veinte años.

La conversación de Glenn con Ned había despertado la curiosidad del botones. Ned le había parecido nervioso. ¿Qué había exactamente en la caja? ¿De qué clase de juguetes había estado hablando

Ned? El envoltorio parecía estar hecho un poco a la remanguillé. Glenn estaba seguro de que podía echar un vistazo al contenido de la caja, volver a cerrarla y dejarla para que la recogiera la amiga de Ned.

Echó el pestillo a la puerta y bajó la tapa del retrete dándole un golpe; la tapa cayó con estrépito. Glenn se sentó y sacó la caja de la bolsa. Las bailarinas de hula-hula del envoltorio le sonrieron, como si supieran lo que estaba tramando. Glenn sacudió la caja. Se oyó un repiqueteo.

Uno de los trozos de cinta adhesiva se había despegado, y el papel que había cubierto uno de los laterales de la caja se abrió por completo. Glenn soltó una carcajada.

—Esto es demasiado fácil.

Glenn tenía cierta experiencia en rebuscar en los bolsos y paquetes de la gente, así como en entrar y salir a hurtadillas de las habitaciones del hotel. Era capaz de aparecer y desaparecer sin que los demás se dieran mucha cuenta y, si lo hacían, podía decir que estaba haciendo algo por encargo de Will. A éste lo tenía realmente engañado, circunstancia de la que se aprovechaba al máximo. Will pensaba que era su mentor. ¡Ja!, yo podría ser su mentor en unas cuantas cosas, pensó Glenn.

Apoyó la caja en sus rodillas. Con sumo cuidado, despegó el otro trozo de cinta adhesiva del envoltorio, esmerándose en no estropear la imagen de la bailarina de hula-hula. Sacó la caja y dejó caer el papel en la bolsa; quitó la tapa de la caja y la colocó también en la bolsa. Entonces, concentró toda su atención en el contenido de la caja. ¡No daba crédito a sus ojos! Dentro no había ningún juguete. Despacio, Glenn levantó en el aire los dos exquisitos collares de conchas.

—Oh, Dios mío —susurró—. Éstos son los collares reales robados. ¡Es increíble lo mentiroso que es Ned! —Se desenganchó el móvil del cinturón e hizo una llamada—. ¡No te vas a creer lo que tengo en las manos! —Contó su historia rápidamente. Luego, escuchó—. ¡Sí! ¡Es una idea fantástica! ¡Mejor que todo lo que hemos hecho hasta ahora! No te preocupes. Me ocuparé de ello.

Glenn apagó el móvil, se lo volvió a sujetar en el cinturón, envolvió la ya vacía caja, y colocó los collares en el fondo de la bolsa.

Tras volver al cuarto de almacenamiento, buscó otra bolsa con asas e introdujo los collares en su interior. Salió pitando hacia el garaje y colocó ambas bolsas en el maletero de su Honda. A continuación, se dirigió a toda prisa a una de las tiendas del hotel donde sabía que vendían periódicos, revistas y collares de conchas baratos. Compró dos collares, volvió al coche, puso los recién comprados dentro de la caja y volvió a fijar el papel con la cinta adhesiva. Los collares valiosos los dejó en su maletero. Luego volvió a la recepción y deslizó la bolsa que Ned le había entregado debajo del mostrador, y le dijo al jefe que una amiga de Ned, uno de los entrenadores del hotel, pasaría a recogerla.

Glenn no veía el momento de que llegara el descanso para la cena; no faltaría mucho. Luego, tendría la oportunidad de divertirse un poco con los collares reales. Dejaría que Will intentara explicar esto, pensó alegremente. Era tan sólo un día más en el Complejo vacacional y lúdico Waikiki Waters.

Capítulo 44

Regan decidió detenerse en la playa durante unos minutos antes de volver a la habitación. Se sentó en la arena, sacó el móvil y llamó a Jack. No tardó en ponerle al corriente de lo que había encontrado en el piso de Dorinda, además del hecho de que los collares habían sido robados de nuevo.

—¿Robados de nuevo? ¿Qué está pasando ahí, Regan?

—Eso es lo que intento averiguar. Y tengo que decirte que este tipo con el que ha ligado Kit me parecía sospechoso, pero después de ver su foto en la carpeta de «Basura en perspectiva» de Dorinda me resulta francamente inquietante. En el dorso de la foto Dorinda había escrito: «¿Jubilado de QUÉ?»

—Repíteme su nombre.

—Steve Yardley.

—Lo investigaré. Tal vez deberías intentar conseguir sus huellas de algún objeto.

—Kit las tiene por todo su cuerpo.

—Así que el tipo le está tirando los tejos de verdad, ¿no?

—Me temo que sí. Y Kit se lo está tragando. A lo mejor es una buena persona, pero ahora no me inspira confianza. Esta noche estamos invitadas a cenar en su casa. ¿No crees que intentar conseguir sus huellas es un poco exagerado?

—En absoluto. Mira a ver si puedes pillar algo pequeño con sus huellas. Le pediré a Mike Darnell que las analice; entonces podré averiguar si tiene antecedentes penales. Investigarlo no es nada del otro mundo.

—Me siento un poco culpable —admitió Regan—. A Kit le gusta realmente este tipo. Puede que sea un buen sujeto, pero la intuición me dice que no lo es. Tal vez esté paranoica, pero al verlo en la carpeta de Dorinda…

—Acuérdate de lo que ocurrió con el último pretendiente de Kit —le recordó Jack—. No era un delincuente, pero sí un mentiroso. Entonces no hiciste caso de tu intuición porque Kit es tu amiga, y salió malparada. Está claro que no le vas a contar tus sospechas; si ese tipo está limpio, mejor que mejor. Nosotros nos tranquilizaremos, y Kit nunca lo sabrá.

—De acuerdo. Si Steve no estuviera en la carpeta de la basura de Dorinda, lo dejaría pasar, pero está junto a unos cuantos personajes sospechosos de por aquí. Puede que luego llame a Mike y le pregunte si tienen alguna pista acerca de los collares. Ése no es asunto mío, pero Will, el director del hotel, está preocupado porque no tienen nada interesante para subastar en el baile de la Princesa. No tienen ningún gancho para el espectáculo, por decirlo de alguna manera.

—Me alegraré cuando vuelvas —dijo Jack—. Y cuando estemos en nuestra luna de miel, no te voy a dejar que te metas en ningún caso.

—¡Como si los fuera a aceptar! —Regan soltó una carcajada—. Si consigo ayudar a Will aunque sea un poquito, me daré por satisfecha. Si el baile acaba siendo un éxito, será beneficioso para él. Y si puedo encontrar alguna pista acerca de cómo acabó Dorinda en el agua la otra noche, entonces miel sobre hojuelas. Pero no veo la forma de conseguirlo y de averiguar la causa de los problemas del hotel en sólo un par de días.

Jack, siempre tan sereno, la tranquilizó.

—Regan, sé que, pase lo que pase, acabarás ayudando a Will. Estoy seguro de que ya se siente mejor sólo con tenerte por ahí. Sé que a mí me pasa siempre.

—Y yo me siento mucho mejor cuando estás cerca. —Regan sonrió—. Oh, Jack, no sabes hasta qué punto te encantaría el primo de Dorinda. Es alucinante. No me puedo creer que sea el único pariente vivo que tenía. Aunque la fama de ésta fuera mala en muchos aspectos, estoy segura de una cosa: que nunca tuvo que preocuparse por avergonzar a su familia.

—¿Lo vas a volver a ver?

—Consiguió agenciarse una entrada gratis para el baile de mañana por la noche.

—Bueno, no seas excesivamente princesa en ese baile. No quiero que algún tipo te rapte en plena noche.

—Si de algo estoy segura en este mundo, es de que eso no ocurrirá. —Cuando cortó la comunicación, Regan miró su reloj. Las cinco y cuarto. La playa estaba tranquila, apacible, casi vacía. Creo que me pasaré a hacerle una breve visita a Will, decidió. Y luego, a cenar con Kit a casa de Steve.

No sabía por qué, pero no tenía apetito.

Capítulo 45

A las cinco y cuarto Glenn paró para cenar. Cuando abandonaba la zona del vestíbulo, vio a Will hablando con el conserje; parecían absortos en una discusión. Tengo que hacer esto deprisa, pensó Glenn. Se dirigió rápidamente a su coche, sacó la bolsa con los collares del maletero y lo cerró con brusquedad.

Subió la rampa del garaje a toda prisa y salió al camino circular por el que los coches llegaban a la recepción y se iban. El destino de Glenn era el despacho de Will. Había planeado acceder a él a través de las puertas correderas de cristal que daban a un pequeño jardín de exuberante vegetación tropical. Era una zona aislada, a la que sólo se podía acceder desde el camino principal por el que paseaban los clientes del hotel yendo de compras o camino de los diferentes edificios de habitaciones. El sólido muro de ladrillo de la tienda de ropa de señoras estaba justo al otro lado del pequeño jardín. Si tan sólo pudiera colarse en esa zona sin ser visto, pensó, entonces podría entrar y salir deprisa.

Una vez en el camino principal, Glenn se coló en la estrecha zona cubierta de hierba que conducía al pequeño jardín privado de Will; estaba seguro de que nadie lo había visto. Permaneció pegado al edificio, y cuando llegó a la puerta, se escondió detrás de un arbusto y echó un rápido vistazo al interior del despacho de Will. Allí dentro no había nadie. La mosquitera de la puerta corredera de cristal estaba cerrada. Glenn avanzó lentamente y tiró de ella con rapidez; la puerta mosquitera se deslizó sin dificultad. Sacó los collares de la bolsa y los colocó en el suelo de manera que no pudieran pasar desapercibidos. Acto seguido, se dirigió a la puerta y se alejó a toda prisa. Una vez fuera, llamó a su contacto y le dijo que llamara a la policía.

Al cabo de unos minutos, la policía recibió un chivatazo anónimo, según el cual los collares robados en el Museo de las Conchas estaban en el despacho de Will Brown, en el Complejo vacacional y lúdico Waikiki Waters.

Capítulo 46

—Ah, estás aquí, Will —dijo Regan al acercarse al mostrador del conserje.

—Hola, Regan. Éste es Otis, nuestro conserje. Me estaba diciendo que la gente sigue pidiendo entradas para el baile.

—Ésa es una buena noticia. Encantada de conocerle, Otis.

Otis tenía un bigote fino y parecía un hombre muy eficiente. Su expresión indicaba que estaba demasiado complacido consigo mismo.

—Lo mismo digo —le dijo a Regan, casi con desdén—. Señor Brown, estoy haciendo todo lo que puedo para complacer a todo el mundo, pero un par de personas del grupo de Hudville insisten en que les consiga entradas para el baile. Les dije que tenían que haber hecho las reservas hace días, y que los pondría en la lista de espera y lo consultaría con usted.

—¿Quieren comprar entradas? —preguntó Will—. Estoy sorprendido. No suelen querer gastar dinero. ¿Son las gemelas las que han pedido las entradas?

—No, señor. Las solicitaron una mujer y un hombre del grupo —dijo Otis remilgadamente.

«Relájate, Otis —pensó Regan—; ésta es la tierra del *aloha*. Y puede que éste sea el Baile de la Princesa, pero no estamos hablando del palacio de Buckingham.»

—Y ¿pensaban pagar las entradas ellos?

—No, señor. Dijeron que si podíamos conseguirles las entradas, que las cargáramos a la habitación de las hermanas.

Will soltó un silbido.

—Esto sí que es una novedad. ¿Cuántas entradas quieren?

—Dos. Tal vez, cuatro.

—Si por fin van a empezar a gastar dinero, tendremos que encontrarles algunas sillas. Dígales que pueden tener sus entradas.

—Muy bien.

—Confío en que no tengamos demasiadas cancelaciones para mañana por la noche, ahora que los collares están fuera del programa —dijo Will.

—Señor, más que disminuir, parece que el interés por el baile ha aumentado.

—Me encanta oír eso.

—Will, ¿podría hablar contigo en tu despacho? —preguntó Regan.

—Claro. Vamos.

Regan lo siguió a través de la recepción, que estaba tan animada como de costumbre. Pasaron por detrás del mostrador donde la gente se estaba registrando y entraron en el sanctasantórum.

Janet estaba en su mesa. Le entregó un trozo de papel a Will.

—Ha llamado el presidente del comité de subasta. Acaba de enterarse del robo de los collares, y quería saber si tienes alguna sugerencia sobre lo que pueden subastar en lugar de los collares.

—¿Qué tal mi cabeza en una bandeja de plata? —masculló Will. Cogió el papel con el número de teléfono y entró en su despacho. Se paró en seco tan deprisa, que Regan estuvo a punto de chocar con él.

—¡Oh, Dios mío! —exclamó Will.

—¿Qué pasa? —preguntó Regan, que se echó a un lado rápidamente y miró al suelo. Los dos hermosos collares de conchas que había visto esa misma mañana en el Museo de las Conchas estaban en el suelo. La puerta corredera de cristal estaba abierta.

Will se acercó y los cogió.

—Los collares reales —dijo Regan con voz de incredulidad.

El color empezó a desaparecer de la cara de Will. Miró a Regan con perplejidad.

—¿Qué voy a hacer?

—Llamaremos a la policía.

Janet estaba parada en la entrada.

—No es necesario. Ya está aquí.

Capítulo 47

El taxi dejó a Ned delante del antiguo cine de Kalakaua Avenue, la calle principal de Waikiki. A esas alturas, estaba sudando. Es sólo una mochila, se repetía una y otra vez. Aunque hubiera algo suyo dentro que le identificara, eso no demostraba que hubiera robado los collares. Los polis ni siquiera sabían que fuera una mochila amarilla; podía haber sido un tipo con una camisa amarilla.

Cruzó la calle, moviéndose entre el tráfico con rapidez, y se dirigió directamente al callejón donde había hecho su paquete de regalo. Era un espacio estrecho y oscuro, pero pudo darse cuenta enseguida que la mochila había desaparecido. Ned recorrió el callejón buscándola: nada. Buscó en el contenedor de la basura. No estaba allí. ¿Qué podía haber pasado con ella?, pensó fuera de sí. Intentó recordar si había algo en su interior que pudiera identificarlo. ¿Había algún resguardo bancario? ¿Algún recibo del cajero automático? No estaba seguro.

Salió del callejón y divisó a un vagabundo de expresión abatida que estaba sentado en la acera, con el trasero bien aposentado sobre la mochila amarilla de Ned. Él no tuvo ninguna duda de que se trataba de su mochila; podía ver la mancha de aceite en el lateral.

—Perdona, amigo —dijo Ned—, pero creo que estás sentado encima de mi bolsa.

El vagabundo lo ignoró.

—Vamos, tío —le suplicó Ned mientras se inclinaba y empezaba a tirar de una de las correas. No resultó ser una gran idea.

El antes silencioso vagabundo se volvió loco.

—¡Es mía! —grito—. ¡Déjame en paaz! ¡Socorro! ¡Policía! ¡Sooococrro!

Sus ruidosas protestas tuvieron el efecto pretendido. Los transeúntes empezaron a detenerse y a murmurar de la manera en que lo hace la gente ante el desarrollo de un suceso dramático. En un suspiro, Ned se dio cuenta de que era bastante mejor que saliera de allí como alma que lleva el diablo, y arriesgarse a que, resguardo bancario o no, daba igual lo que se encontrara dentro de la mochila. Salió disparado manzana adelante, cruzó la calle, e hizo todo lo posible para desaparecer entre la multitud del viernes por la noche.

Ésta era la segunda vez de ese día que salía corriendo perseguido por los alaridos de alguien, se percató Ned. Pero en esta ocasión se había salvado por los pelos; la gente lo había visto. Lo único que le faltaba era ser pillado en un tira y afloja por una mugrienta mochila amarilla con un tipo que vivía en la calle. Entonces sí que tendrían motivo para encerrarle.

El corazón le latía tan deprisa, que decidió volver caminando al hotel para tranquilizarse. No estaba demasiado lejos. ¿En qué lío se había metido?, se preguntó. Tenía que recoger el paquete en la recepción, decidió; no valía la pena dejarlo allí. Se arriesgaría a que Artie no fuera tan entrometido como lo fue él de niño, que hurgaba en los armarios de su madre y miraba el contenido de los regalos envueltos de Navidad.

Cuando llegó al hotel, había más agitación. Un coche de policía, con las luces relampagueantes, estaba aparcado en el camino. Al primero que vio Ned fue al ubicuo Glenn.

—¿Qué sucede? —preguntó Ned.

—Se han encontrado los collares robados en el despacho de Will. Un informador anónimo avisó a la policía.

Ned reprimió un escalofrío.

—¿Los collares robados?

—Así es.

—Will debe de estar contento —dijo Ned con prudencia.

—No estoy seguro. No me parece que sea demasiado bueno para el hotel que una propiedad robada sea encontrada en el despacho del director.

—Bah, no me tomes el pelo, Glenn. Es evidente que Will no ha tenido nada que ver con eso.

—Yo no he dicho que lo tuviera.

Los pensamientos de Ned eran un torbellino, pero estaba haciendo todo lo posible para no dejar traslucir su desasosiego. Bueno, era evidente que tenía que recuperar la caja con el envoltorio de las bailarinas de hula-hula.

—¿Sabes si mi amiga vino a recoger el paquete que te dejé para ella?

—Si lo hizo, no la he visto —contestó Glenn con alegría y eficiencia—. Pero deja que lo compruebe. —Se alejó, mientras Ned permanecía en la recepción intentando asimilar lo que estaba ocurriendo. Al cabo de dos segundos justos, Glenn estaba de vuelta.

—No. La señorita Legatte no lo recogió, después de todo. El paquete sigue detrás del mostrador, sano y salvo.

—Estupendo. ¿Sabes? bien pensado creo que se lo llevaré a su casa esta noche. ¿Podría coger la bolsa, por favor?

—¡Claro! Parece que es una buena amiga. Le haces la compra y se la llevas a la puerta de casa. —Glenn se escabulló detrás del mostrador, recogió la bolsa y regresó como si tal cosa, y le entregó parsimoniosamente el paquete a Ned—. No es necesario que me des propina —bromeó con una gran sonrisa—. Los dos somos unos currantes de este gran complejo.

—Bien, gracias. —Ned cogió la bolsa y empezó a dirigirse a su habitación. Cuando dobló la esquina y desapareció de la vista de Glenn, levantó la bolsa y la sacudió. Le encantó oír el cascabeleo, como si los collares siguieran allí. ¿Estaría Glenn intentando enredarle? Si era así, lo lamentaría. Estaba impaciente por abrir esa caja. Rezó en silencio para que Artie no estuviera en la habitación. Pero apenas hubo metido la llave en la cerradura para abrir la puerta, Artie lo llamó.

—Eh, Ned.

Ned se estremeció.

—Hola, ¿qué tal? —dijo, mientras entraba en la habitación.

Artie se levantó de un salto de la cama, donde estaba repantigado.

—Es hora de que nos reunamos con los demás para tomar una copa. ¿Vas a venir con nosotros?

—Tal vez dentro de unos minutos —contestó Ned. Se sentó en su cama.

—¿Qué llevas en esa bolsa? —preguntó Artie, posando la mirada en la bolsa.

—Un regalo para mi madre —respondió Ned con rapidez.

—Vaya envoltorio erótico para una madre.

—A mi madre siempre le han gustado las cosas extravagantes.

—A la mía, no. Es una repipi y una remilgada. Si le llego a dar un regalo con un papel así, me encierra. Prefiere los envoltorios con arcos iris, estrellas fugaces y ositos de peluche cursis.

Ned tuvo la impresión de que se iba a poner a gritar. En su lugar, cerró los ojos, hizo una profunda inspiración y se limpió la frente.

—¿Te encuentras bien? —preguntó Artie.

—Sí. ¿Por qué?

—Pareces un poco preocupado.

—Estoy bien —insistió Ned—. Me reuniré con vosotros abajo para la copa dentro de unos minutos. Quiero llamar a mi madre; no se encuentra bien. Por eso le compré este regalo disparatado.

—¡Qué detalle! Si ella estuviera aquí, le daría un masaje gratis. Y a todo eso, ¿qué regalo disparatado le has comprado?

Ned estuvo a punto de atragantarse. Una vez que se empieza a mentir, la cosa empieza a enmarañarse de verdad.

—Sólo un par de muumuus y un traje de baño hawaiano.

—Y ¿donde vive ella?

—En Maine.

Artie soltó una risotada.

—Ya me lo imagino. Alguien paseándose por la abrupta costa de Maine vestida con un muumuu.

Artie levantó la vista hacia él sin poder reprimir un arrebato de ira.

—En invierno se va a Florida. Y en Florida, las mujeres llevan muumuus.

—Perdona, Ned —se disculpó Artie—. Sólo era una pequeña broma. Escucha, las viejas Gert y Ev no van a volver hasta tarde. ¡Quien sabe lo que andarán tramando! A lo mejor han conocido a un par de tíos. Sea como fuere, vamos a ir a cenar solos los cinco, y estábamos pensando en gastarnos una buena cantidad del dinero de Sal Hawkins. Vamos a empezar con unas copas caras en la piscina. Luego iremos al espectáculo de hula-hula. Confío en que las chicas estén tan bien como las de tu papel. Baja cuando hayas hablado con tu madre, y salúdala de mi parte. Espero que se recupere pronto. —Desapareció rápidamente por la puerta.

Ned se quedó sentado allí durante lo que le pareció una eternidad, seguro de que Artie volvería a entrar de repente en cualquier momento. Cuando por fin le pareció que había transcurrido el tiempo suficiente para que Artie estuviera sorbiendo su primera piña colada de la noche, Ned se dirigió a la puerta y le echó el pestillo a la puerta… por si acaso. Aunque si volviera y no pudiera entrar, sería difícil darle una explicación convincente; había que correr ese riesgo.

Ned dejó la caja sobre la cama y se percató de que una parte diminuta del envoltorio, cercana al sitio donde estaba puesto el papel celo, estaba blanca. Una parte del collar de la bailarina había sido arrancada y estaba pegado al trozo de celo. Muy conveniente, pensó Ned. ¿Es esto un indicio de que alguien estuvo intentando forzar la caja? Quitó el envoltorio y levantó la tapa. Dio un grito ahogado. Dentro había dos collares que no parecían haber costado más de un dólar cada uno.

—Quién ha hecho esto —exclamó—. ¿Ha sido Glenn? —¿Qué podía hacer?, pensó presa del pánico. ¿Qué podía hacer? ¿Preguntarle si había cogido los collares robados y los había puesto en el despacho de Will? Podría no haber sido él. Quizás alguien le había seguido y visto cómo le entregó la bolsa al botones. Pero ¿cómo se hizo con el paquete? Podía haber ocurrido cualquier cosa. ¡Y no podía hacer absolutamente nada! ¿Le estarían tendiendo una trampa?

Entró en el cuarto de baño y se lavó la cara con agua fría. Agarró la toalla y la mantuvo pegada a la cara con los ojos cerrados,

como si eso le proporcionara una protección contra todas sus preo-
cupaciones y congojas. Pero cuando abrió los ojos y bajó la toalla,
el espejo le devolvió una imagen desalentadora.

—Y todavía tengo que enfrentarme a los padres de Will mañana —dijo en alto—. Si salgo de ésta, seguiré el buen camino. Y tengo que salir de ésta. Tengo que hacerlo.

Se lavó los dientes rápidamente y salió de la habitación a toda
prisa, ansioso por el alivio que le proporcionaría el primer trago de
su güisqui escocés doble.

Capítulo *48*

Los primeros agentes que llegaron a la escena examinaron la zona exterior del despacho de Will. Nadie había dejado caer nada en la hierba; tampoco parecía haber ninguna pisada visible.

—¿Tiene idea de quién puede haber hecho esto? —le preguntó uno de los agentes a Will.

—Ojalá la tuviera.

Cuando Mike Darnell entró en el despacho al cabo de unos minutos, se sorprendió de ver a Regan. Le dirigió una sonrisa.

—¿Qué haces aquí?

—Le echo una mano a Will —respondió Regan.

—Bien, menuda historia tenemos aquí. Se ha difundido por la radio de la policía. Ahí fuera hay un montón de periodistas a los que les gustaría hablar con usted, Will.

Will tenía aspecto de cansado.

—¿Qué se supone que tengo que decir?

—Hay quien piensa que todo esto podría haber sido una broma para conseguir publicidad para la subasta de mañana por la noche.

—Eso es ridículo.

—Estoy de acuerdo. Sobre todo, porque hoy podrían haber matado a Jimmy. Acabo de hablar con él; es un hombre feliz, aunque tiene un dolor de cabeza de órdago. Me pidió que pusiera esos collares bajo llave hasta mañana por la noche.

—Créame —dijo Will—. No quiero ser responsable de ellos. Lléveselos. Y vuelva a traerlos en un carro blindado justo antes de la subasta. Si lo hace, mi vida será mucho más sencilla.

—Mike, ¿quién os avisó de esto?

—No lo sabemos. La llamada se hizo desde un móvil de ésos en los que compras una cierta cantidad de minutos y luego lo tiras.

—Así que quien lo haya hecho es evidente que lo planeó por adelantado y que no quería que se rastreara su llamada.

—Así es.

—No tiene ningún sentido.

—Nada de esto lo tiene —comentó Mike—. Eh, Will, ¿cuántas personas de por aquí iban hoy vestidas de amarillo?

Will puso los ojos en blanco.

—Cientos.

El teléfono de la mesa de Will empezó a sonar.

—Si Janet la pasa, es que debe de ser importante —observó Will mientras contestaba a la llamada. Era su esposa, Kim, que le llamaba desde el avión.

Mientras Will estaba al teléfono, Regan habló en voz baja con Mike Darnell.

—Sé que lo que estoy a punto de preguntarte no tiene nada que ver con todo esto, pero Jack me dijo que si te conseguía algo con las huellas de alguien, tú podrías…

—Y puedo. Jack me llamó después de hablar contigo. Quieres investigar a ese tipo que está saliendo con tu amiga, ¿no es así?

—Sí. Puede que sea una tontería. Pero tengo un presentimiento acerca de él…

—No hay ningún problema. Si me das algo mañana por la mañana, me ocuparé de ello inmediatamente. —Mike miró hacia la puerta corredera—. Así que, quienquiera que depositó esos collares aquí dentro, abrió la puerta sin más y se marchó corriendo. La pregunta es: ¿por qué se arriesgarían a robarlos, si se iban a limitar a entregarlos?

Will acababa de colgar el teléfono.

—Hay alguien decidido a arruinar el buen nombre de este complejo —le respondió a Mike—. Le pedí a Regan que lo investigara este fin de semana y que viera qué podía averiguar. La gente que dice que esto es una broma publicitaria no se da cuenta de que esta clase de publicidad es mala para el hotel. ¿Nos alegramos de que los collares hayan aparecido de nuevo y al menos uno sea subastado? Pues sí. Pero que una empleada apareciera ahogada el otro día llevando puesto el collar robado del museo, y que ahora, después de que lo hayan vuelto a robar, acabe de nuevo aquí, no me parece o no me da la impresión de que sea bueno. La gente tendrá miedo de poner un pie en este lugar. Van a pensar que el Waikiki Waters está igual de maldito que los collares. —Will levantó las manos.

Mike lo miró pensativo.

—Entiendo.

Ahora, lo que realmente me asusta es lo que podría ocurrir en el baile de mañana por la noche —continuó Will—. Si alguien se toma todas estas molestias para hacer estas payasadas con los collares, quién sabe que más podría intentar.

—Haré que algunos de los chicos acudan al baile de paisano para que vigilen la situación.

—Se lo agradecería —dijo Will—. Estaré encantado cuando pierda de vista a esos collares de una vez por todas. Pero hasta entonces, tengo que preocuparme de la seguridad de los clientes y empleados de mi hotel.

Mike se volvió hacia Regan.

—Y tú que pensabas que venías aquí de vacaciones.

Regan sonrió y se encogió de hombros.

—Me voy —anunció Mike—. Regan, si me necesitas, llámame. Will, ¿quiere hablar con los periodistas de ahí fuera?

—¿De verdad tiene que preguntarlo?

—Entonces haré una declaración diciendo que los collares han aparecido y que estamos investigando.

Cuando Mike salió del despacho, Will cerró la puerta tras él. Volvió a sentarse a su mesa y se frotó los ojos.

—Regan, ¿conoces a ese tipo?

—Es amigo de mi prometido. Lo conocí anoche, cuando salimos.

—No le irás a contar que fui yo quién le entregó el collar a Dorinda la noche que murió, ¿verdad?

—No. Eso es secreto profesional.

Will suspiró.

—Tengo que recoger a mi esposa en el aeropuerto. Estoy seguro de que la entusiasmarán todas las noticias que tengo que contarle.

—Primero me gustaría hablarte de lo que encontré en el piso de Dorinda.

—¿Debería taparme los oídos?

—Personalmente, no es malo para ti.

—Siempre se producen milagros. —Will entrelazó las manos y miró al techo como si estuviera rezando.

—Dorinda tenía una carpeta, que llevo en el bolso. Está rotulada como «Basura en perspectiva». Contiene algunas fotos, artículos de prensa y la última voluntad y testamento de Sal Hawkins.

—¿Sal Hawkins?

—Sí.

—Dejó un millón de dólares a ese tal club Viva la Lluvia del que ya te hablé. Ned, al que te he presentado antes, llevó hoy a un par de ellos a hacer surf. Los viajes los dirigen las dos ancianas que son gemelas. Son el grupo del que nos acaba de hablar Otis.

—¿Has dicho un millón de dólares? —preguntó Regan.

—Sí.

Regan sacó rápidamente la carpeta. La abrió y sacó el testamento.

—Aquí dice que legó diez millones de dólares.

—¿Diez millones? —Will estaba horrorizado—. ¿Para gastar en viajes a Hawai?

—Aparentemente, sí.

—Y no paran de decir que no tienen dinero.

—Parece como si pudieran estar mintiendo a la gente de su grupo acerca del dinero que hay. Esa gente tan rara que conocí en el bar me dijo que las organizadoras de los viajes eran unas tacañas. No cabe duda de que Dorinda andaba detrás de algo relacionado con ellas. ¿Hasta cuando se quedan?

—Hasta el lunes.

A continuación, Regan le enseñó una foto de Steve.

—Este tipo ha estado tratando de conquistar a Kit. Está en esta carpeta, lo cual no es buena señal. ¿Puedes decirme algo sobre él?

—Steve Yardley. Viene a veces a los bares. Todo lo que sé es que se ha jubilado joven y que se le supone una fortuna.

—¿Crees que es un tipo legal?

—No lo sé, Regan. Es uno de esos tipos que se mueven por la ciudad. Parece que es todo un donjuán. Pero le he visto hablando con muchos hombres de negocios en el bar.

—En el escritorio de Dorinda había una foto de grupo tomada en una fiesta. Dorinda lo estaba mirando embelesada con una gran sonrisa.

—Dorinda miraba embelesada con una gran sonrisa a muchos hombres. Si ella tenía algo sobre él, no sé que podría ser.

—Muy bien. Y ¿que me dices de nuestra querida amiga Jazzy? Aquí hay un breve artículo sobre la línea de ropa de su jefe, Claude.

—Él siempre va detrás de conseguir publicidad. Ese tipo es un empresario extremadamente próspero que ahora quiere ser famoso. Todo su afán es estar en medio de la movida. Hasta donde sé, eso no es un delito.

—No, no lo es. Pero Jazzy trabaja para él. ¿Quién sabe de lo que es capaz?

—Ya te lo dije; es como la caspa. Espera a verla en acción mañana por la noche. Gusta a los tíos. Es insoportable, pero creo que es inofensiva. ¿Algo más, Regan?

Regan le entregó un par de recortes de prensa acerca de algunas inauguraciones y fiestas celebradas en la ciudad.

—¿Significan algo para ti?

Will les echó un vistazo y negó con la cabeza.

—Nada. —Se los devolvió.

Regan cerró la carpeta.

—Tengo que reunirme con Kit e ir a cenar a casa de ese tal Steve. —Hizo una pausa—. Una cosa más. Anoche hablé con una pareja joven en la playa. Ella había salido a dar un paseo bien entrada la noche el día que Dorinda se ahogó. Cree haber visto algo fuera de lo normal, pero no podía recordar qué era. Me dijo que me lo diría. No he sabido nada de ella en todo el día, pero me gustaría llamarla por teléfono. El problema es que no cogí su número.

—¿Cómo se llaman?

—Carla y Jason. Se comprometieron justo ayer por la noche. El otro problema es que no me dijeron sus apellidos, pero sé que se alojan en el edificio Cocotero.

—Haré que los busquen en el ordenador. No ha de ser complicado localizarlos.

—Fantástico. ¿Vas a ir directamente a casa desde el aeropuerto?

—Sí. Y no voy a volver hasta mañana. Siempre me puedes localizar en el móvil.

—Espero no tener que hacerlo.

—No tanto como yo, Regan, no tanto como yo.

Capítulo **49**

—¿Qué vamos a hacer con ellos? —le preguntó Gert a Ev. Habían tomado un taxi hasta el aeropuerto y estaban esperando un vuelo que las llevaría de vuelta a Honolulú. El aeropuerto era abierto, ventoso y pequeño. Pese al acontecimiento imprevisto, Gert y Ev estaban sentadas en un banco, disfrutando de la belleza de la noche.

—Para empezar, tenemos que volver mañana y deshacernos de ellos como sea, ¿lo entiendes?

—Por supuesto que sí. Pero ¿cómo? No podemos permitir que lleguen a hablar, o acabaremos como esas mujeres de las películas de cárceles. —Gert soltó una risotada—. No me puedo creer que nos hayamos convertido en unas chicas tan malas.

Ev la miró.

—Nos merecemos algo de diversión en la vida. Cuidamos de nuestros padres; cuidamos de Sal Hawkins; hemos pisado demasiados charcos en Hudville. Esa vida casi está tocando a su fin. Ha llegado nuestra hora, hermana; la hora de que Gert y Ev se diviertan.

—Me voy a echar a llorar —gimoteó Gert—. Soy tan afortunada de tenerte.

—Somos afortunadas de tenernos la una a la otra. Formamos un buen equipo.

—Nunca imaginé que seríamos compañeras de delitos.

—¡Pues acostúmbrate! —Ev se rió—. He estado pensando en

esos dos estúpidos que tenemos en casa. Lamento que se hayan buscado la ruina, de verdad que sí. Y ahora, nos van a costar más dinero, al obligarnos a ir de aquí para allá; mañana por la tarde tenemos que coger un avión de vuelta aquí. Digo yo que tendremos que alquilar un coche con un maletero grande. Luego, cuando oscurezca, los meteremos dentro y conduciremos hasta el otro extremo de la isla. Hay multitud de sitios donde sólo tienes que darle un buen empujón a alguien y allá que va, acantilado abajo hasta hundirse en el profundo mar azul.

—Eres genial.

—No, no lo soy, hermana. Es sentido común. Por suerte, mamá nos lo enseñó todo a ese respecto.

—Ella no nos enseñó a matar a la gente.

—En Hudville no había nadie que mereciera la pena matar. De haber tenido la más mínima oportunidad, me apuesto lo que sea a que ella podría haberlo hecho en un suspiro.

—Supongo. Pero ¿cómo vamos a volver a Honolulú a tiempo para nuestro madrugador paseo por la playa el domingo por la mañana? Si no estamos allí para darlo, el grupo va a tener la certeza de que está sucediendo algo.

—Podemos decirles que tenemos que ir a la iglesia para asistir a un servicio especial de madrugada que durará toda la mañana. Será nuestro último día completo, así que haremos el almuerzo especial del domingo con ellos. Y luego, podremos despedirnos para siempre de estos grupos de vacaciones.

—Acabo de caer en algo.

—¿En qué, hermana?

—¿Qué pasa con el coche de esa pareja? ¿Qué vamos hacer al respecto?

—En realidad, eso es perfecto. Mañana me sigues en su coche, y aparcamos junto al acantilado. Todos pensarán que los enamorados se suicidaron por una u otra tontería.

—Hay un problema, Ev.

—¿Cuál?

—No sé conducir.

—Claro que sabes. Es fácil. Nunca te sacaste el carné porque sabías que me gustaba conducir. Por eso me gusta estar al mando, porque soy la mayor.

—Sólo por cinco minutos y veintidós segundos.

Por los altavoces se anunció el embarque para el vuelo a Honolulú. Las gemelas se abrazaron fugazmente, como hacían siempre antes de subir a un avión. Cuando el avión despegó por fin, ambas contemplaron Big Island desde el aire.

—Muy pronto la llamaremos nuestro hogar —dijo Gert.

—Hogar, dulce hogar —convino Ev.

Lejos, en los sótanos de la casa ideal de Gert y Ev, Jason y Carla intentaban desesperadamente aflojar las cuerdas que rodeaban sus manos. Carla estaba sollozando. Empezaba a respirar con dificultad, y el jirón de sábana que le habían atado alrededor de la boca le producía arcadas.

—Tranquilízate —suplicó Jason, procurando hacerse entender a través del trapo que tenía metido en la boca—. Lo... lo conseguiremos —dijo, en un intento de tranquilizar a la mujer que, en ese momento era más consciente que nunca, era el amor de su vida. Por favor, Dios mío —rezó Jason—, haz que nos encuentre alguien.— Cerró los ojos. Regan Reilly surgió en sus pensamientos. Ella estaba investigando la muerte de Dorinda Dawes, la cual, a esas alturas, a Jason no le cabía ninguna duda de que se había tratado de un asesinato—. Puedo decirte quién lo hizo, Regan; ven y encuéntranos —rezó Jason—, antes de que esas dos psicópatas regresen.

Jason estaba seguro de que las dos mujeres eran capaces de todo.

Capítulo 50

Era innegable: Kit estaba muy, pero que muy enamorada. Cuando Regan volvió a la habitación, la ropa de Kit cubría toda su cama.

—Regan, soy incapaz de decidir qué ponerme. ¿Cómo va todo?

Regan le explicó que los collares habían sido robados, y hallados más tarde en el despacho de Will.

—Este lugar está loco —comentó Kit, mientras levantaba otro top de seda delante del espejo—. Tengo que encontrar algo que ponerme para el baile de mañana por la noche. Cuando vine aquí para la conferencia, no metí ningún conjunto deslumbrante, como es natural.

—Hay un gran centro comercial en esta misma calle —le recordó Regan.

—Ya lo sé. Steve me va a llevar allí mañana. Me quiere comprar un vestido.

—Y ¿se lo vas a permitir? —le preguntó Regan con prudencia.

—Al principio me negué, pero está deseando comprármelo. ¿No te parece una buena idea?

—Ahhh —empezó Regan. No quería que Kit perdiera el entusiasmo. Y podría ser que Steve fuera un buen tipo—. Sólo me parece demasiado precipitado —dijo.

Kit se sentó en la cama.

—Regan, sé que parece una locura, pero creo que ese tío podría ser realmente el tío.

—Nada me gustaría más que esto funcionara —contestó sincera aunque ambiguamente Regan. Se abstuvo de añadir que pensaba que la posibilidad era muy remota.

—¿No sería fantástico que me casara poco después que tú? Podríamos tener los hijos al mismo tiempo. —Kit empezó a reírse—. Seguro que piensas que me he insolado.

Regan sonrió.

—No, no lo pienso. Pero como amiga tuya, mi consejo es que te lo tomes con un poco más de calma. Ambas sabemos que las relaciones que avanzan tan deprisa tienden a acabar en desastre.

—Regan, no te preocupes. Me estoy divirtiendo. Creo que él es fantástico. Pero afrontémoslo: nos vamos el lunes. La prueba de fuego vendrá después de eso; Hartford está muy lejos.

Sus palabras tranquilizaron a Regan.

—Así es, Kit. Diviértete este fin de semana y luego ya veremos qué ocurre. —Pero igualmente iba a conseguir las huellas dactilares de Steve, pensó Regan.

—Eres tan afortunada por haber encontrado a Jack. Claro que, para que eso ocurriera, tu padre tuvo que ser secuestrado —bromeó Kit.

Regan sonrió.

—Mi padre se considera todo un casamentero. Le encanta contarle la historia a todo el mundo. Me muero de ganas de que coja el micrófono en la fiesta nupcial. Estoy segura de que la volverá a contar como si tal cosa.

—No creo que mi padre estuviera dispuesto a dejarse secuestrar para ayudarme a encontrar a un tío, aunque estoy segura de que mi abuela, sí. —Kit empezó a doblar la ropa—. No me puedo creer todo lo que les ha pasado a esos collares. Will tiene suerte de que casualmente estuvieras aquí.

—No estoy muy segura de eso. —Regan puso ceño—. Me conformo con poder avanzar un poco en esos casos antes de que nos vayamos el lunes.

—¿Alguna novedad en el frente de Dorinda?

—Fui a su piso con el primo. Fue interesante. Había unas cuantas cosas que estoy investigando. Quiero hablar con aquella chica que conocimos en la playa ayer noche.

—Estabas segura de que te llamaría —le recordó Kit.

—Todavía podría, pero no quiero esperar tanto. Will va a averiguar en qué habitación se alojan ella y su prometido, así que podré ponerme en contacto con ellos.

—Lo más probable es que sigan celebrando su compromiso.

—Tal vez tengas razón. La chica estaba bastante entusiasmada.

—Después de diez años, yo también lo estaría. —Kit hizo una pausa—. ¿Te imaginas que Steve tardara diez años en pedirme matrimonio? Me estremezco al pensarlo.

—No sigas por ahí, Kit —le advirtió Regan.

—Lo sé, lo sé.

—A propósito, ¿Steve te ha contado algo acerca de Dorinda?

—No. La otra noche, en el bar, ella le susurró algo al oído, y él puso los ojos en blanco. Parece que ella estaba fastidiando a mucha gente.

Kit miró su reloj.

—Me voy a la ducha —dijo Regan.

Media hora más tarde estaban en un taxi, camino de la casa de Steve.

—Llevas un bolso muy grande —comentó Kit.

El mejor para guardar algo con las huellas de Steve, pensó Regan. Podría necesitar espacio para un cuchillo de cocina.

—Ya me conoces —respondió Regan—. Llevo mi libreta y el móvil, por si tengo que volver a trabajar. Will confía de todo corazón que no sea esta noche. Ha ido a recoger a su esposa al aeropuerto y necesita un poco de paz.

—Y te mereces una noche de descanso, Regan. Éstas también son tus vacaciones. Diviértete un poco.

Regan le dedicó una sonrisa a su mejor amiga. Esa noche sería lo que fuera menos una noche libre, pensó. Le dio una palmadita en el brazo a su amiga, la amiga que había sido una parte tan importante de su vida durante los diez últimos años.

—Estoy segura de que será interesante.

Capítulo 51

Jazzy y Claude volvían del aeropuerto en una gran limusina. A Claude le gustaba que se le viera bajo una determinada luz, aquella que se desprendía de los coches de lujo, la ropa cara y los ambientes elegantes. Su casa de Big Island le llenaba de orgullo, pero, al fin y a la postre, no era suficiente. En ese momento intentaba encontrar el sentido de la vida a través de su línea de ropa hawaiana.

Mientras el coche se deslizaba por la carretera, Jazzy sirvió champaña para Claude y para ella. Entrechocaron las copas y le dieron un sorbo al burbujeante líquido, felices por la conciencia que tenían de que la gente que viera pasar su vehículo seguramente se preguntaría quién sería el importante personaje que viajaba en la parte trasera. Ambos desecharon la idea de que, si bajaban las ventanillas y revelaban sus identidades, nadie se interesaría.

—¿Estás cansado, Claude? —preguntó, solícita, Jazzy.

—Trabajo muchísimo, Jazzy. Llevo horas metido en un avión. Por supuesto que estoy cansado.

Jazzy emitió las adecuadas interjecciones de compasión.

—Bueno, vamos a tener un gran éxito en el baile. Lo sé.

—Creo que las mujeres se van a emocionar cuando se pongan mis muumuus. ¿Sabes por qué? Porque son eróticos; y no hay muchos muumuus que lo sean. Pero sé diseñar, y sé lo que quieren las mujeres. Y a los hombres les van a encantar mis camisas hawaianas. ¿Alguna noticia de *GQ*?

—No.

Claude puso ceño.

—Lo que quiero decir es que todavía no —añadió Jazzy a toda prisa.

—Me parece increíble que no les interese. Contar cómo yo, Claude Mott, voy a poner de moda llevar camisetas hawaianas en cualquier parte del mundo sería tema para un gran artículo.

—Sé que puedes hacerlo, Claude.

—Pues claro que puedo. Doy gracias a Dios porque se hayan recuperado esos collares.

Jazzy entrechocó su copa con la de él.

—Y yo también. Eso hará que todo sea mucho mejor mañana por la noche.

—Me pregunto si el que se hayan encontrado los collares en su despacho no le causará problemas a Will Brown.

—Bueno, no lo creo. Las noticias que he oído camino del aeropuerto decían que la policía está investigando, y que no hay sospechosos. Hay una detective privada llamada Regan Reilly, que se aloja en el hotel. Es lista. Y tengo la sensación de que trabaja para Will.

—¿Dices que se llama Regan Reilly? —preguntó Claude, levantando una ceja.

—Sí.

—Ese nombre me resulta familiar.

—Su madre es una escritora de novelas de misterio llamada Nora Regan Reilly. Es muy conocida.

—Pues claro. La mujer que se sentaba a mi lado en el avión iba leyendo uno de sus libros. No me extraña que me sonara. —Le dio un trago al champán—. Bueno, Jazzy, mañana por la noche lucirás mi erótico muumuu.

—Iré por todas las mesas y me aseguraré de que todos lo vean bien. Les encantará.

Claude sonrió por primera vez en tres semanas.

—¿Sabes, Jazzy?, he estado estudiando la vida de los grandes diseñadores. Todos dejaron su impronta de diferentes maneras; la mía va a ser llevar el collar de conchas hawaiano por todo el mundo. Los collares están en toda mi ropa. Creo que los collares de conchas deberían llevarse en todas las fiestas de etiqueta de Nueva York. Y es más, digo que todo el mundo debería tener varios en su guardarropa. La gente debería llevar mi ropa cuando se vistan de manera informal, y los collares reales cuando se pongan elegantes. Creo que ésa es mi misión en la vida: collares hawaianos para todos.

Jazzy levantó su copa y sonrió con satisfacción.

—Brindemos por la difusión mundial de los collares hawaianos.

Entrechocaron las copas y sorbieron su Dom Perignon, mientras la limusina se dirigía velozmente hacia el complejo Waikiki Waters.

Capítulo 52

Francie, Artie y Joy bebían piña colada junto a la piscina. Las bailarinas de hula-hula se preparaban para hacer cimbrar sus caderas, y los músicos comprobaban el sistema de sonido. Ned se acercó y se sentó.

—¿Cómo está tu madre? —preguntó Artie.

Ned estuvo a punto de contestar con un «¿Eh?», pero rectificó con rapidez.

—Está mejor. Gracias por preguntar.

Se acercó una camarera, y Ned pidió su güisqui escocés doble. Antes de que la camarera se marchara, llegaron Bob y Betsy y pidieron sus mai tais.

Cuando todo el grupo estuvo sentado, servido y bebiendo, Joy decidió animar a la asamblea a hablar de las gemelas.

—Todos sabéis que Gert y Ev están racaneando con el dinero de Sal Hawkins. Propongo que cuando volvamos a Hudville pidamos ver el testamento y el estado de cuentas.

Los ojos de Bob se iluminaron.

—¿Crees que son como Bonnie y Clyde?

—¿Qué? —preguntó Joy.

—Bonnie y Clyde.

—No creo que vayan por ahí tiroteando a nadie. Pero, por lo que sabemos todos, podrían haberse pasado el día comprando en el Centro Ala Moana con el dinero de Sal Hawkins y hacer que se lo enviaron todo a Hudville. No hay derecho. Conozco a alguien que vino en uno de los primeros viajes, y me dijo que fue fantástico. Hicieron viajes en helicóptero y cruceros al anochecer y cosas divertidas que costaban dinero. Bueno, si ir a nadar a la piscina costara dinero, creo que esas dos nos señalarían el mar.

Ned estuvo a punto de atragantarse con el escocés que se estaba bebiendo demasiado deprisa.

—¿Creéis que pueden estar malversando los fondos? —preguntó, mientras se secaba la boca con una servilleta—. Esto es increíble. Sé que no paran de regatear con Will.

—Claro que pueden —gritó Francie con dramatismo, agitando el brazo en el aire—. ¡Nos están negando el derecho a disfrutar de Hawai al máximo!

—Al menos conseguimos comprar cuatro entradas para el baile —anunció Artie—. Esperad a que se den cuenta.

Glenn, el botones, los saludó con la mano desde el sendero.

—Está en todas partes —comentó Joy.

El sistema nervioso central de Ned estaba en alerta roja. Le dio otro sorbo a su güisqui. Cuando vio que Glenn se acercaba, le entraron ganas de levantarse y salir corriendo.

—Espero que todos disfruten de las bailarinas de hula-hula —dijo Glenn con una sonrisa de oreja a oreja—. Sé que Ned es un entusiasta de ellas, ¿verdad, Ned? Deberían de haber visto el estrafalario envoltorio de un regalo que compró hoy.

—Yo he visto ese papel. ¿Te puedes creer que el paquete es para su madre? —Artie soltó una risotada.

—¡Eso no es lo que me dijo a mí! —Glenn sonrió.

Ned intentó tomárselo a broma.

—Déjame en paz. Fueron los de la tienda los que envolvieron el regalo. —Hizo un gesto de desdén con la mano.

Glenn dio una palmada.

—Bueno, me voy. ¡Qué disfruten del espectáculo!

«Voy a matar a ese tío —pensó Ned—. Me está tomando el pelo.»

—Bueno —dijo Joy—, ¿estamos juntos en esto o qué?

—¿Juntos en qué? —preguntó Betsy.

—¿Vamos a volver a Hudville y averiguar entre todos qué está ocurriendo con los fondos?

Artie no respondió. Sabía que se iba a marchar de Hudville lo antes posible, y aquello no le importaba en absoluto. Esa Joy lo irritaba; hacía que se sintiera viejo y poco interesante.

—No cuentes con nosotros —dijo Bob—. Betsy y yo estamos demasiado ocupados con nuestros objetivos literarios.

—Y ¿qué pasa contigo, Francie? —preguntó Joy.

—Lo que me preocupa —empezó Francie—, es que Hudville es una ciudad demasiado pequeña. Si empezamos algo, y las gemelas son inocentes, pareceremos un puñado de ingratos. La situación podría volverse un poco incómoda.

—¿Incómoda? —dijo Artie, prácticamente con un gruñido—. Si armara un lío por las gemelas, no me gustaría encontrarme con Gert y Ev en un callejón oscuro.

—Ellas no me asustan —dijo Joy despectivamente, mientras removía su copa con una paja—. Es algo en lo que hay que pensar.

—La malversación de fondos es algo muy frecuente —opinó Ned—. A la gente se le sube el poder a la cabeza, ¿sabéis? Y empiezan a pensar que se merecen el dinero.

—Ned, ¿dónde te licenciaste en Psicología? —dijo Francie, soltando una carcajada—. Parece que entiendes muy bien la mente criminal.

Para alivio de Ned, en ese momento la orquesta decidió atacar la primera pieza, como se suele decir. Las bailarinas de hula-hula, mostrando unas grandes sonrisas, empezaron a balancear las caderas, mientras sus dedos revoloteaban por el aire como pececillos. Cuando Ned observó a las escasamente vestidas bailarinas, lo único que fue capaz de ver fue a las bailarinas del papel con el que con tanto cuidado había envuelto la caja de los antiguos collares de conchas.

¿Quién había toqueteado su papel con bailarinas de hula-hula y se había llevado los collares? Ned no paraba de preguntárselo. Tenía que haber sido Glenn, decidió. ¿Quién, si no? ¿Pero por qué? Y ¿cómo podía vengarse de él? Mientras miraba de hito en hito a las bailarinas, sopesó la idea de irse de la ciudad sin más. Pero, luego ¿qué? No tenía a dónde ir.

«No, me quedaré —se dijo—. Glenn debe de estar tramando algo, y voy a intentar averiguar qué es. No me va a ganar esta partida, porque siempre juego a ganar.»

Capítulo 53

La fiesta de Steve era mejor de lo que Regan había imaginado. Había más gente que la noche anterior, y en la casa reinaba un ambiente alegre y cordial. De los altavoces estereofónicos salía una música hawaiana, la licuadora no paraba de ronronear produciendo bebidas tropicales, y la parrilla chisporroteaba con el ahi, el ono, el mahimahi*, los perritos calientes y las hamburguesas. Habían acudido los componentes del equipo de *softball* de Steve, así como un puñado de vecinos.

Steve no podía haber estado más encantador. Era el perfecto anfitrión: presentaba a la gente, reponía las bebidas, supervisaba la cena y no paraba de prestar atención a Kit. Regan y ella se sentaron a una gran mesa en la terraza, donde comieron, alternaron y se rieron un poco.

Nunca había visto a Kit tan feliz, pensó Regan con cierto sentimiento de culpa, mientras estaba atenta a la menor oportunidad de agarrar algo con las huellas dactilares de Steve. Pero sólo lo hacía por el bien de Kit, reflexionó Regan. La letra de la canción *That's What Friends Are For** atravesó sus pensamientos. Y ser la mejor amiga de una detective privada lleva aparejado algunos inconvenientes.

Regan estaba feliz de que Steve se mostrara tan atento con Kit. Quizás estuviera equivocada, pensó, y puede que Dorinda lo tuvie-

---

* Respectivamente atún, caballa y pez dorado. (*N. del T.*)
** *Para eso están los amigos.* (*N. del T.*)

ra en su carpeta de basuras porque él hubiera desdeñado sus insinuaciones. A lo mejor es lo que Jazzy aseguró: un buen partido.

En un instante en que Regan y Kit se quedaron solas en la mesa, Kit se volvió hacia ella.

—¿No es un hombre fantástico? Me muero de ganas de que Jack lo conozca. Apuesto lo que sea a que se entenderán a las mil maravillas.

—Espero que sí —respondió Regan.

—Como hemos dicho siempre —observó Kit con una sonrisa—, más nos vale acabar con unos tipos que se gusten el uno al otro.

Regan sonrió burlonamente.

—Eso ayudaría. —Por el rabillo del ojo vio que Steve daba un trago y agitaba ligeramente su botella de cerveza. Sin duda estaba vacía. Steve se dirigió al interior de la casa.

«Ésta es la mía», pensó Regan. De manera deliberada, había escogido para beber la misma cerveza que Steve. A ella no le gustaba mucho, e incluso Kit había comentado que se sorprendía de verla beber una cerveza. Pero Regan había puesto una convincente excusa acerca de lo bien que sentaba beber cerveza con calor. En ese momento la botella estaba vacía. Regan se inclinó hacia el suelo para coger su bolso.

—Voy al baño de señoras. Vuelvo enseguida. —Con la botella en una mano, y el bolso en la otra, avanzó entre toda la gente que estaba parada en la terraza y entró en la casa, donde más invitados se arremolinaban en grupos de tres o cuatro personas. Observó cómo Steve dejaba la botella de cerveza vacía sobre el mostrador de la cocina y se volvía para hablar con alguien que anunciaba su marcha.

Regan hizo una profunda inspiración. Pasó tranquilamente junto al mostrador, dejó su botella y cogió la de Steve. Dos segundos más tarde, estaba en el pasillo que conducía al cuarto de baño. Pasó junto al dormitorio donde se alojaban Mark y Paul.

—¿Te puedes creer que el loco de Stevie tenga todo esto? Ojalá me hubieran expulsado de la universidad —bromeó Mark mientras salía al pasillo.

Regan se metió en el espacioso y lujoso cuarto de baño de mármol y cerró la puerta tras ella. Echó el pestillo prudentemente, y puso el bolso sobre la repisa. Soltó un suspiro de alivio y sacó una bolsa de plástico negra del bolso, dejó caer la botella dentro y la volvió a meter en el bolso con cuidado. Tras peinarse y reponer el carmín de los labios, preparó una estrategia. Cualquier reserva que hubiera tenido acerca de investigar a Steve Yardley se había esfumado.

De vuelta en la terraza, se sentó con Kit un instante, al cabo del cual dijo:

—Estoy cansada. Ha sido un día muy largo. Si no te importa, llamaré a un taxi y volveré al hotel.

—Regan, ¿estás segura? —le preguntó Kit con aire preocupado.

—Sí. Completamente.

—Me siento un poco culpable por no haber pasado ningún rato a solas contigo.

—Kit, no pasa nada. De todas maneras, hoy he estado trabajando. Diviértete. Te veo mañana.

Steve apareció detrás de ellas.

—Regan se va. ¿Puedes llamarle un taxi?

Steve rodeó a Regan con el brazo, y con la mano rozó el lateral de su bolso, que todavía lo llevaba colgado del hombro.

—¿No te estás divirtiendo? —preguntó Steve con un destello en los ojos. Bajó la mirada hacia Kit—. ¿Es que no le gusto a tu amiga?

Regan sonrió.

—Es el *jet lag*. Volveré al hotel y me acostaré temprano para poder trasnochar mañana en el Baile de la Princesa.

—Nos vamos a divertir en el baile —predijo Steve—. Kit va a ser mi princesa. —Se inclinó y la besó. Al incorporarse de nuevo, miró a Regan a los ojos—. Estoy impaciente por conocer a tu príncipe.

—Él también arde en deseos de conocerte. —Más de lo que creía, pensó Regan.

Quince minutos más tarde, Steve la acompañaba al exterior de la casa. El taxi acababa de llegar.

—Buenas noches, Regan. —Le sujetó la puerta para que entrara—. Y no te preocupes. Cuidaré muy bien de tu amiga.

—Es la mejor —dijo Regan—. Hasta mañana por la noche.

—Ponte el cinturón de seguridad.

—Lo haré.

—Toda precaución es poca. —Steve se rió mientras bajaba el seguro de la puerta trasera del vehículo.

Cuando el taxista arrancó, Regan se despidió con la mano de Steve, que permanecía de pie en el camino y observaba su partida. Regan dio entonces una palmadita en su bolso, asegurándose de que la botella de cerveza seguía allí. Expulsado de la universidad, pensó. ¿Por qué? ¿Qué más escondía, Steve?

Capítulo 54

Kim miró fijamente la pared del salón en la que, desde que se habían mudado a la casa, siempre había estado colgado el collar de conchas.

—Tu madre nunca dejará de asombrarme —confesó—. Sólo ella podía hacerse con un collar real hawaiano que había sido robado y conseguir poner todos estos acontecimientos en marcha hace treinta años.

Will la abrazó.

—Lo sé.

El hijo de ambos, Billy, dormía un poco más adelante en el pasillo. Will y Kim habían disfrutado de una cena tranquila. Era casi medianoche, y estaban sentados en el sofá, tomando a sorbos una copa de sobremesa y poniéndose al día. Will le explicó todo lo sucedido, y en realidad Kim se lo tomó bastante bien.

—Sabía que no le gustaba a Dorinda Dawes. Ardo en deseos de ver ese boletín con mi horrible foto. Aunque fuiste listo al dejarla en la oficina.

Will miró a su hermosa esposa de larga cabellera negra y ojos almendrados. Se habían conocido cinco años antes, cuando eran los únicos en la cola de un cine para sacar una entrada. Cada uno por su lado, habían tenido el antojo de ir a la sesión de las cinco. Empezaron a hablar, se sentaron juntos y desde ese día se hicieron novios. Bueno, todos los años celebraban el aniversario del día que se conocieron yendo siempre al cine a las cinco, aunque no dieran nada que realmente les apeteciera ver. Will quería a su esposa y al hijo de ambos, así como la vida que compartían. Nunca había querido ponerla en peligro. Pero por supuesto que lo había hecho... al darle el estúpido collar a Dorinda Dawes.

—¿Crees que tu madre va a ser realmente capaz de mantener la boca cerrada mañana en el baile? ¿Cómo va a mantener en secreto que el collar ha estado en tu familia durante todo este tiempo?

Will meneó la cabeza y la apoyó en el hombro de Kim.

—No lo sé. Pero tiene que hacerlo.

—¡Espera sólo a que vea el collar, Will! —exclamó Kim—. Cuando salga a subasta, se levantará de la silla de un salto.

—Jimmy todavía no ha decidido si lo subastará o no.

—Pero ¿no has dicho que iba a llevar los dos collares al baile?

—Eso planea.

—¿Te imaginas cuando tu madre se encuentre con él? ¿Llevando SU collar?

—No quiero pensar en eso. —Will se arrimó más a ella—. No paro de darle vueltas a la cabeza a todo lo que puede ir mal en el hotel.

—Y para colmo Binsgley y Almetta se alojarán en él.

—Le pedí a Ned que se ocupara de ellos mañana por la tarde; con un poco de suerte agotará a mi madre. Y luego, tenemos que sobrevivir al baile. Confío en que alguien compre los collares y se los lleve bien lejos de aquí. Entonces tal vez podamos superar todos estos problemas.

—Así que Regan Reilly se ocupa del caso.

—Sí. Tiene que irse el lunes, pero ya ha hecho mucho. Estoy encantado de que esté aquí para el baile. Uno de los detectives de la ciudad es amigo de su prometido. Va a enviar algunos policías de paisano mañana por la noche para que estén ojo avizor.

—Se suponía que el baile «Sé una princesa» tenía que hacer de la noche un cuento de hadas, y se ha convertido en una pesadilla.

El teléfono de la mesa contigua al sofá sonó. Sobresaltado, Will se inclinó para contestar.

—Espero que no sea nada malo —dijo entre dientes—. Hola.

—¡Hola, cariño! —gritó su madre—. Estamos en el aeropuerto tomando un café y un bollo de canela antes de subir a bordo. ¡No me puedo creer lo temprano que es! Pero tu padre consiguió encontrar una compañía estrafalaria que vuela de madrugada. Sólo quería saludarte y decirte ¡que estaremos ahí enseguida!

—Fantástico, mamá.

—¿Alguna novedad con nuestro collar?

—Lo han encontrado hoy —contestó Will, sin mencionar que había sido hallado en su despacho.

—¡Oh, Dios mío! Sí que viaja ese collar, ¿no te parece, querido?

—Sí que viaja, sí.

—No te preocupes. Es nuestro pequeño secreto. Pero ¿podré verlo?

—En el baile. Es posible que lo subasten.

—Tendré que hablar con tu padre. ¿No sería fantástico que pujara para comprármelo? Podríamos volver a tenerlo en la familia, que es a donde pertenece... a menos que algún millonario decida gastar un fortuna en él.

«Lo que me faltaba», pensó Will, y miró el clavo de la pared donde el collar había estado colgado durante años. Como si tuviera poderes extrasensoriales, su madre dijo:

—Podrías volver a colgarlo en esa preciosa casa que tenéis. Es un fastidio que pienses que no tenéis suficiente espacio para que nos alojemos ahí.

Will ignoró el último comentario.

—Si papá compra el collar para ti, insisto en que lo guardes tú —dijo—, y lo de insistir lo digo en serio.

Su madre consideró sus palabras.

—Bueno. Me sentía como una reina cuando me lo ponía. Ah... nos avisan para que subamos al avión. Adiós, cariño.

El auricular hizo «clic» en el oído de Will. Éste lo colocó en el soporte y se volvió hacia Kim.

—Te hará feliz saber que tu suegra favorita está en camino.

Cuando Kim soltó una carcajada, a Will le empezó a dar vueltas el estómago; estaba seguro de que seguiría así hasta que el collar no saliera de su vida de una u otra forma.

15 de enero, sábado

Capítulo 55

El primo de Dorinda, Gus, durmió como un leño en el piso subarrendado de su prima. Parecía que no tuviera la menor preocupación en la vida. Cuando se tumbó por primera vez en la cama, presionó el colchón unas cuantas veces con las manos, encontrándolo algo duro para su gusto. Pero tal y como era Gus, cerró los ojos y cayó redondo.

El sábado por la mañana se despertó temprano. Todavía confuso momentáneamente acerca de donde estaba, hizo lo que siempre hacía cuando se despertaba en una cama extraña y era incapaz de entenderlo: contaba hasta diez, se orientaba y, al final, su paradero penetraba en su cerebro. «¡Prima Dorinda!», exclamó. «Qué lástima.»

El reloj que estaba junto a la cama marcaba las 6:12 de la mañana. «El cambio horario», dijo, mientras sacaba las piernas por el lateral de la cama y se levantaba. En la pequeña cocina se preparó una cafetera con el café Kona de Dorinda, y mientras el oscuro líquido iba goteando en el recipiente de cristal, Gus se dobló por la cintura e intentó tocarse los dedos de los pies. Nunca lo había conseguido, pero le sentaba bien hacer el esfuerzo; se reincorporó y volvió a doblarse hacia abajo. Arriba y abajo, arriba y abajo… hasta que se mareó.

El café estuvo listo por fin: negro y espeso y con un aroma maravilloso. Se sirvió una taza y volvió a la cama enseguida. Depositó la taza de café en la mesita auxiliar y cogió la segunda almohada para ponérsela en la espalda. Su mirada se detuvo sobre una libreta de espiral.

«¿Qué tenemos aquí?», dijo para sí. Se la acercó y la abrió. En la línea superior, escrito en grandes letras de imprenta con la ilegible caligrafía de Dorinda, aparecía el título: EL ROMANCE DEL BAILE DE LA PRINCESA. ¿ES UNA NOCHE PARA ENAMORARSE O PARA ENAMORARSE PERDIDAMENTE UNA VEZ MÁS? Gus no era capaz de entender los pequeños caracteres que aparecían abajo. Cogió sus gafas del aparador, se puso el café en una mano y se volvió a retrepar sobre las almohadas con la libreta en el regazo. Leyó con interés acerca de lo perfecto que era Hawai como lugar para el idilio. Los recién casados en luna de miel son tan frecuentes como las parejas que llevan viviendo juntas muchos años. La gente se conoce y se enamora de las maravillosas islas. Tanto los nativos como los turistas llevan los collares de flores con un espíritu romántico, de amistad y festivo.

El siguiente artículo de la libreta de Dorinda trataba sobre los preparativos del Baile de la Princesa en el romántico complejo vacacional y lúdico Waikiki Waters: la excitación acerca de la subasta de uno de los collares de conchas reales que llevaba años en el Museo de las Conchas; la comida; la decoración; la ropa con el dibujo de los collares de conchas de las bolsas de regalo; y la obra benéfica que ayudaría a los jóvenes artistas de Hawai.

Gus se secó los ojos cuando llegó al final del inconcluso artículo. Dorinda había escrito: «Por fin llegó la noche del baile».

—Nunca consiguió escribir el resultado —musitó Gus con tristeza. ¿No fue Beethoven el que dejó una sinfonía inacabada?, se preguntó. Le sonaba que sí.

Gus dejó la libreta y le dio un sorbo al café. Siempre había tenido cierta habilidad para el reportaje, pensó. En el instituto escribió unos cuantos artículos para el periódico. Echó una mirada a algunas ropas de Dorinda que estaban tiradas sobre el sofá del rincón. Pobre Dorindita, pensó con tristeza. Tal vez fuera una malcriada, pero no se merecía morir de esta manera.

—Terminaré el reportaje por ti —dijo Gus al aire—. Lo haré como un homenaje que te rinde tu querido primo Gus. O Guth, como me llamabas cuando eras una mocosa. —Cuanto más pensaba en ello, más excitado se iba poniendo. Hoy se llevaría la libreta al hotel y se la enseñaría a Will, pensó. Y le contaría sus planes. Luego, pasaría el día en la playa y volvería para prepararse para el baile.

«Prima Dorie, no dejaré que se olviden de ti.»

Capítulo 56

Poco después de las ocho, Regan salió a hurtadillas de la habitación lo más silenciosamente que pudo. Kit había vuelto alrededor de las tres; Regan la había oído, y se había vuelto a quedar dormida después de mirar el reloj. De regreso al hotel la noche anterior, había llamado a Mike Darnell. Éste le dijo que dejara la botella de cerveza en la comisaría de policía, y que él pasaría a recogerla por la mañana. Cuando se acostó, Regan tardó un buen rato en quedarse dormida, preguntándose si no habría ido demasiado lejos.

Ya en la playa, Regan empezó a caminar. Todavía era temprano, y no había mucha gente en los alrededores. Se veían unos cuantos paseantes matutinos, aunque algunos empecinados ya habían marcado su trozo de terreno con las toallas, las tumbonas y las sombrillas. Regan caminó hasta el final del rompeolas y se sentó. El agua batía contra las rocas. Todo era sumamente apacible y tranquilo. Iba a ser otro hermoso día en el paraíso.

Regan permaneció sentada unos diez minutos, al cabo de los cuales se levantó. Pensó que era fácil imaginar que alguien resbalara sobre las rocas; estaban mojadas y ligeramente viscosas. Volvió a la playa con cuidado, llevando los zapatos en la mano, y se dirigió al hotel. Pasó junto a un grupo de seis personas que llevaban unos pantalones cortos con un estampado hawaiano a todas luces inadecuado para un paseo tan madrugador.

Regan divisó a Jazzy, que estaba sentada en una pequeña y aislada mesa junto a la piscina con un hombre que parecía un amargado. Regan se preguntó si sería el jefe de ella. De los posibles senderos que conducían hacia el bufé del desayuno, tomó el que la haría pasar lo más cerca posible de la mesa, y se aseguró de que Jazzy la viera.

—Ah, hola, Regan —dijo Jazzy, cuando Regan la saludó con la mano.

—Hola, Jazzy. —No se podía creer que la estuviera llamando Jazzy—. ¿Todo listo para la noche del baile?

—Oh, sí.

«Debería presentarme a este tipo —pensó Regan—. Está enfrascado en el menú del desayuno, pero tendrá que levantar la cabeza a no tardar mucho.»

—Estoy tan contenta de que hayan aparecido los collares, ¿tú no?

—Ya lo puedes creer —respondió Jazzy—. Regan, ¿conoces a mi jefe, Claude Mott?

—Creo que no. —Regan se acercó con una gran sonrisa y extendió la mano hacia Gruñón—. Regan Reilly. Encantada de conocerle.

El sujeto levantó la vista y sonrió lánguidamente.

—Lo siento. Hasta que no me tomo mi café, no soy bueno.

—Lo entiendo perfectamente. Siempre me siento más humana después de mi primera taza del día. Estoy impaciente por ver su ropa esta noche.

—No se llevará ninguna desilusión —masculló Claude—. Después de esta noche, volveremos a mi casa de Big Island y diseñaremos, diseñaremos y diseñaremos.

—Jazzy me dijo que tiene una casa maravillosa allí —dijo Regan, esforzándose al máximo por resultar simpática. Quería conseguir algún indicio de por qué aquellos dos habían acabado en la carpeta de la basura de Dorinda, y decidió que la gentileza era el mejor planteamiento—. ¿Dónde está su casa?

—En las colinas, a unos cuantos kilómetros del aeropuerto de Kona. —Claude se besó los dedos—. Es magnífica. El único problema es que hay una gente que se está construyendo una casa en la finca colindante. No sé quienes son, pero créame, no me gustan.

—El problema se resolverá cuando vendas esa casa y construyas una aquí, cerca de Waikiki —terció Jazzy con coqueta timidez.

Regan tuvo la impresión de que aquello era una iniciativa de Jazzy; le gustaba estar donde estaba la acción. Big Island es preciosa, pero demasiado tranquila.

—Bueno, las vallas hacen buenos a los vecinos —comentó Regan, deseando prolongar la conversación, por más que fuera evidente que la pareja no le iba a pedir que se sentara con ellos.

—¡El problema es la valla! —exclamó Claude—. Han plantado una cerca de alambre de espino en la linde con mi propiedad. ¿Qué están construyendo dentro del bosque? ¿Una cárcel?

—La casa no se puede ver porque es una zona demasiado boscosa —explicó Jazzy—. Muy agreste y verdaderamente maravillosa. Pero Claude no entiende la necesidad del alambre de espino.

—Y ¿esa gente cuándo se va a ir a vivir allí? —preguntó Regan.

—He oído que en la primavera. Estoy impaciente por ver quiénes son. Dos mujeres, me han dicho. —La atención de Claude volvió al menú del desayuno. Regan lo interpretó como una señal de que él no quería más charla.

—Disfruten del desayuno —dijo Regan—. Hasta luego.

Will ya estaba en su despacho, y tenía un aspecto más relajado.

—Hoy es el gran día, Regan.

—Lo sé. ¿Pasaste una buena noche?

—Estoy tan contento de que mi familia haya vuelto. Kim es fantástica. Le conté todo; y ni siquiera se enfadó demasiado porque mi madre esté de camino hacia aquí.

—Eso es fantástico. Acabo de ver a Jazzy y al señor Personalidad ahí fuera.

—¿A Claude?

—Sí. Qué encanto de hombre.

Will se rió.

—Cuéntame.

—Will, ¿me conseguiste el número de habitación de la pareja que conocí en la playa el otro día?

—Sí, lo hice. —Le entregó un papel con el número de habitación y la extensión—. Regan, te interesará saber que se me acaba de informar que la madre de la chica ha llamado esta mañana. Está preocupada, porque no tienen noticias de su hija desde ayer por la mañana temprano. La ha llamado varias veces, pero nadie ha respondido al teléfono de la habitación ni al móvil. La mujer estaba segura de que Carla no habría parado de llamarla con ideas para la boda.

Regan pareció preocupada.

—¿Has entrado en su habitación?

Will negó con la cabeza.

—Todavía no. Podrían estar durmiendo; o haber desconectado el teléfono. Podemos llamar a la puerta dentro de una hora o así, pero no quiero molestarlos todavía. Aún es temprano.

—Pero, si no están allí… —empezó Regan.

—A veces, la gente coge una habitación para una semana, pero se van uno o dos días a las otras islas. Como ya han pagado la habitación, no quieren volver a hacer el equipaje. Es un derecho que tienen nuestros clientes. Además, si se acaban de comprometer, puede que hayan ido a algún sitio a celebrarlo.

—Supongo —dijo Regan—. Pero, por favor, avísame cuando vayas a entrar en su habitación. Tengo mucho interés en hablar con Carla. Will, si esta joven vio realmente algo sospechoso la noche en que murió Dorinda, podría ser un blanco…

—Para quien tal vez haya matado a Dorinda —terminó Will—. Confiemos en que sólo hayan bebido mucho champán ayer y que estén durmiendo la mona.

—Créeme, seré feliz si su mayor padecimiento esta mañana es una resaca —comentó Regan—. Bueno, acerca de ese grupo de vacaciones que escapa de la lluvia para venir aquí gracias al tipo que les dejó diez millones de dólares, ¿dónde los podría encontrar?

Will consultó su reloj.

—Es la hora del bufé. Las dos ancianas que están al mando siempre consiguen monopolizar una mesa grande en el comedor principal cerca de las puertas abiertas que dan a la playa. —Brevemente, describió a los miembros del grupo a los que Regan no conocía—. Supongo que no quieres que te presente a los demás.

—No. Todavía, no. Intentaré sentarme cerca de ellos. Quiero investigar a las gemelas; puede que se estén quedando con el dinero.

Parece como si Dorinda tuviera algo definitivo a ese respecto. Me pregunto qué le hizo sospechar de ellas.

—Lo ignoro. Todo lo que sé es que se limitan a pagar las facturas después de sacarme todos los descuentos habidos y por haber.

Regan se levantó.

—Iré a ver qué comen para desayunar.

Fuera del despacho, Janet estaba en su mesa.

—Hoy has madrugado mucho —observó Regan—, y es sábado.

Janet la sonrió.

—Cuando termine este baile, me voy a coger unas vacaciones.

—Algo me dice que las vamos a necesitar todos —respondió Regan, y se dirigió al bufé del desayuno.

Capítulo 57

Carla y Jason habían pasado una noche angustiosa en el frío sótano. La temperatura bajaba hasta los cuatro grados y medio en las montañas, y la calefacción de la casa no funcionaba todavía. Les dolían los huesos, las cuerdas les habían cortado las manos y los pies, y tenían las bocas secas y en carne viva a causa de las mordazas. Pero todos aquellos dolores y heridas no eran nada comparados con el miedo que sentían. Estaban aterrorizados, temiendo por sus vidas.

Atados en unas sillas amarradas a sendos postes de cemento separados, tanto Jason como Carla habían intentado retorcerse para librarse de las ataduras, pero no había servido de nada, sólo consiguieron agravar las quemaduras que les producían las cuerdas.

Aunque no podían hablar, los dos estaban pensando en lo mismo: nunca tendrían la oportunidad de casarse.

Capítulo 58

—Ni a Gert ni a mí nos interesa ir al baile —oyó decir Regan a una de las gemelas—. Id vosotros y divertíos. Gert y yo encontraremos otras cosas que hacer.

—¿No estáis enfadadas porque hayamos cargado las entradas? —preguntó Francie—. Porque aquí Joy piensa que…

—¡Francie! —le espetó la aludida.

—Lo único que estoy diciendo es que Joy pensaba que os podría molestar que lo hiciéramos sin preguntaros.

—Joy es una jovencita muy lista —contestó Ev—. En circunstancias normales, no nos haría muy felices, pero lo dejaremos correr por esta vez.

—¿Por qué no os sacamos dos entradas? —sugirió Artie—. Podría ser divertido ir en grupo.

Ev se mostró tajante.

—Esas entradas son muy caras; ya hemos malgastado suficiente dinero de Sal Hawkins en ellas. Gert y yo iremos a la ciudad y disfrutaremos de un tiempo «de gemelas». No veo a ese dúo tan dinámico de Bob y Betsy. ¿También piensan ir al baile?

—Creo que tuvieron una pelea —declaró Joy, mientras removía un poco de germen de trigo en el yogur. Estaba haciendo todo lo que podía para mantener un tipo lo más esbelto posible, pero sabía que su disciplina se evaporaría en cuanto volviera a Hudville. De todas maneras, había perdido la mayor parte de su interés en conseguirlo; la noche anterior, Zeke le había revelado que planeaba irse cinco años a dar la vuelta al mundo… con su tabla de surf.

—Y ¿a causa de qué se pelearon? —preguntó Artie.

—Ni idea. Pero, anoche, cuando volvía de una fiesta, estaban sentados en la playa, y oí que Betsy se quejaba de que Bob fuera tan soso.

—¡Bob no es soso! —espetó Francie.

—¿Es que lo conoces? A mí me parece que es un soso —replicó Artie.

—Bob es amable. Me dio dinero para mis gastos —dijo Joy con toda la intención, mirando a las gemelas.

—Bueno, si eso le hace sentirse especial, entonces bien por Bob —dijo Ev con dureza—. El mundo está lleno de hombres que necesitan fardar delante de las jovencitas. Es triste.

—¿Por qué no dejamos a Bob en paz? —preguntó Joy.

—Fuiste tú quién empezó con el cotilleo —le recordó Artie.

Menudo grupo, pensó Regan mientras se metía en la boca una porción de huevos revueltos. No le pareció improbable que las gemelas se estuvieran embolsando parte del dinero de Sal Hawkins; se movían con un presupuesto escaso, cuando al grupo se le había dejado diez millones de dólares. Eso era mucho dinero para gastar, incluso si ibas de vacaciones a Hawai cada tres meses. Pero ¿que harían para escaparse con él? Si se habían quedado con varios millones para ellas, no parecía que fueran a tener muchas oportunidades de gastarse toda esa pasta en Hudville.

—Os habéis vuelto a poner los muumuus —observó Joy a las gemelas—. No me puedo creer que ayer llevarais aquella ropa tan calurosa.

—Ya te lo explicamos ayer, Joy. Estuvimos todo el día en Oahu entrado y saliendo en hoteles con aire acondicionado. Nos esforzamos al máximo para que los gastos no se disparen. De lo contrario, no habrá muchos más viajes para los afortunados miembros del club Viva la Lluvia.

Regan examinó a las gemelas con detenimiento; si se fugaran con el dinero de Sal Hawkins, eso habría sido un gran logro para Dorinda. ¿Podían haberse enterado de que Dorinda sospechaba que eran unas ladronas? Ése, sin duda, sería un buen motivo para que quisieran matarla. Parecían dos dulces ancianitas. ¿Serían capaces de matar? La rubia sorprendió a Regan mirándola de hito en hito. Regan apartó la mirada rápidamente, pero durante el fugaz instante en que las miradas de ambas se cruzaron, decidió que aquella criatura podía ser terrorífica. La mirada que le había lanzado a ella había sido fulminante.

«Culpable —pensó Regan—, de robo por lo menos.» Le dio un sorbo al café y fingió estar embelesada por la fuente de fruta que tenía delante. Estaba claro que las gemelas no querían ir al baile esa noche. ¿Por qué no? Estaban tramando algo. Si tenían todo ese dinero a buen recaudo, un par de cientos de dólares no debería de ser un problema. ¿Qué estaban tramando?

Una mujer que intentaba hacer malabarismos con una bandeja llena y, al mismo tiempo, sujetar la mano de su hijo pequeño pasó por detrás de la silla de Gert y chocó con ella. El bolso de Gert se deslizó por el respaldo de la silla y fue a parar al suelo. No le gustaría estar en el pellejo de esa pobre madre, pensó Regan con una ligera sonrisa, mientras observaba la expresión de enfado que apareció de inmediato en la cara de Gert.

—Vaya, usted perdone —dijo la gemela con sarcasmo, mientras se agachaba para coger el bolso, de cuyo fondo cogió la libreta con demasiada rapidez. La solapa del bolso no estaba bien enganchada, y su contenido se desparramó por el suelo.

—Cuánto lo siento —se disculpó la joven madre, mientras su pequeño, que apenas levantaba medio metro del suelo, intentó ayudar recogiendo el monedero de Gert. Ésta se lo arrancó de las manos, y el niño empezó a llorar.

Varias monedas habían rodado hasta debajo de la silla de Regan, que se inclinó y las reunió rápidamente, tras lo cual se puso en cuclillas donde Gert prácticamente se había tirado cuerpo a tierra, insistiendo al grupo que ella podía recogerlo todo sin la ayuda de nadie. Regan era la que estaba más cerca del revoltijo y pudo ver que Gert se apresuraba a poner sus grandes manos sobre una postal con la palabra Kona garrapateada sobre una foto de una hermosa playa. Regan recogió una bolsa de maquillaje; debajo apareció el resguardo de una tarjeta de embarque de las Hawaiian Airlines. Destino: Kona, 14 de enero.

—Tome —dijo Regan, dejando caer las monedas, la bolsa de maquillaje y el resguardo del billete en el bolso que Gert estaba llenando con sus pastillas de menta, el peine, la funda de las gafas, el pañuelo y la llave de habitación.

Gert la miró a los ojos. Las dos estaban en cuclillas.

—Gracias —dijo la anciana rápidamente.

Regan tuvo la sensación de que Gert buscaba algo en su mirada; permaneció impasible de manera deliberada. No, pensó Regan, no se había dado cuenta de que tenía una tarjeta de embarque de ayer para un vuelo a Kona. En absoluto. Y nunca se lo diría a su grupo de vacaciones… el mismo grupo al que acababa de mentir, diciéndole que ayer estuvieron todo el día buscando hoteles en Oahu.

«Pero ¿que os lleváis entre manos en Kona?», se preguntó Regan.

Capítulo 59

Ned apenas había dormido. Se despertó a la salida del sol y salió a dar una madrugadora carrera. Lo único en lo que fue capaz de pensar fue en el hecho de que alguien, probablemente Glenn, había cogido los collares de su caja envuelta para regalo, sustituyéndolos por unas imitaciones baratas. Ése era un delito premeditado, pensó enfurecido. Pero quienquiera que lo hubiera hecho sabía que él también era un delincuente.

Corrió dieciséis kilómetros con intensidad, algo que no había hecho durante mucho tiempo. Cuando llegó a un desolado tramo de playa, se quitó los zapatos y la camisa y se metió en el agua. Le sentaba bien moverse, patalear y liberarse. Al ver acercarse una gran ola, decidió dejarse llevar por ella. La resaca era fuerte. La ola lo levantó por debajo, le dio una sacudida y se retiró. Ned pataleó con fuerza. Una masa de fragmentos de concha cubría el fondo marino.

—¡Ay! —gritó. Había pisado algo cortante. Se dirigió cojeando a la arena, se sentó y se arrancó un trozo de cristal de la base del segundo dedo del pie. Le salía sangre, y le dio la sensación de que la herida necesitaba unos puntos de sutura. Pero ni hablar de correr semejante riesgo, justo en el momento en que estaba a punto de llegar a la ciudad la madre de Will, la mujer que se había obsesionado con aquel mismo dedo hacía treinta años. Si iba a dejar que un médico le viera el pie, sería después de que Almetta Brown estuviera bien le-

293

jos de las islas Hawai, y se hubiera dejado de hablar de los collares reales.

Se sentó en la arena y presionó el corte con uno de sus calcetines de gimnasia. Su recompensa fue la visión del calcetín blanco tiñéndose de un rojo vivo. Con el cristal que se acababa de extraer del pie, cortó un trozo de calcetín y se lo ató alrededor del dedo. Luego, no sin dificultad, volvió a calzarse y regresó cojeando al hotel. Cuando llegó a la habitación, el pie le dolía de manera increíble y no paraba de sangrar.

Mientras se duchaba, observando la sangre que manaba de su dedo y se colaba por el desagüe, fue incapaz de pensar en otra cosa que no fuera que al día siguiente el baile se habría acabado, y que los collares ya no estarían. Por él, perfecto. Pero ¿qué hacer con el botones Glenn? Sin duda, ése no andaba metido en nada bueno. Se le ocurrió una idea: ¿podría ser Glenn quien estuviera detrás de todos los problemas del hotel? Parecía estar en todas partes; y Will lo tenía de aquí para allá ocupándose de cosas. Pero si no andaba en nada bueno, no podía hacer nada al respecto, se percató Ned. ¿Y quién sabía? Quizá ya le hubiera tendido una trampa con la pasma.

Bueno, se estaba poniendo realmente paranoide, pensó Ned. Salió de la ducha, se secó y se ató un pedazo de papel higiénico alrededor del pie. No tenía ninguna tirita, y no estaba por la labor de empezar a fisgar en el equipo de afeitado de Artie. Por suerte, Artie no estaba por allí. Debería de estar abajo, con el grupo de Hudville, comiendo en el bufé.

Se vistió, buscó en su armario e intentó ponerse el calzado que había llevado el día anterior para hacer surf. Le apretaba mucho. Se lo sacó y se puso unas zapatillas de deporte. «Cuando Will me comunique que sus padres están aquí, me volveré a poner los zapatos de playa. No puedo ir a navegar con estas zapatillas; la madre de Will se daría cuenta con toda seguridad. Según parece, no ha cambiado mucho en treinta años, y lo más probable es que siga fijándose en todo.»

Ned volvió a salir para unirse al mundo con un único objetivo para el día: no ser detenido.

Capítulo 60

—Estoy tan preocupada. —La madre de Carla hablaba con Regan y Will a través del manos libres—. Es tan impropio de ella. Se promete en matrimonio después de todos estos años y entonces desaparece de la faz de la tierra. Es absurdo. Mi Carla me habría llamado cada cinco minutos para hablar de la boda. Y nadie sabe nada de ella desde ayer. ¡Y ahora me dicen que parece como si no hubiera dormido en su habitación! —La voz de la mujer se quebró, y empezó a llorar.

—Señora Trombetti, vamos a hacer todo lo que podamos para seguirles el rastro. No olvide que se acaba de prometer. Tal vez Carla y Jason hayan decidido salir y tener unos días para ellos solos, olvidándose del mundo. Esto es Hawai, y hay multitud de lugares románticos donde las parejas van para estar solos.

—Carla, no. Si está lejos de un teléfono unas cuantas horas, le entra síndrome de abstinencia.

Regan la podía oír sollozar.

—Y ¿cuanto tiempo más necesita para estar a solas con Jason? Llevan juntos diez años. Me sorprende que sigan enamorados. Me hace tan feliz que se hayan prometido en matrimonio, antes de que acaben hartos el uno del otro.

Regan arqueó las cejas.

—Usted sabe que la policía ni siquiera los considera personas desparecidas todavía, porque son adultos y libres de hacer lo que les plazca. Sólo hace veinticuatro horas que se han ido, pero vamos a hacer todo lo que esté en nuestras manos para encontrarlos.

—¿No ha sido en ese hotel donde se acaba de ahogar una persona? Mi marido estaba buscando las noticias de Hawai en internet.

—Por desgracia, así fue —respondió Regan—. Una empleada del hotel. Pero estaba sola. Es improbable que su hija y su prometido…

—Lo sé, lo sé —le interrumpió la mujer—. Pero, créame, conozco a mi hija. Y mientras haya posibilidades de gritarnos la una a la otra, ella no ignora mis llamadas o desaparece tanto tiempo sin decirles algo a sus amigas.

—Entiendo —dijo Regan con dulzura. Invirtió los siguientes minutos en intentar tranquilizar a la madre de Carla. Pero sabía cómo se sentiría su propia madre si ella desapareciera de repente. Y sabía lo excitada que estaba su madre con los preparativos definitivos de una boda. Cuando colgó, miró a Will y preguntó—: ¿Cuántas llamadas de este tipo recibes?

—Bastantes —respondió Will—. La gente viene a Waikiki de vacaciones y quiere sentirse libre. Las baterías de sus móviles se descargan. O se mueven a zonas donde no hay cobertura. Entonces, los parientes empiezan a preocuparse. En estos tiempos la gente se está acostumbrando a estar en contacto permanente. Pero esta pareja se acaba de prometer en matrimonio; tal vez decidieron hacer alguna extravagancia.

—Tal vez —respondió Regan con prudencia—, pero ojalá que Carla no hubiera estado la otra noche en la playa.

—Lo sé —dijo Will en voz queda.

—¿Puedo echar un vistazo a su habitación? —preguntó Regan. Will se levantó enseguida.

—Vamos. Estoy seguro de que tenemos el permiso de la madre de Carla.

En el interior de la ordenada habitación con cama de matrimonio todo parecía estar en orden. En el baño, los artículos de tocador de Carla estaban alineados. Había dos cepillos de dientes dentro de un vaso.

—Dónde quiera que estén, no habían planeado quedarse a pasar la noche —observó Regan.

—Se pueden comprar cepillos de dientes en todas partes —replicó Will.

—Se puede, pero… —Regan señaló las lociones y cremas y pulverizadores que cubrían la repisa de mármol—. No creo que Carla sea de las que se las arreglan sobre la marcha. Apostaría lo que fuera a que no ha ido de acampada en su vida. Al menos, no sin sus cremas faciales.

Regan se acercó al escritorio y echó un vistazo al bloc con el membrete del Waikiki Waters que estaba junto al teléfono. Lo cogió y se dirigió a la puerta de la terraza, donde la luz era más intensa. El que había escrito el último mensaje lo había hecho con fuerza, dejando la impresión en la siguiente hoja. Cuando Regan vio lo que estaba escrito, hizo una profunda inspiración.

—¿Qué pasa? —preguntó Will.

—Aquí pone Kona. Hay un número de vuelo y una hora.

—¡Lo ves! —dijo Will, sintiéndose aliviado—. Volaron a Big Island en busca de un poco de diversión.

—Pero, Will, esas gemelas estuvieron ayer en Kona. Vi una de sus tarjetas de embarque por casualidad.

Will se quedó lívido.

—Sin embargo, eso no significa…

Regan consultó su reloj.

—Son las doce. Vayamos a buscar a las gemelas.

—Y luego, ¿qué?

—Ya pensaré algo —respondió Regan.

Bajaron a toda prisa y buscaron por las piscinas, dieron una batida por la playa y entraron y salieron de todos los restaurantes, pero no fueron capaces de encontrar a ninguno de los miembros del grupo Vacaciones para Todos. Volvieron al despacho de Will y llamaron a la habitación de las hermanas. No hubo respuesta. Regan salió de nuevo del hotel, y localizó a la chica joven del grupo, que salía de la tienda de ropa de mujeres. Parecía aburrida.

—Perdona —saludó Regan.

—¿Sí?

—Estaba al lado de vuestra mesa esta mañana cuando a la jefa del grupo se le cayó el bolso al suelo.

—Ah, es verdad —dijo Joy—. Ella manejó la situación realmente bien, ¿verdad?

Regan sonrió.

—Tengo que hablar con ella. ¿Sabes dónde está?

Joy negó con un movimiento de cabeza.

—Hoy se iban a sentar en la piscina y darse sus chapuzones, tal y como les gusta decir, pero de repente decidieron examinar más hoteles. No quieren ir al baile y se despidieron de nosotros hasta mañana. —Se encogió de hombros—. No sé que se traen entre manos.

—¿A qué te refieres? —preguntó Regan.

Joy puso los ojos en blanco.

—Suelen mantenernos unidos durante las comidas, de manera que puedan contar cada centavo que gastamos. Que las gemelas se ausenten durante la comida y la cena es verdaderamente extraño, créame. Y nos dijeron que mañana por la mañana van a ir a un servicio religioso de madrugada, de manera que tampoco estarán aquí para el desayuno. Alabado sea el Señor.

—Gracias por tu ayuda —dijo Regan.

—No hay problema. ¿Pasa algo?

—No.

Regan volvió a toda prisa al despacho de Will.

—Se han ido a pasar todo el día y la noche fuera. Will, estoy preocupada. Te apuesto lo que sea a que van a regresar a Kona, y te apuesto también a que es ahí donde están Carla y Jason.

Regan se sentó rápidamente y llamó a Mike Darnell.

—Mike, necesito la lista de pasajeros de un vuelo de ayer a Kona. —Le puso al corriente de la situación.

Al cabo de unos minutos, Mike le devolvió la llamada.

—Todas las personas que mencionaste estuvieron en ese vuelo ayer. Las dos mujeres volvieron por la noche, pero la pareja no apareció para coger su vuelo. Tampoco devolvieron su coche de alquiler, y dijeron que lo devolverían ayer por la tarde. Es un sedán blanco con restos de pintura amarilla en un lateral. Las dos mujeres cogieron un vuelo que acaba de aterrizar en Kona hace diez minutos.

—Oh, Dios mío. Tenemos que encontrarlas.

—Es una isla muy grande. Por eso la llaman así, Big Island.

—¿Puedes transmitir un comunicado sobre el coche alquilado? Voy a coger un avión hasta allí ahora.

—Y luego, ¿qué?

—No estoy segura.

—Regan, acabo de hablar con un amigo mío que tiene un avión privado. Me ha dicho que se iba para el aeropuerto. Déjame que lo llame para ver si nos puede llevar a Big Island. Espera un segundo. —Regan esperó en tensión hasta que Mike volvió a ponerse al aparato—. Te recogeré dentro de quince minutos en la puerta del hotel. Puede que esto sea una locura.

—No lo es —dijo Regan con firmeza. Colgó el teléfono y miró a Will.

—Tengo que entrar en la habitación de las gemelas.

—Regan, no sé si podemos…

—Will, es absolutamente necesario que…

—Vamos —dijo Will, por segunda vez esa mañana. Ambos se precipitaron fuera del despacho.

En la habitación de las gemelas parecía que hubiera el doble de todo: dos pares iguales de pantuflas peludas, dos albornoces idénticos, dos maletas rosas. Regan se dirigió al escritorio y abrió el cajón. En su interior encontró una gruesa carpeta; sacó el contenido.

—Los planos de una casa —musitó. Leyó las palabras escritas en la parte superior del primer boceto—: «La casa ideal de Gert y Ev». Están utilizando el dinero de Sal Hawkins para construirse una casa. —Se metió la carpeta en el bolso.

—No sé si deberías coger eso —le advirtió Will.

—Lo voy a coger. Las gemelas no volverán hasta mañana. —Regan registró el resto del escritorio, el armario empotrado y los cajones de la cómoda, pero no encontró nada.

Luego, volvieron a la planta baja a toda prisa, donde Mike Darnell ya estaba esperando.

Gert y Ev habían alquilado un coche en el aeropuerto. Para su disgusto, había habido una cola considerable, y el coche todavía no tenía gasolina. Cuando terminaron de llenar el depósito y salieron de la estación de servicio, las dos estaban impacientes y con los nervios de punta. En ese momento se dirigían a toda velocidad hacia la casa de sus sueños.

—Vaya, esto es todo un cambio de planes —comentó Gert.

—La situación se está poniendo demasiado tensa —respondió Ev—. Había algo en la manera de fisgonear de aquella chica al ayudarte hoy a recoger todos tus trastos.

—Le lancé la más terrible de mis miradas —respondió Gert—. Pero vio esa postal de Kona.

—Vi que se fijaba en eso. Lo único que quiero es sacar a esa pareja de nuestra casa, antes de que alguien los encuentre allí. Y a su estúpido coche. Cuanto antes nos deshagamos de ellos, mejor. —Y pisó el acelerador.

—Entonces, ¿no los vamos a arrojar al agua esta noche?

—Ya veremos. Ahora los estrangularemos, meteremos sus cuerpos en el maletero y luego veremos si podemos abandonar el coche en alguna parte.

—Preferiría dejarlos caer por un acantilado.

—Y yo también. Pero faltan varias horas hasta que anochezca, y no quiero esperar tanto. —Salió de la carretera principal y entró en un camino de dos sentidos que terminaba en una montaña. Estaban sólo a unos pocos kilómetros de la casa.

—Ya casi hemos llegado, hermana.

—Ya lo creo.

—Cuando aterricemos, nos tendrán preparada una relación de todos los agentes inmobiliarios —le dijo Mike a Regan—. Aunque quién sabe cuando compraron las gemelas el terreno; puede que hace tiempo que no hayan tenido trato con nadie.

—Estoy segura de que la casa es una construcción particular y que están utilizando unos nombres falsos —añadió Regan—. Pero esas dos son fáciles de identificar. ¿Cuántas gemelas sesentonas idénticas pueden estar construyéndose la casa de sus sueños en Big Island? —Regan bajó la vista hacia los bocetos del exterior de la casa, la onerosa cocina con vistas al lejano océano, las dos suites principales idénticas… Intentó volver a meter los dibujos en la carpeta, pero algo se interponía. Otro papel. Regan lo sacó y lo desplegó; era el boceto de una valla de alambre de espino.

—¡Will, Regan necesita hablar contigo ahora mismo! —le gritó Janet. Will estaba fuera, junto al mostrador delantero, hablando con Jazzy y Claude—. ¡Es urgente!

Jazzy y Claude se fueron a toda prisa. Will se puso al teléfono, escuchó, lo dejó caer y salió corriendo detrás de Claude.

—¿Cuál es tu dirección en Big Island?

Un coche patrulla esperaba a Regan y Mike en el aeropuerto de Kona. Se subieron al vehículo, el oficial Lance Curtis puso la sirena y partieron. Haz que estén allí, rezó Regan; por favor. Sabía con certeza que Jason y Carla corrían un grave peligro. Haz que estén vivos.

Jason y Carla oyeron abrir la puerta del piso superior. Aterrorizada, Carla abrió los ojos desmesuradamente. Habían vuelto, pensó. Se acabó. Bajó la cabeza y empezó a rezar de nuevo. Jason ya lo había hecho.

La puerta del sótano se abrió.

—Ya estamos aquí —anunció Ev—. De vuelta para ocuparnos de la niña mala y del niño malo.

Las hermanas empezaron a bajar torpemente los peldaños.

El coche patrulla avanzaba a toda velocidad por la larga y sinuosa carretera privada que conducía a la casa de Claude; el camino atravesaba una zona muy boscosa, estaba sin pavimentar y lleno de baches. Al llegar a la cima, Regan, Mike y Lance saltaron del coche.

Rodearon la casa corriendo hasta la parte posterior y divisaron de inmediato la alambrada de espino que discurría por la parte izquierda de la finca.

—La casa de las gemelas debe de estar en esa dirección —gritó Regan.

—Llevará varios minutos volver a bajar la colina y rodearla. La entrada a su camino debe de estar al otro lado de ese bosque. —El oficial Curtis corrió hasta el coche y sacó una cizalla del maletero. Pocos minutos más tarde, Regan, Mike y el oficial corrían colina arriba a través de los bosques.

Cuando llegaron a lo alto de la montaña, pudieron ver la casa. Estaba situada en medio de una gran parcela de terreno. En el camino había un coche blanco con restos de pintura amarilla en el lateral.

—Ése es el coche de Carla y Jason. ¡Tienen que estar allí dentro! —gritó Regan.

—¿Tenéis algo que decirles a Gert y Ev antes de morir? —preguntó Ev, que parecía medio enloquecida. Estaba parada detrás de Jason, y Gert, detrás de Carla. Estaban preparadas para rodearles el cuello con las manos y apretar hasta matarlos.

Carla y Jason habían estado llorando en silencio. En cuanto las gemelas les quitaron las mordazas, los sollozos impregnaron la estancia.

—¡Por favor! —suplicó Carla.

—Lo siento —respondió Ev—. Hicisteis algo muy feo. Y no queremos que nos estropeéis la diversión. Porque merecemos divertirnos un poco.

—Y seguro que nos divertiremos —admitió Gert con voz nerviosa—. Hemos soportado muchas cosas a lo largo de toda nuestra vida. Siempre cuidando de los demás en una ciudad lluviosa, sin pensar jamás en lo que convenía a las gemelas. Bueno, al final despertamos. Habíamos estado desperdiciando nuestras vidas, y cuando nos surgió la oportunidad de cuidar de nosotras, ¡la aprovechamos! ¡Y no vamos a permitir que alguien como vosotros lo eche todo a perder!

—¡No, no lo vamos permitir! —repitió Ev con energía—. ¡Debíamos haber tomando las riendas de nuestras vidas hace ya años! —Flexionó los dedos de las manos, se volvió y miró a Gert—. ¿Estás preparada, hermana?

—¡Más que preparada!

Las gemelas empezaron a rodear los cuellos de la pareja con las manos cuando oyeron ruido de cristales rotos en el piso de arriba. Instantes después, la puerta del sótano se abrió. Pero eso no detuvo a las gemelas; sólo hizo que enloquecieran aún más. Toda la ira que habían almacenado en su interior se dirigió a destruir aquellas dos vidas jóvenes.

—¡Date prisa, hermana! —ordenó Ev, mientras apretaba con todas sus fuerzas el cuello de Jason.

—¡Ya me la doy! —respondió Gert. Sus gruesas manos callosas habían rodeado con facilidad el sedoso y esbelto cuello de Carla.

Entre arcadas y estertores, Carla y Jason podían sentir cómo iban perdiendo el conocimiento.

Regan, Mike y Lance bajaron los escalones a toda velocidad.

—¡Suéltenlos! —gritó Regan, mientras se abalanzaba sobre Gert, cuyo cuerpo se le antojó un muro de ladrillo. Mike ayudó a arrancarle los dedos del cuello de Carla, mientras el oficial Curtis le pegaba un tortazo a una decidida Ev y la derribaba al suelo. Las dos hermanas cayeron al suelo, mientras Jason y Carla respiraban con dificultad. Lance Curtis sacó su pistola y apuntó con ella a las cabezas de las gemelas, mientras Mike y Regan soltaban las cuerdas que sujetaban a los jóvenes.

En cuanto se vio libre, Carla rodeó a Regan con sus brazos, mientras sus convulsivos sollozos llenaban la habitación.

—Gracias —susurró con voz trémula. Jason se acercó a ella, y Regan empezó a apartarse.

—No. —Acercó a Regan hacia él y su prometida. Los tres permanecieron apiñados durante un buen rato, mientras Carla se esforzaba en dejar de llorar.

Capítulo 61

Los padres de Will llegaron poco después de que Regan y Mike se marcharan al aeropuerto. El director acompañó a sus padres a la habitación que les tenían reservada y les dijo que bajaran a su despacho una vez que se hubieran refrescado; no dijo ni una palabra acerca de lo que estaba pasando con Regan Reilly.

En cuanto Ned posó la mirada en los padres de Will, supo que eran ellos. Hay que ver lo deprisa que pueden esfumarse treinta años, pensó irónicamente. Los padres de Will estaban sentados en el despacho de su hijo cuando Ned entró en la habitación.

Ned paseó la mirada desde Bingsley y Almetta hasta Will, y una idea que nunca se le había ocurrido, porque había estado tan preocupado por su suerte, afloró a su cerebro. Si los padres de Will compraron el collar hace treinta años, y éste acabó en Hawai en el cuello de Dorinda Dawes, ¿podría que Will fuera el eslabón? Era evidente que no había hecho público que sus padres habían poseído una vez el collar real que Dorinda llevaba en el momento de su muerte. ¿Lo sabían ellos? ¿Habían vendido el collar sin ser conscientes de lo que tenían?

Ned le daba vueltas a la cabeza. ¿Tenía Will algún motivo para preocuparse? ¿Le había dado el collar a Dorinda? Nadie la vio llevándolo la noche que murió. Y solía pasar a ver a Will antes de marcharse del hotel. ¿Tenía él algo que ver con su muerte? Eso era mucho más grave que robar, se percató Ned. ¿Estaba Will tan asustado como él? Parece tener los nervios de punta, observó Ned. De un modo u otro, de la manera más delicada posible, tendría que sacar el tema de los collares antiguos con sus padres. En el hotel todo el mundo hablaba de la subasta. Casi seguro que Almetta Brown pasaría un mal rato ocultando cualquier información que tuviera acerca del collar.

—Es un placer tan grande que sea nuestro guía esta tarde, Ned —dijo Almetta, pestañeando. Llevaba un top floreado, unos pantalones cortos a juego y unas pequeñas playeras blancas. Bingsley vestía unos pantalones cortos color caqui y una camisa hawaiana. Ned se sintió aliviado porque no hubiera ningún bañador a la vista.

—El placer es mío —contestó Ned—. ¿Qué les parece salir a navegar en uno de los veleros que tenemos ahí fuera? Hay una brisa maravillosa. Creo que lo disfrutarán.

—Me encantaría —dijo Almetta alegremente—. A los dos. ¿No es cierto, querido? —preguntó, volviéndose hacia Bingsley, cuya cara mostraba una expresión imperturbable, por decirlo suavemente.

—Me parece muy bien —respondió el aludido—. Pero me gustaría echar un sueñecito antes de la noche. Estoy molido.

—Papá, ya tendrás tiempo para eso más tarde —dijo Will—. Lo único que quiero es que te dé un poco de aire fresco. Y si te das un baño, te recuperarás.

Ned los condujo hasta el agua, y embarcaron en un pequeño velero. Los Brown se sentaron y disfrutaron del fresco aire marino y el sol, mientras Ned se ocupaba de las múltiples tareas del marinero. Soplaba una brisa constante que ayudó al barco a dejar atrás los surfistas y bañistas y a adentrarse en las aguas verdes y transparentes. Almetta acribillaba a Ned a preguntas.

—¿De dónde es, Ned? —preguntó, inclinándose hacia delante con una gran sonrisa en el rostro.

—Te todas partes —contestó el interpelado—. Soy un hijo del ejército.

—¡Qué maravilla! Debe de haber vivido en sitios muy interesantes. ¿Vivió alguna vez en Hawai cuando era niño?

«Me está comiendo el coco», pensó Ned.

—No —mintió. Hora de cambiar de tema—. ¿No les hace ilusión el baile de esta noche?

—Se me está haciendo eterna la espera —dijo Almetta, entusiasmada.

—Y lo de esos collares… Eso sí que tiene miga, ¿verdad? Resulta que fueron hechos para dos miembros de la familia real hawaiana. Uno fue robado. No paran de aparecer, desaparecer y vuelta a aparecer.

Almetta tosió ligeramente.

—Sí que es raro, sin duda. —Desvió la mirada hacia el agua y se calló, lo que provocó que Ned se pusiera nervioso.

—Tengo que ir al baño —declaró Bingsley con urgencia. Se levantó y trastabilló ligeramente, pisando a Ned en el pie herido.

Ned hizo un gesto de dolor. Los nervios de su dedo herido aullaron; Bingsley no era un tipo pequeño.

—Cuánto lo siento —se disculpó Bingsley, sin dejar de caminar hacia el baño.

—¿Se encuentra bien? —preguntó Almetta con gran preocupación, con la mirada fija en el pie de Ned, igual que había hecho treinta años antes—. Tiene que ser doloroso. ¡Oh, mire! ¿No es un poco de sangre lo que tiñe la punta de su zapato? ¿Por qué no se lo quita y mete los pies en agua salada?

—No es nada. Estoy bien —insistió Ned.

Almetta levantó la vista hacia él y no dijo nada.

Pero en su rostro afloró una expresión extraña.

Capítulo 62

En la engalanada sala de baile, los periodistas se arremolinaban en torno a Regan. La noticia del secuestro e intento de asesinato de la joven y encantadora pareja de recién prometidos había encabezado todos los informativos de la noche.

—Las gemelas no han confesado haber asesinado a Dorinda Dawes, ¿no es así, Regan? —preguntó un periodista de una emisora de televisión local.

—No. Pero eso no tiene nada de sorprendente. Están esperando a que llegue su abogado de Hudville. Sabemos que son capaces de matar, así que ¿por qué no habrían de mentir?

Los cinco miembros restantes de los Siete Afortunados estaban conmocionados y se habían pasado la tarde colgando y descolgando el teléfono para hablar con la gente de casa.

«¿Te lo puedes creer?»

«Sabía que estaban siendo agarradas, pero esto supera todo lo imaginable.»

«Sal Hawkins debe de estar removiéndose en su tumba.»

Betsy y Bob habían abandonado su capítulo sobre las relaciones excitantes y habían empezado a escribir un libro sobre su viaje con las malvadas gemelas.

Francie, Artie y Joy decidieron darse la gran vida y gastar dinero durante lo que quedaba de vacaciones. Joy había decidido acudir al baile y arrumbar al olvido a Zeke y sus ansias de conocer mundo.

En las últimas horas, el grupo de Hudville se había convertido en un puñado de pequeñas celebridades; de repente, estar con ellos se había vuelto más divertido.

—¡Soy la única —repetía Joy sin cesar— que supo que Gert y Ev nos estaban estafando!

Carla y Jason estaban en su habitación recuperándose, abrazados mutuamente mientras reposaban en la cama. Carla ya había hablado con su madre unas seis veces, y al menos una vez con todas sus damas de honor.

—Regan Reilly me dijo que haría de dama de honor —les dijo a todas con regocijo.

Carla y Jason dijeron que, si se sentían con fuerzas, bajarían y harían acto de presencia más tarde. Pero apenas habían tocado la comida y la bebida que Will les había enviado a la habitación.

Jimmy había comparecido, llevando ambos collares al cuello.

—Jimmy va a donar los dos collares para la subasta —proclamó con orgullo.

Jazzy lucía uno de los eróticos muumuus de Claude, y resultaba evidente que estaba disfrutando de la atención que se le prodigaba. Ella y Claude eran los anfitriones de dos mesas llenas de personalidades. Regan estaba sentada con Kit, Steve, Will, Kim, los padres de Will y el primo de Dorinda, Gus. Éste mariposeaba de aquí para allá, sin dejar de levantarse y sentarse cada dos minutos para hacer entrevistas y sacar fotos para el artículo que Will le había prometido publicar en el siguiente boletín.

—No debemos olvidarnos de Dorinda —había dicho Gus—. Pero, por encima de todo, ha de hacerse justicia.

Imperaba una atmósfera de cordialidad. Todos se sentían aliviados porque las gemelas estuvieran entre rejas.

—Que gran detective eres —le dijo Steve a Regan—. Kit está orgullosa de ti.

Regan se encogió de hombros y les dedicó una sonrisa a ambos.

—Gracias. A veces es sólo cuestión de seguir tu instinto.

Alguien le dio una palmadita en el hombro a Regan. Cuando ésta se alejó, Steve le comentó a Kit:

—Menuda mujer, ¿verdad?

Kit soltó una risita tonta. Se había tomado varios vasos de vino y estaba un poco mareada. Le rodeó la espalda a Steve con el brazo.

—Conociéndola, lo más probable es que te haya investigado.

Steve la miró y soltó una risotada.

—¿Al pobrecito de mí?

—Es muy protectora. Y soy su mejor amiga.

La orquesta empezó a tocar *The Way You Look Tonight*. Steve alargó su mano.

—¿Bailamos?

Kit se levantó flotando de la silla, y se alejaron.

Regan no veía el momento de regresar a casa. Extrañó a Jack más que nunca al ver bailar a todas las parejas en la pista. Tenía que admitir que Kit y Steve hacían una pareja fantástica. También tenía la sensación de que había hecho bastante por el complejo Waikiki Waters; con las gemelas en cautiverio, el lugar era a todas luces más seguro.

—No me cansaré de darte las gracias, Regan —le dijo Will en voz baja—. Ojalá pudiera contratarte de manera permanente.

—Bueno, te prometo que volveré a visitarte.

—Van a subastar los collares dentro de un momento. Por lo que a mí respecta, que desaparezcan de aquí enseguida.

—Me lo puedo imaginar.

El móvil de Regan empezó a sonar; estaba encima de la mesa. Cuando ella miró el número, vio que era Jack. Habían hablado hacía varias horas, después de la detención de las gemelas. Se volvió a Will sonriendo.

—Perdona. Voy a salir a hablar por teléfono. —Se levantó y empezó a dirigirse hacia la puerta—. ¡Hola! —dijo al contestar la llamada.

—Regan, ¿dónde está Kit? —preguntó Jack sin más preámbulos.

—Aquí, en el baile. ¿Por qué?

—¿Está Steve Yardley con ella?

—Sí. ¿De qué se trata, Jack?

—Acabo de recibir el informe sobre las huellas de la botella de cerveza. Ese tipo tiene antecedentes penales y utiliza un número considerable de alias. Sí, trabajó en Wall Street, pero fue despedido por malversación de fondos. Desde entonces, ha estado metido en un montón de chanchullos. Alquiló una casa en un barrio caro con muchos vecinos de temporada, y consiguió que la gente a la que conoció invirtiera en sus planes de ahorro. Luego, se largó. Tuvo una novia, que desapareció hace unos diez años y de la que nunca se ha vuelto a saber. Tiene un temperamento violento, y está considerado un tipo peligroso, si se le provoca.

—¡Oh, Dios mío! —Regan volvió a entrar en la sala, con el teléfono pegado a la oreja. La orquesta había hecho un descanso, y no había nadie en la pista de baile. Miró hacia la mesa. Las sillas de Kit y Steve estaban vacías. Se estaba sirviendo el primer plato.

—Jack, no sé dónde está Kit.

—Creía que me habías dicho que estaba ahí.

—Estaba hace unos minutos, pero ella y Steve salieron a bailar. Y ahora no están. Puede que sólo hayan ido a dar un paseo —dijo Regan, con la preocupación embargándole el ánimo—. Voy a buscarla. Te volveré a llamar.

—¡Regan, ten cuidado! Ese tipo es peligroso.

Regan cerró el móvil, y durante un instante fugaz tuvo la sensación surrealista de que estaba abandonado su cuerpo. Kit, oh, Kit. Se volvió y se dio de bruces con Gus.

—¿Ha visto a Kit?

—Acabo de entrevistarla fuera. Parece que ella y Steve están muy enamorados. Creo que van a dar un paseo a la luz de la luna.

Regan salió corriendo por la puerta, camino de la playa.

—¡Esto es tan romántico! —dijo Kit algo mareada, mientras paseaban por la playa.

—Quiero estar contigo a solas —le dijo Steve en voz baja—. No con toda esa otra gente. Algunos son tan irritantes. Vayamos a sentarnos al rompeolas.

Se quitaron los zapatos y subieron con cuidado a la superficie rocosa. Steve agarró con fuerza la mano de Kit mientras avanzaban con prudencia en la oscuridad hacia el final del rompeolas. Soplaba la brisa, y el ancho mar se extendía ante ellos hasta el infinito. Cuando no les fue posible seguir avanzando, Kit apoyó la cabeza en el hombro de Steve.

—Vamos —la instó Steve. Éste se agachó, empezó a moverse entre las rocas que daban al océano, y se volvió para alargar los brazos hacia Kit—. Éste es nuestro pequeño rincón. Nadie nos molestará.

Kit sonrió mientras Steve la guiaba con cuidado hasta su lado. Se sentaron, se abrazaron y se acurrucaron en su cala privada. El agua chapoteaba a sus pies.

—Esto es tan maravilloso. —Kit suspiró.

Steve giró la cabeza y empezó a besarla. Con fuerza. Con demasiada fuerza.

Kit se apartó.

—Steve —protestó, intentando tomárselo a broma—. ¡Ay!

—¿Qué sucede? —preguntó Steve con brusquedad—. ¿Ahora no quieres que te bese?

—Por supuesto que quiero que me beses. —Ella volvió a inclinarse hacia él—. Pero quiero que me beses como ayer noche.

Steve la volvió a besar, mordiéndole el labio inferior mientras su mano derecha le tiraba del pelo de la nuca. Kit volvió a apartarse por segunda vez, en esta ocasión con el miedo creciendo en su interior.

Steve, me haces daño.

Él la asió del brazo.

—¿Crees que sería capaz de hacerte daño? ¿Piensas que sólo porque Regan Reilly sea tu mejor amiga todos tus ligues deberían ser investigados? ¿Es eso lo que piensas? —le preguntó, mientras su mano intensificaba la presión sobre el brazo de Kit.

—No, sólo estaba de broma —protestó Kit—. Regan me cuida, eso es todo. Soy su mejor amiga. Y tú le gustas.

—No, no le gusto. He visto cómo me mira.

—Sí que le gustas. Y queremos que conozcas a su prometido, Jack. Él es fantástico...

Steve le estrujó el brazo y la zarandeó.

—Es un poli. No tengo ninguna necesidad de tener a los dos haciéndome un montón de preguntas. Por eso murió Dorinda Dawes.

Empezó a husmear en mi casa y a hacerme toda clase de preguntas sobre mi vida. Se creía tan lista. ¡Así que tuve que callarla!

El cerebro de Kit, hasta ese momento ligeramente confuso a causa del vino que había bebido, de pronto empezó a ver con claridad. Darse cuenta de que Steve era el asesino de Dorinda fue un golpe terrible. Tenía que salir de allí, pensó.

—Suéltame el brazo —dijo, con toda la tranquilidad de la pudo hacer acopio—. Me haces daño.

—Me haces daño —repitió Steve con voz de niña, burlándose de ella.

—Tengo que irme. —Kit empezó a levantarse, pero no llegó a ninguna parte. Gritó cuando Steve la hizo sentarse de nuevo de un tirón.

—Tú no vas a ninguna parte.

—¡Sí, claro que me voy! —insistió Kit con furia, apartándose y empezando a trepar por las rocas a toda prisa. Pero Steve la volvió a atraer hacia él. Kit se tambaleó hacia atrás, y gritó pidiendo ayuda. Él le tapó rápidamente la boca con la mano, le sujetó el cuerpo contra el suyo pese a los esfuerzos de Kit por liberarse, y le metió la cabeza en el negro y arremolinado océano.

En la playa, Regan buscaba frenéticamente. Allí no había nadie.

—¡Kit! —gritó—. ¡Kit! —Se quitó los zapatos de sendos puntapiés y echó a correr hacia el borde del agua—. ¡Kit!

Todo estaba en silencio.

—¡Kit!

Entonces, oyó el grito de Kit. Parecía como si procediera del rompeolas, donde Dorinda Dawes acostumbraba a sentarse. «Oh, Dios —pensó Regan, acordándose del destino de la periodista—. ¡No dejes que le ocurra lo mismo a Kit!» Regan empezó a correr en dirección al rompeolas. Entonces, oyó dos gritos más breves. Era ella, lo sabía. Regan estaba frenética. Su mejor amiga. Por favor, por favor que llegara a tiempo, rezó.

Regan se subió al rompeolas y echó a correr sobre las resbaladizas rocas lo más deprisa que pudo. Resbaló y cayó, rasguñándose la rodilla con el borde de una roca. Sin sentir apenas el dolor, se incorporó y corrió hasta el final. La visión de Steve forcejeando por mantener la cabeza de Kit debajo del agua provocó un sobresalto en Regan como nunca antes había sentido. En un abrir y cerrar de ojos, se abalanzó sobre la espalda de Steve y lo golpeó en la nuca con una fuerza que a Regan le pareció increíble que procediera de ella. Con un gruñido, Steve soltó a Kit y se quitó a Regan de encima. Los dos cayeron al mar. Mientras Kit sacaba la cabeza del agua, Regan le gritó:

—¡Vuelve al rompeolas!

Kit estaba tosiendo, pero la furia la había invadido.

—Ni hablar, Regan. —Saltó entonces sobre Steve y le arañó la cara. Él se la quitó de encima y empujó a Regan bajo el agua. Pero aunque Regan tragó una enorme bocanada del salado océano, consiguió darle un rodillazo en la entrepierna. Regan volvió a salir a la superficie en el momento en que Kit le clavaba las uñas a Steve en el ojo izquierdo. Éste grito de dolor, se apartó y empezó a alejarse nadando mar adentro. Pero su huida fue efímera; una lancha de la policía lo localizó veinte minutos más tarde. Por lo que atañía a Steve, su temporada en el paraíso había tocado a su fin.

Una vez que se calmó el alboroto, y que la policía puso a Steve a buen recaudo, Kit y Regan, ya vestidas con ropa seca, volvieron a la sala de baile a tiempo de ver la pospuesta subasta de los collares reales. Un benefactor compró ambos collares por una cantidad considerable, y volvió a donarlos al Museo de las Conchas. El comprador no tuvo demasiada competencia.

—Los problemas acompañan a esos collares —observó—. No se los debería de separar nunca más. Están hechos para ser expuestos juntos. La gente debería conocer su historia y que una vez pertenecieron a los miembros de la familia real hawaiana. Supongo que no sabremos nunca por qué vía llegó a manos de esa pobre Dorinda Dawes el collar de la reina Liliuokalani. Ése es un secreto que se llevó a la tumba.

Jimmy sonreía de oreja a oreja, mientras el conservador del prestigioso Bishop Museum parecía alicaído; el hombre había confiado en que los collares acabarían en su museo.

La madre de Will echó un vistazo hacia Ned, que acababa de levantarse de la mesa contigua, y sus miradas se cruzaron. Se miraron el uno al otro de hito en hito. Entonces, Almetta se levantó y se acercó a él.

—Sé que sabes quiénes somos —le dijo Almetta sin alterarse—. Y yo sé quién eres tú.

Ned no contestó.

—No le diré a nadie que fuiste tú quien nos vendió el collar, si tú no cuentas que lo tuvimos durante todos estos años. Es lo último que Will necesita en estos momentos. Él no tuvo nada que ver con la muerte de Dorinda Dawes. A Dios gracias, su asesino ha sido detenido.

Ned asintió con la cabeza. Almetta sonrió.

—¿Sabes?, tus dedos no están tan mal. Cómprate unas sandalias.

Ned le devolvió la sonrisa.

—Ya lo hice. —Se dio la vuelta y se alejó. Al día siguiente, presentaría una solicitud para ser admitido como voluntario en el Cuerpo de Paz.* De ahora en adelante, sólo voy a hacer el bien, se prometió.

Los muumuus de Claude gustaron a todo el mundo; fueron un enorme éxito. Decenas de mujeres habían ido a ponérselos a los cuartos de baño, y en ese momento estaban en la pista de baile en manada. Rebosante de satisfacción, Claude le susurró a Jazzy:

—Me parece que no deberíamos de hacerle más daño a este hotel; ya no necesitarás el puesto de Will. De todos modos, venderán nuestra ropa. Te haré mi socia. Y si me aceptas, te convertiré en mi esposa.

Jazzy lo besó.

—Oh, Claude. Es lo que siempre he deseado.

Él le devolvió el beso.

---

* El Cuerpo de Paz es una agencia federal independiente de EE. UU. que promueve el voluntariado para la ayuda humanitaria y el fomento de la paz en los países en vías de desarrollo. Su creación hunde sus raíces en una idea inspirada por el entonces senador John F. Kennedy en la década de 1960. (*N. del T.*)

—Yo también. Bueno, dile a Glenn que interrumpa las travesuras. Le daremos un buen puesto en la empresa.

—Te quiero, Claude.

—Yo también te quiero, Jazzy. De ahora en adelante, haremos siempre lo correcto. La vida es demasiado corta; sobre todo por estos pagos.

A la mañana siguiente, Regan y Kit estaban juntas en el aeropuerto de Honolulú.

—Otra aventura, ¿eh? —dijo Kit tímidamente—. En estos diez últimos años hemos pasado muchas cosas juntas, pero esta excursión se lleva la palma.

—El siguiente tipo será el adecuado para ti. Estoy segura.

—Prométeme una cosa.

—¿Qué?

—Que te asegurarás de investigarlo. Por más chiflada que esté por él.

Regan soltó una carcajada.

—Garantizado. Sobre todo si te vuelve chiflada. —Su móvil empezó a sonar. Contestó enseguida—. *Aloha*, Jack. Ninguna novedad desde la última vez que hablamos hace diez minutos. Mi madre me ha llamado dos veces más. Sigue alucinada, pero Kit y yo estamos bien.

—Necesito verte, Regan. Aquí acaban de reabrir los aeropuertos, y voy a coger un vuelo a Los Ángeles. No puedo esperar a la semana que viene…

—Yo tampoco. Kit y yo estamos a punto de coger un vuelo para Nueva York.

—¿De verdad? —La voz de Jack rebosaba entusiasmo.

—Sí. Quería darte una sorpresa, pero supongo que ya hemos tenido bastantes últimamente. Kit cogerá un vuelo de enlace hasta Connecticut, y yo un taxi a tu piso. Después de todo lo sucedido, no quería hacer un largo viaje de vuelta a casa sola. Mi fin de semana de soltera ha terminado por fin.

—Y dentro de no tan poco, tu vida de soltera. Estoy pensando que deberíamos de adelantar la fecha de la boda. Podemos hablar de ello cuando llegues aquí. Y no vayas a coger ningún taxi; estaré esperándote en el aeropuerto con los brazos abiertos.

Regan sonrió de oreja a oreja cuando los altavoces anunciaron el embarque para el vuelo a Nueva York.

—Voy para allí, Jack. Por fin, voy para allí.

www.titania.org

Visite nuestro sitio web y descubra cómo ganar
premios leyendo fabulosas historias.

Además, sin salir de su casa, podrá conocer
las últimas novedades de
Susan King, Jo Beverley o Mary Jo Putney,
entre otras excelentes escritoras.

Escoja, sin compromiso y con tranquilidad,
la historia que más le seduzca
leyendo el primer capítulo de cualquier libro
de Titania.

Vote por su libro preferido y envíe su opinión
para informar a otros lectores.

Y mucho más…